Les vergers du mensonge

DARLENE GARDNER

Les vergers du mensonge

*éditions*Harlequin

Titre original : MILLION TO ONE

Traduction française de ISABELLE GAMOT

HARLEQUIN®
est une marque déposée par le Groupe Harlequin

PRÉLUD'®
est une marque déposée par Harlequin S.A.

Photos de couverture
Femme : © ROYALTY FREE / CORBIS
Feuillage : © DAVID TROOD / GETTY IMAGES
Pommier : © DIRK ANSCHOTZ / GETTY IMAGES

© 2005, Darlene Hrobak Gardner. © 2007, Harlequin S.A.
83/85 boulevard Vincent-Auriol 75646 PARIS CEDEX 13.
Service Lectrices — Tél. : 01 45 82 47 47
ISBN 978-2-2801-5711-7

Chapitre 1

Kaylee Carter avait toujours cru que sa mère était morte. Mais, depuis quelques minutes, les images qui envahissaient son écran de télévision étaient en train de bouleverser toutes ses certitudes à ce sujet.

Elle avait accidentellement changé de chaîne quand, soudain, dans un décor de vergers en fleur et de prairies vallonnées, le visage d'une femme était apparu en gros plan.

« McIntosh, Ohio », disait le sous-titre. L'inconnue fascinait Kaylee, avec ses beaux yeux noirs, ses cheveux sombres, son teint très mat, et, tout en étant certaine de ne l'avoir jamais vue, elle lui semblait néanmoins mystérieusement familière.

Quel âge cette femme pouvait-elle avoir ? Quarante ans, peut-être. Il était difficile de trancher, car elle avait un visage lisse et rayonnant. Elle s'illumina encore quand un grand sourire étira ses lèvres pleines.

Kaylee se pencha, captivée par l'image. Si elle avait eu un écran plus grand, elle aurait pu mieux distinguer le détail des traits de cette femme et, qui sait ? comprendre pourquoi elle se sentait de plus en plus oppressée en la regardant.

A présent, un autre sous-titre venait de s'afficher, indiquant un nom : Sofia Donatelli. Et si elle occupait ce soir la vedette des infos, disait le commentaire, c'est qu'elle venait de gagner dix millions de dollars.

Dix millions de dollars… Une somme énorme.

Kayla quitta son canapé pour s'asseoir par terre plus près de l'écran, puis elle augmenta le son.

Un journaliste apparut alors au côté de Sofia Donatelli. Celle-ci, disait-il, était désormais célèbre dans toute la vallée de l'Ohio. Et d'autant plus qu'elle avait annoncé son intention de se montrer très généreuse. Ainsi, une jeune femme confirma que Sofia prendrait intégralement en charge le coûteux traitement expérimental destiné à soulager sa fille atteinte d'un syndrome rare ; un homme déclara qu'il allait recevoir de Sofia la mise de fonds initiale indispensable pour ouvrir un centre d'hébergement…

La caméra revint ensuite cadrer le beau visage de Sofia en gros plan.

— Vous vous demandez probablement, dit alors le journaliste en voix *off*, si notre heureuse gagnante a l'intention de dépenser tout son argent au profit d'autres personnes. Alors, dites-nous, Sofia, quels plaisirs comptez-vous vous offrir à vous-même ? Un hôtel particulier à Los Angeles ? Un voyage autour du monde sur un yacht particulier ? Quoi d'autre…

— Ce que je veux ne s'achète pas, commença Sofia Donatelli en regardant la caméra bien en face.

Tandis qu'elle prononçait ces derniers mots, ses yeux se mirent à briller d'une émotion si intense que Kaylee sentit son ventre se tordre.

— Je veux retrouver ma fille.

Cette fois, Kaylee eut l'impression que la tête lui tournait. Son cœur battait si fort qu'elle se sentait au bord de l'évanouissement. Elle s'approcha encore du téléviseur, de crainte de laisser échapper une phrase, une image qui puisse confirmer l'intuition bouleversante qui germait en elle.

— Quand avez-vous vu votre fille pour la dernière fois ? demanda le journaliste.

— J'avais seize ans, et elle, quelques minutes à peine d'existence, répondit Sofia en esquissant un sourire doux et triste. A l'époque, je pensais que le mieux pour elle était que je la confie à l'adoption. J'ai pu la tenir dans mes bras, mais seulement quelques secondes. Ensuite, une infirmière l'a emmenée et je ne l'ai jamais revue.

— Quand était-ce ?

— Il y a vingt-cinq ans. Et il ne s'est pas passé un jour depuis celui-là sans que je pense à elle.

La télécommande tomba des mains de Kaylee. Son cœur battait la chamade et elle éprouvait de la difficulté à respirer.

Kaylee avait vingt-cinq ans. Et même si ses soupçons n'avaient jamais été vérifiés, elle avait toujours su, au fond d'elle-même, qu'elle n'était pas la fille de ses parents. Ce n'était pas seulement parce qu'elle était la seule brune dans une famille de blonds, non. Tout simplement, elle ne s'était jamais sentie à sa place. Ni dans ces plaines torrides du Texas où elle avait grandi ni dans la famille Carter où sa jeune sœur, Lilly, était la préférée.

Kaylee se rappela sa vie chez les Carter. Elle était toujours celle qui ne faisait rien de bien. Celle, aussi, dont on exigeait l'excellence : il fallait qu'elle réussisse brillamment à l'école, qu'elle se tienne à l'écart des garçons, qu'elle se couche à 21 heures et qu'elle s'habille comme une bonne sœur — règles que Lilly avait toujours réussi à contourner avec habileté. Kaylee n'avait pas fait preuve d'autant d'adresse ; et, bien qu'elle ait essayé de se rebeller, elle n'avait jamais eu le cran de demander à sa mère de lui dire la vérité sur sa naissance.

Elle n'avait interrogé son père qu'après la mort de sa mère, qui avait succombé à une rupture d'anévrisme lorsque Kaylee était encore adolescente. Il était resté silencieux, ou presque, se contentant de grommeler un « Ne sois donc pas ridicule, » avant de changer de sujet.

Mais, se rappelait Kaylee, il n'avait pas nié non plus.

— Avez-vous déjà essayé de rechercher votre fille ? demandait à présent le journaliste à Sofia Donatelli.

— Bien sûr, de nombreuses fois. Mon beau-fils a même engagé un détective privé il y a quelques années. Mais je me suis toujours heurtée à un mur.

— Pourquoi pensez-vous que cela pourrait être différent aujourd'hui ?

— Parce que j'ai pour la première fois l'occasion de passer à la télévision. Cela peut tout changer.

Sofia s'animait de plus en plus. Ses mains semblaient

vouloir exprimer tout l'espoir qu'elle mettait dans cette démarche.

— Il y a une chance pour que ma fille, ou quelqu'un qui la connaisse, voie cette interview, vous comprenez.

— Mais comment cette personne, en vous voyant simplement à l'écran, pourrait-elle rassembler les pièces du puzzle ? demanda le journaliste, plus gravement. Vous ne pouvez pas en savoir beaucoup plus au sujet de votre fille que ce que vous nous avez déjà confié…

— Oh, mais si, déclara Sofia avec un sourire d'une amère douceur. J'ai voulu qu'elle garde une trace de son héritage italien, aussi ai-je émis le désir que ses parents adoptifs conservent le nom que j'avais choisi.

Kaylee déglutit péniblement. Elle était à l'agonie. Son deuxième prénom était clairement italien. Si jamais celui que citait Sofia Donatelli correspondait au sien, alors, les chances augmentaient encore qu'elle soit bien la fille de cette femme…

— Quel est ce prénom ? s'enquit le journaliste.

— Constanzia, répondit Sofia. Son nom est Constanzia.

La pièce bascula autour de Kayla. Les images dansèrent devant ses yeux. Son nom à elle était : Kaylee *Constanzia* Carter.

— Maman, j'ai mal au ventre.

La petite voix plaintive parvint jusqu'à sa conscience. Joey se tenait debout au milieu du living-room, en pyjama Spiderman, l'œil creux et l'air misérable.

Kayla se redressa, s'efforçant de dominer les émotions

qui venaient de l'assaillir. Son fils pâlit soudain et une grimace de douleur déforma son visage d'ange.

— Qu'est-ce qui t'arrive, petit bouchon ? s'écria alors Kaylee.

Elle sauta sur ses pieds, prit l'enfant dans ses bras et l'emporta à la salle de bains, où elle le déposa juste à temps devant la cuvette des toilettes.

Pendant qu'il vomissait, elle lui caressa le dos afin qu'il sache que sa maman était là. Kaylee ressentait chacun des haut-le-cœur qui secouaient son fils, exactement comme si elle avait été malade en même temps que lui. Quand il fut enfin soulagé, elle passa une serviette sous le robinet d'eau froide et essuya tendrement son petit visage rougi par l'effort.

— Ça va mieux, chéri ?

Il hocha la tête, mais son petit menton tremblait encore.

— Je savais bien que je n'aurais pas dû te laisser manger ce second hot dog.

— J'aime bien les hot dogs, marmotta-t-il en serrant fort ses paupières pour ne pas pleurer.

Chavirée, elle l'attira dans ses bras, mais il refusait de se laisser aller. Etait-ce parce qu'il sentait que les choses étaient devenues vraiment difficiles pour elle ?

Etre une mère célibataire n'avait jamais été facile, mais durant des années, elle avait trouvé le soutien de son amie et colocataire Dawn, maman d'une petite fille du même âge que Joey. Elles avaient partagé le loyer, les dépenses quotidiennes, les soucis de garde d'enfants, et une véritable amitié… Puis Dawn avait rencontré un homme et déménagé. Elle et la petite Monica avaient quitté Fort Lauderdale six semaines plus tôt.

Dawn, en plaisantant, avait souvent appelé Joey l'homme de la maison. Avait-il fini par prendre cette remarque un peu trop au sérieux ?

— On a le droit de pleurer de temps en temps, tu sais, ça fait du bien, murmura-t-elle à l'oreille de son fils.

Il se tenait si raide entre ses bras qu'elle crut qu'il ne l'avait pas entendue. Mais au bout de quelques secondes, son corps se détendit, d'un coup, et il fondit en larmes. Non pas des larmes silencieuses qui roulent doucement sur les joues, mais de gros sanglots bruyants qui faisaient trembler ses épaules.

Kaylee le serra un peu plus fort contre elle, heureuse de pouvoir le réconforter. L'irruption de son fils dans le living l'avait empêchée d'entendre la fin de l'interview de Sofia, mais quelle importance, au fond ? En regardant ces images, elle s'était monté la tête, emportée par l'espoir fou que le hasard était peut-être en train de lui rendre miraculeusement la mère qu'elle espérait chaque jour…

Mais il devait y avoir bien des Constanzia, dans le pays, et la fille biologique de Sofia était sans doute une autre femme qu'elle.

« Imagine tout de même que ce soit toi… ? », lui murmura envers et contre tout une indésirable voix venue de très loin.

Kaylee repoussa cette pensée. Quelques années plus tôt, bien avant que Joey ne naisse, elle aurait immédiatement sauté dans sa voiture et roulé toute la nuit pour rencontrer Sofia Donatelli, après l'avoir entendue, tant sa soif de découvrir enfin la vérité était grande. Mais elle était elle-même mère, à présent. Elle avait de lourdes responsabilités — comme de refréner sa nature impétueuse et idéaliste, cause de gros ennuis, autrefois.

L'idée que la gagnante de l'Ohio puisse être sa mère biologique ne reposait sur rien ; ce n'était rien de plus qu'un fantasme. La réalité, sa réalité, c'était ce petit garçon qui pleurait dans ses bras et qui comptait sur elle.

Chapitre 2

Tony Donatelli faillit en lâcher le téléphone.

— Tu as fait quoi ?

— J'ai simplement dit à ce très aimable journaliste que je recherchais Constanzia, Tony.

A l'entendre, on aurait dit que Sofia parlait d'un ami avec qui elle avait bavardé plutôt que d'un journaliste à qui elle venait de révéler une information potentiellement explosive.

— Et ce qui est encore mieux, c'est que selon toutes probabilités, le sujet repassera sur d'autres chaînes, continua Sofia sans se départir de son ton enjoué. N'est-ce pas merveilleux ? Cela signifie que des milliers de gens dans tout le pays vont le voir.

Tony crispa ses doigts autour du combiné.

— Je croyais que nous nous étions entendus le mois dernier quand je suis venu dans l'Ohio pour que tu n'accordes plus d'interviews. Je croyais que tu voulais avoir une vie aussi normale que possible.

— C'est ce que je veux, dit Sofia. Mais je n'ai jamais pu retrouver la trace de Constanzia toute seule, aussi ai-je pensé que je pourrais tirer profit de cette soudaine publicité.

— La publicité n'est pas toujours une bonne chose, Sofia. T'est-il venu à l'esprit que McIntosh serait bientôt envahi de femmes qui prétendront s'appeler Constanzia ?

Elle rit de ce même rire spontané et chaleureux qui lui avait toujours réchauffé le cœur depuis que son père l'avait fait entrer dans leurs vies. Tony était un petit garçon de six ans désespérément en manque d'amour maternel quand son père, veuf depuis presque autant d'années, avait rencontré Sofia. Elle n'avait que vingt ans alors, mais elle avait rempli merveilleusement son rôle d'épouse et de mère. Tony pensait encore qu'elle avait donné à son père beaucoup plus que ce qu'il méritait.

Il l'aurait appelée « maman » avec plaisir, mais elle avait toujours insisté pour qu'il s'en tienne à « Sofia ». Elle disait qu'elle ne voulait pas qu'il oublie la femme qui l'avait mis au monde et qui l'avait aimé de toute son âme, même s'il n'avait aucun souvenir d'elle.

— J'ai du mal à croire que des dizaines de Constanzia pourraient débarquer en ville, Tony. Je n'ai donné naissance qu'à une seule fille.

— Et combien d'argent as-tu déjà distribué depuis que tu as gagné à la loterie ?

— Je ne sais pas exactement.

Tony non plus, et c'était bien là le nœud du problème. Il avait fui McIntosh pour le Michigan dès qu'il avait été en âge de faire ses études, trouvé mille prétextes pour ne pas rentrer chez ses parents durant ses congés d'été, puis, après avoir obtenu son diplôme, s'était installé à

Seattle et n'était revenu dans l'Ohio que pour de brèves visites.

Même après que son père était décédé d'une crise cardiaque, deux ans auparavant, il avait trouvé des raisons de vivre au loin. Sofia était encore jeune, elle avait sa vie à McIntosh et elle venait souvent le voir à Seattle.

Un billet de loterie à un dollar acheté sur un coup de tête en sortant du 7-Eleven avait tout changé. Contre toutes les probabilités — il y avait une chance sur quatorze millions d'avoir les six bons numéros —, Sofia, seule gagnante, avait ramassé le jackpot, empochant dix millions de dollars.

L'ironie qui avait voulu que ce soit elle qui fasse soudain fortune n'avait pas échappé à Tony. Car c'était pratiquement sur son seul salaire que leur famille avait toujours vécu tandis que le père de Tony travaillait sporadiquement, persistant à croire que l'une de ses inventions loufoques leur apporterait un jour la richesse.

Ce gain inespéré avait tranquillisé Tony quant à l'avenir de Sofia. Après s'être acquittée de toutes les taxes, il lui était resté un peu plus de trois millions et demi de dollars, somme qui lui avait permis de s'arrêter de travailler tout en envisageant une vie confortable.

C'est alors que des rumeurs lui étaient parvenues, par l'intermédiaire d'un de ses amis de lycée, Will Sandusky, qui vivait toujours à McIntosh. Sofia, semblait-il, avait le cœur un peu trop tendre. Et voilà que maintenant, elle courait au-devant des ennuis.

A ce rythme-là, elle aurait perdu toute sa fortune dans à peine trois ou quatre ans.

Sentant venir une migraine, Tony se frotta le front.

— Sofia, est-ce que tu réalises que c'est justement là le problème ?

— Quelque chose ne va pas, Tony ?

Sa petite amie, Ellen Fitzsimmons, venait de passer sa ravissante tête blonde par l'entrebâillement de la porte du bureau, l'empêchant d'entendre la réponse de sa belle-mère.

Elle tenait un verre de vin dans sa main droite, dont la lumière de l'un des spots du plafond faisait miroiter la riche couleur ambrée. Cela rappela à Tony qu'il avait eu intention d'ouvrir une bouteille de champagne pour couronner une soirée qui avait commencé par un dîner dans un restaurant français à la mode, un de ceux où il est indispensable de réserver une semaine à l'avance.

— Excuse-moi une seconde, Sofia, dit-il avant de couvrir le combiné de sa main en se tournant vers Ellen. Tout va bien, Ellen, je n'en ai que pour quelques minutes.

Elle hésita, puis quitta la pièce sur ses talons de huit centimètres, sa jupe dansant autour de ses jambes minces. Tony attendit qu'elle fût partie, puis rapprocha le combiné de sa bouche.

— Je vais te dire quel est le problème. De fausses Constanzia vont vouloir s'approprier ta fortune.

— Tony, mon chéri, ce n'est pas comme si j'avais gagné des milliards ! Et il n'y a pas tant de femmes que ça qui s'appellent Constanzia.

— Nous avons déjà parlé de ça avec le détective privé,

tu ne t'en souviens pas ? Il disait que ses parents adoptifs pouvaient fort bien lui avoir donné un autre prénom.

— Mais il ne pouvait pas en être sûr. De toute façon, je dois prendre le risque. Je n'ai aucune autre piste.

— C'est à peu près comme si tu lançais un appel aux mystificatrices de tout poil.

— Je le saurai si quelqu'un essaie de me duper. Son visage est gravé dans ma mémoire, Tony. Quand je ferme les yeux, je peux presque voir à quoi elle ressemble aujourd'hui.

Tony avait des élancements dans la tête, il se frotta de nouveau le front et les tempes.

— Tu la cherches depuis des années, Sofia. Le détective privé que j'ai engagé n'a jamais retrouvé la moindre trace d'elle. Pourquoi es-tu si sûre qu'elle va réapparaître maintenant ?

— Mis à part le pouvoir de la télévision ? demanda-t-elle, avant de répondre comme pour elle-même : J'ai la foi.

— Est-ce que tu sais à quel point cette foi te rend vulnérable ?

— Si cela peut te rassurer, mon chéri, je te promets que je demanderai à voir son permis de conduire.

— Il n'est pas difficile de se procurer des faux papiers, observa-t-il, s'efforçant cependant de ne pas laisser paraître sa frustration.

Il savait ce que retrouver Constanzia signifiait pour Sofia. Et sincèrement, il n'y avait rien qu'il désirait davantage pour elle. Mais si un détective de premier ordre n'avait abouti à rien, les chances étaient minces pour qu'un passage à la télévision produise un quelconque résultat.

— Oh, Tony, tu noircis à plaisir la situation. Est-ce que tu crois vraiment que quelqu'un prétendrait être ma fille simplement parce que j'ai un peu d'argent ?

— Oui, je le crois tout à fait.

Il entendit Sofia soupirer à l'autre bout de la ligne.

— Je préférerais que tu ne sois pas aussi cynique, Tony.

— Et moi, je préférerais que tu sois un peu plus méfiante.

— Ne nous disputons pas. Je te vois si rarement que même le temps que nous passons à bavarder au téléphone est précieux pour moi. T'ai-je dit récemment que tu me manquais ?

— Tu me manques aussi, dit-il en même temps qu'il prenait conscience de l'inévitable suite des événements.

Il devait se rendre à McIntosh afin de s'assurer qu'une intrigante ne s'introduisait pas sournoisement dans la vie de Sofia. Il était sûr de pouvoir faire fuir la plupart des usurpatrices en les menaçant de les dénoncer à la police. Et en dernier ressort, il y avait toujours la possibilité de faire pratiquer un test ADN. Ayant pris une profonde inspiration, il se força à dire :

— En fait, il est grand temps que je te rende visite.

A peine avait-il prononcé ces mots qu'il se rendit compte qu'il ne s'agirait pas d'une simple visite, mais d'un séjour d'une durée indéfinie.

Son ventre se noua à cette pensée. Il avait tout fait

pour échapper à cet endroit où l'ombre d'un père qui avait toujours échoué n'avait jamais cessé de planer. Et il avait réussi. Il gagnait très largement sa vie en dirigeant une entreprise de sécurité informatique dont il avait lui-même conçu les protocoles. L'entreprise était si florissante que l'ami d'université qu'il avait embauché pour l'aider à gérer l'affaire le poussait à présent à étendre leurs marchés.

Si Tony était conscient de ne pouvoir s'absenter du siège indéfiniment, il avait aussi très envie de prendre un peu de temps pour repenser le site Web de sa compagnie. Et il pouvait parfaitement diriger Security Solutions de n'importe où pourvu qu'il ait accès à Internet. Ce qui, bien sûr, incluait McIntosh.

— Ta venue me fera grand plaisir, dit Sofia.

Elle fit une courte pause avant de préciser :

— Mais ne t'imagine pas que je suis dupe. Je sais très bien que tu viens pour me surveiller.

— Ça ne t'ennuie pas ?

— Si le fait que tu éprouves le besoin de jouer au chien de garde me fait profiter de ta présence, je m'en accommoderai volontiers, répondit-elle aimablement.

Il parla encore cinq minutes avec sa belle-mère durant lesquelles elle esquiva habilement les questions qu'il lui posait sur ses placements bancaires. Elle se montra particulièrement évasive au sujet du conseiller financier qu'elle avait insisté pour choisir au lieu de celui que Tony lui avait trouvé à Columbus. Encore une chose dont il devrait se préoccuper une fois sur place.

Ayant raccroché, il rejoignit à contrecœur Ellen dans

le séjour, dans un état d'esprit bien différent de celui dans lequel il s'était trouvé un quart d'heure plus tôt.

Elle était assise dans le canapé, une jambe croisée haut sur l'autre. La fine chaînette dorée qu'elle portait à la cheville luisait dans la lumière tamisée de la pièce. Elle leva les yeux vers lui et le regarda à travers ses longs cils noirs. Son verre n'était plus qu'à moitié plein, mais son rouge à lèvres paraissait toujours aussi impeccable.

— Veux-tu que je te serve un verre ? proposa-t-elle de sa voix musicale.

Une voix aussi parfaite que le reste de sa personne. Ils sortaient ensemble depuis sept mois, depuis le jour où elle l'avait abordé au club de sport qu'ils fréquentaient tous les deux. La première impression qu'il avait eue d'elle, celle d'une femme qui savait ce qu'elle voulait, s'était avérée juste.

— Non, merci. Je pense que je vais me coucher tôt ce soir.

Elle haussa un sourcil interrogateur. Ellen avait bien sûr toutes les raisons de croire que ce samedi soir, comme tant d'autres avant ce jour, s'achèverait dans le lit de Tony. Ils passaient généralement le dimanche ensemble.

— Il est arrivé quelque chose ? Est-ce pour cette raison que tu es resté si longtemps au téléphone ? s'enquit-elle.

Il s'assit à son côté dans le canapé, face au foyer de la cheminée, et lui rapporta la conversation qu'il venait d'avoir avec Sofia, terminant par la décision qu'il avait prise de retourner à McIntosh.

— Est-ce vraiment nécessaire, Tony ? demanda-t-elle.

Sofia a quarante et un ans. Elle n'a que quatorze ans de plus que toi. Elle peut s'occuper d'elle-même.

Tony serra les lèvres, cherchant comment lui expliquer son point de vue. Ellen aurait mieux compris si elle avait connu Sofia, mais, curieusement, elles ne s'étaient jamais rencontrées.

— Tu ne la connais pas, Ellen. Elle a un grand cœur et une nature confiante. Ce qui dans le cas présent pourrait lui nuire dangereusement.

— Mais tu y es allé le mois dernier.

— Le mois dernier, elle n'avait pas déclaré sur les ondes qu'elle recherchait sa fille.

Ellen posa son verre de vin sur la table basse, puis croisa ses bras sur sa poitrine.

— Combien de temps penses-tu être parti ?

Tony posa sa main sur le bras de sa compagne, dont la peau lui parut inhabituellement fraîche.

— Essaie de comprendre, Ellen. Je devrai rester là-bas aussi longtemps que Sofia aura besoin de moi.

— Je croyais que tu détestais McIntosh. Ne m'as-tu pas dit que tu ne pensais qu'à une chose lorsque tu y vivais, partir ?

Ce n'était pas le moment de lui confier que même les trois jours qu'il avait passés à McIntosh un mois plus tôt lui avaient paru terriblement longs. Il choisit ses mots avec soin.

— Mes sentiments à l'égard de McIntosh et ceux que j'éprouve à l'égard de Sofia sont deux choses différentes.

— Tu vas donc laisser les choses aller à la dérive ici ?

Que fais-tu de ton entreprise ? Et la maison ? A ce prix, elle ne restera pas longtemps sur le marché.

Jusqu'à cet instant, Tony avait complètement oublié la grande maison d'architecture contemporaine qu'ils avaient visitée ensemble. Elle avait besoin d'un nouveau toit et d'une nouvelle chaudière, mais la vue spectaculaire qu'elle offrait sur Puget Sound et les monts Olympic faisaient d'elle une affaire.

— Il y aura d'autres maisons, dit-il.

Elle se leva gracieusement et remarqua en plantant ses yeux bleus dans les siens :

— D'après mon expérience, Tony, une occasion que l'on ne saisit pas est une occasion perdue.

Quand Ellen fut partie, Tony alla dans sa chambre et sortit de la poche de son pantalon une petite boîte carrée habillée de velours noir. Il l'ouvrit et en retira un diamant d'un carat monté sur un épais anneau d'or qu'il fit scintiller un instant dans le halo de la lampe posée sur la commode.

Cela faisait deux semaines qu'il promenait la bague dans sa poche, et aussi longtemps que le champagne rafraîchissait dans son réfrigérateur.

Il remit le diamant dans son écrin, ouvrit son tiroir de chaussettes et glissa la petite boîte sur un formulaire d'abonnement — vierge — à la saison de basket des Seattle Supersonics. Elle devrait rester là jusqu'à son retour de McIntosh.

Les magnifiques paysages de l'Ohio et l'appel poignant de Sofia revinrent de temps à autre à l'esprit de Kaylee durant la semaine qui suivit, mais ses soucis quotidiens étaient bien plus pressants.

Joey n'avait pas eu une simple indigestion provoquée pas un abus de hot dogs, mais une grippe intestinale que le pédiatre avait jugée banale. Tout était question de point de vue…

Le restaurant dans lequel elle travaillait comme serveuse ne présentait que peu d'avantages. Non seulement elle avait dû payer cinquante pour cent des frais médicaux de sa poche, mais elle avait aussi perdu un certain nombre de pourboires en restant à la maison pour garder Joey.

Non que ceux-ci aient représenté une somme importante depuis que le départ de Dawn l'avait obligée à travailler en journée plutôt que le soir.

Même si Joey n'avait pas été malade, elle aurait dû affronter le fait que la vie à Fort Lauderdale était désormais devenue trop chère pour elle.

Elle avait passé les quatre dernières nuits à se demander où son fils et elle pourraient aller. Et l'inévitable conclusion était : chez son père, à Houston, d'où elle s'était enfuie alors qu'elle n'était encore qu'une adolescente.

Kaylee n'était pas certaine d'y être la bienvenue, mais la veille au soir, elle avait ravalé sa fierté, composé nerveusement le numéro et attendu… pour finalement entendre le déclic du répondeur. Jusque-là, son père n'avait pas rappelé.

Pour ne pas inquiéter Joey, elle essayait de mettre ses soucis de côté et affichait en permanence un sourire forcé, au point qu'en sortant de la vieille Honda achetée d'occasion cinq ans auparavant, elle eut soudain l'impression d'avoir des crampes aux joues.

— Qu'est-ce ce que tu aimerais manger ce soir, trésor ? demanda-t-elle en récupérant le courrier dans sa boîte aux lettres.

Elle était passée chercher Joey à l'école dix minutes plus tôt et le trouvait encore un peu pâle. L'insistance dont son patron avait fait preuve pour qu'elle reprenne rapidement le travail ne l'avait-elle pas incitée à écourter la convalescence de son fils ?

— Des bâtonnets de poisson.

Elle réprima un gémissement. Joey aurait volontiers mangé des bâtonnets de poisson sept jours sur sept si elle l'avait laissé faire. Mais au moins, ce n'était pas cher et c'était facile à préparer.

— Miam miam miam, le petit ventre de Joey veut des bâtonnets de poisson, dit-elle en lui ébouriffant les cheveux.

— Je n'ai pas trois ans maman, protesta-t-il.

— Dommage. Quand tu avais trois ans, tu riais de mes plaisanteries même si elles étaient mauvaises.

— Elles sont mauvaises, s'empressa-t-il d'approuver.

— Tu es vraiment trop dur avec moi, dit-elle, affectant, la main sur la poitrine, un air profondément chagriné.

Joey partit de ce rire aigu, enfantin, qui ne manquait jamais de lui réchauffer le cœur.

Elle le poussa à l'intérieur où il faisait à peine plus frais que dehors, car elle baissait toujours la climatisation avant de sortir pour économiser l'électricité.

Y avait-il réellement six ans qu'elle vivait ici ? Cela lui semblait impossible, mais son fils, qui grandissait si vite, en était la preuve.

Tout de même, elle pouvait à peine croire que presque sept années s'étaient écoulées depuis ce jour où elle avait séché les cours pour passer la journée à faire des achats au centre commercial avec la carte bancaire volée dans le sac de sa mère. Elle s'était sentie entièrement dans son droit car celle-ci l'avait privée de sorties pour une raison dont elle ne se souvenait pas mais qui, à l'époque en tout cas, lui avait paru d'une injustice flagrante.

La nuit était tombée lorsqu'elle était finalement rentrée à la maison pour trouver son père assis dans son fauteuil préféré devant une télévision éteinte et dans une pièce obscure. C'est d'une voix très calme qu'il lui avait dit qu'il avait cessé de la chercher depuis des heures.

Elle se rappelait la sensation des ongles de sa main droite s'enfonçant dans sa cuisse comme il poursuivait en lui disant que sa mère avait eu un grave malaise alors qu'elle faisait la queue à la poste. Elle était probablement morte avant même d'avoir touché le sol.

Suivant l'exemple de son père, Kaylee n'avait pas pleuré. Elle ne lui avait pas non plus répété les derniers mos qu'elle avait adressés à sa mère.

Après les funérailles, les choses étaient allées très vite. Sa mère n'étant plus là pour fixer les limites, Kaylee avait fait tout ce qui lui plaisait. Et moins d'un mois plus tard, elle avait fui en Floride. Puis, elle était tombée enceinte.

Une assistante sociale compatissante lui avait trouvé

un lit dans un centre maternel géré par une association charitable qui l'avait aussi aidée à préparer son diplôme de fin d'études secondaires et à le présenter en candidat libre. Mais si le destin n'avait pas conduit Dawn dans le même foyer, Kaylee aurait tout de même fait la plus grosse erreur de sa vie.

Les deux jeunes filles avaient pleuré ensemble sur les enfants qu'elles ne verraient jamais grandir, et leurs larmes, étrangement, les avaient propulsées dans l'âge adulte. Puis Dawn avait eu cette incroyable, merveilleuse idée, qu'elles pourraient s'entraider pour élever leurs enfants ensemble.

Et c'est ce qu'elles avaient fait. Durant six ans. Jusqu'à ce que Dawn tombe amoureuse. Kaylee, consciente de la dette qu'elle avait envers son amie, était sincèrement heureuse pour elle. Mais cela ne l'empêchait pas de s'attrister de sa propre situation.

Non, certes, parce qu'elle rêvait d'avoir un homme à elle — elle avait appris à ses dépens qu'une histoire d'amour pouvait créer des problèmes et n'en résoudre aucun —, mais parce qu'elle avait perdu sa famille.

Elle traversa la pièce principale pour aller régler la climatisation, essayant de ne plus penser à Dawn à qui elle avait justement assuré la veille au téléphone qu'elle se débrouillait très bien et qu'elle se concentrait sur la plus grande joie de sa vie : son fils.

Elle déglutit péniblement. Une boule s'était formée dans sa gorge tandis que de vieux souvenirs remontaient à la surface. Elle n'avait jamais véritablement reconnu à quel point elle s'était montrée méchante envers sa propre mère jusqu'à ce qu'elle devienne mère elle-même.

— Qu'est-ce que tu as fait à l'école aujourd'hui, Joe-Joe ?

En guise de réponse, l'enfant s'accroupit près de son sac à dos, l'ouvrit et en sortit une feuille de papier.

Joey était très doué en dessin, il avait une justesse d'observation qui lui permettait de repérer immédiatement les traits caractéristiques d'un personnage, et une main sûre. Il avait représenté deux personnes qui se tenaient par la main qu'elle reconnut aussitôt : c'étaient elle et Joey.

— Mlle Jan a dit que nous devions dessiner notre famille, expliqua-t-il.

Kaylee se força à sourire bien que l'austérité du dessin l'eût frappée. Il n'y avait ni Dawn, ni Monica, ni tante Lilly, ni grand-père Paul, ni papa, et pas d'arrière-plan non plus. Joey et elle semblaient flotter, seuls dans un monde vide. Elle chercha quelque chose de positif à dire.

— Est-ce que mon petit garçon est déjà aussi grand que ça ? fit-elle en regardant le dessin.

La tête de l'enfant lui arrivait à l'épaule ; il s'était représenté comme un garçon de deux fois son âge.

Joey roula les yeux et répondit le plus sérieusement du monde :

— J'ai déjà six ans, tu sais.

Elle lui sourit avec tendresse. Joey grandissait beaucoup trop vite à son goût.

— C'est vrai, dit-elle. Est-ce que tu veux bien que je le mette sur le frigo ?

Il hocha la tête en signe d'assentiment et elle fixa le dessin à l'aide d'un magnet coloré, qu'il avait peint lui-même et qu'il lui avait offert à l'occasion de la fête des mères. Il avait rejoint toute une petite collection qui incluait un dinosaure jaune, un chiot violet et un animal imaginaire à tête d'aigle et corps de teckel.

— Est-ce que je peux allumer la télévision ? demanda Joey.

— Oui, chéri. Mais seulement jusqu'à l'heure du dîner.

Réprimant un soupir, Kaylee sortit la boîte de bâtonnets de poisson du congélateur et en posa huit dans un plat qu'elle enfourna aussitôt. Puis elle mit de l'eau à bouillir dans une casserole et ouvrit un paquet de macaronis et une sauce au fromage en sachet.

Kaylee n'était pas un cordon-bleu. Elle n'avait jamais prêté attention à ce que disait sa mère lorsque celle-ci essayait de lui apprendre à cuisiner. Elle n'avait même jamais préparé le panier-déjeuner qu'elle emportait à l'école. Sa mère l'avait fait pour elle jusqu'à ce qu'elle soit au lycée, époque à laquelle elle avait préféré se contenter de grignoter une bricole et empocher le reste de l'argent en prévision d'achats plus intéressants, comme des canettes de bière que des amis plus âgés achetaient pour elle ou, occasionnellement, quelques grammes de marijuana.

Elle renversa les pâtes dans l'eau bouillante, tout en

tendant l'oreille vers le séjour afin de s'assurer que Joey regardait bien un programme pour enfants.

L'ironie qui voulait qu'elle mène cette vie pleine de responsabilités ne lui échappait pas. Elle ne se souvenait même pas de la dernière fois qu'elle avait fumé un joint et il était rare qu'elle boive un verre d'alcool. Elle était déterminée — elle qui s'était autrefois écartée du droit chemin —, à donner le bon exemple à son fils.

Tandis que les macaronis cuisaient, elle tria son courrier. Une pile pour les factures, une autre pour les publicités. Elle avait presque terminé quand le téléphone sonna.

— Kaylee, c'est Lilly, dit la voix légèrement traînante, typique du Texas, de sa sœur.

— Lilly !

Sa cadette de six ans, Lilly vivait toujours chez leur père à Houston. Elle terminait sa deuxième année d'université.

— Comment va la fac ? Le semestre est fini ? s'enquit-elle.

— Presque. C'est la semaine des examens et j'ai hâte qu'elle se termine. Tu n'as pas idée de tout ce qu'on a à apprendre à la fac !

Kaylee se retint de lui rappeler l'importance que revêtaient les études dans le monde d'aujourd'hui. Lilly était encore trop jeune pour être sensible au discours de la raison, même si celui-ci venait de quelqu'un qui savait d'expérience combien il était difficile de joindre les deux bouts quand on n'avait pas reçu de formation supérieure.

— Qu'est-ce que tu comptes faire cet été ? demanda-t-elle.

— La même chose que l'an dernier. Parfaire mon bronzage en jouant au maître nageur au centre communautaire, répondit Lilly sans enthousiasme. Ecoute, je ne peux pas te parler longtemps parce que j'ai rendez-vous avec un ami pour dîner ce soir, mais je voulais que tu saches que papa avait dit que Joey et toi étiez les bienvenus ici.

Kaylee sentit ses mâchoires se crisper. Si son père voulait vraiment de Joey et elle chez lui, ne l'aurait-il pas rappelée lui-même ?

— Est-ce lui qui l'a proposé, Lilly ? Ou s'est-il laissé convaincre ?

Le silence à l'autre bout du fil se prolongea un tout petit peu trop longtemps pour que Kaylee n'en tirât pas des conclusions.

— Ne sois pas bête, Kaylee. Tu connais papa. Il a toujours été là pour nous.

C'était tout à fait vrai. Paul Carter était un homme sur qui l'on pouvait compter. C'était un plombier travailleur qui avait toujours fait vivre dignement sa famille. Mais il n'avait pas jugé utile d'intervenir dans le conflit qui opposait Kaylee à sa mère. Il n'avait pas non plus essayé de rattraper Kaylee quand elle s'était enfuie en Floride. Et il n'avait encore jamais vu son petit-fils.

Pour être juste, il avait toujours payé son billet d'avion à Lilly quand celle-ci allait voir sa sœur. Lilly disait même qu'il aurait volontiers offert le voyage à Kaylee et Joey s'ils avaient eu envie de leur rendre visite à Houston, mais Kaylee ne s'était jamais invitée et son père ne lui avait jamais proposé lui-même de venir.

— Préviens-nous du jour de ton arrivée, d'accord ? dit Lilly. Je dois y aller, maintenant.

Kaylee raccrocha, doutant plus que jamais de l'opportunité de se rendre à Houston.

Il allait pourtant falloir prendre une décision. Ses maigres économies fondaient rapidement. Son père l'aiderait certainement, mais elle ne lui avait jamais réclamé d'argent — pas une fois en six ans —, et elle n'avait pas l'intention de le faire aujourd'hui. Si ce n'avait été pour Joey, elle n'aurait même jamais demandé la permission de revenir habiter chez lui pour un temps.

Elle se remit à trier son courrier, s'arrêtant brusquement en découvrant une lettre qui portait le tampon de la Commission de probation de l'Etat de Floride. La gorge serrée, elle déchira l'enveloppe, en sortit un simple feuillet de papier blanc et lut la mauvaise nouvelle : une audience allait se tenir qui déciderait de la mise en liberté conditionnelle de Rusty Collier. L'audience était prévue la semaine suivante.

— Maman, ça va pas ?

Kaylee baissa les yeux vers le petit visage de Joey tout en s'efforçant de réfléchir. Le fait que Rusty obtienne sa liberté sur parole ne signifiait pas nécessairement qu'il essaierait de les retrouver. Il n'avait cherché à la joindre que deux fois depuis la naissance de Joey, puis il avait abandonné lorsqu'elle lui avait demandé de cesser d'appeler.

Néanmoins, la seule éventualité qu'il essaie de les

rechercher ne plaidait pas en faveur d'un retour à Houston. Même si, selon toute probabilité, les termes de sa libération lui interdiraient de quitter la Floride.

— Tout va bien, mon chéri.

Elle s'accroupit et le regarda dans les yeux.

— Mais j'ai une surprise pour toi, annonça-t-elle.

La frimousse de Joey s'illumina.

— Des M&Ms ? Une petite voiture ?

Elle écarta une mèche de ses fins cheveux de son front. Ils étaient d'une couleur inhabituelle, châtain clair, tirant sur le roux. Couleur feuilles d'automne, avait-elle parfois entendu dire. La même que celle des cheveux de l'homme qui l'avait engendré.

— Non, pas ce genre de surprise. Une plus grosse. Nous allons vivre une aventure.

— Comme Winnie l'Ourson ?

Une vague d'amour envers son fils la submergea. Elle hocha la tête, heureuse que Joey ne considère pas encore le petit ours comme étant indigne de sa nouvelle maturité.

— Exactement, dit-elle d'un ton enjoué. Existe-t-il une histoire qui s'appelle « Winnie et le déménagement » ?

Une expression de scepticisme remplaça l'ardeur qui s'était peinte sur le visage de Joey. Il fit non de la tête.

— Eh bien, imagine que Winnie, Tigrou, et Christopher déménagent…

— Dans la Forêt des Rêves Bleus ?

— Non, plus loin, dans un endroit encore mieux, continua-t-elle en essayant d'ignorer la moue toujours dubitative de Joey. Ce sera drôle. D'abord, il faudra que nous mettions toutes nos affaires dans des cartons, puis nous partirons en voiture, juste toi et moi. Nous quitterons la Floride et recommencerons une nouvelle vie ailleurs.

— Quand ?

— Bientôt. Peut-être même après-demain.

Joey fronça les sourcils, l'air soudain inquiet.

— Et l'école ?

Kaylee n'avait pas pensé à ça. Elle calcula rapidement : on était à la mi-mai, les vacances commenceraient dans à peine deux semaines.

— L'année est presque terminée, tu sais. Ce n'est pas très grave si tu manques les derniers jours de classe.

Bien que le visage de Joey se soit détendu, il ne souriait pas non plus.

— Où on ira ?

Les vallons verdoyants qu'elle avait admirés à la télévision quelques jours plus tôt dansèrent devant ses yeux. Elle imagina Sofia Donatelli debout au milieu des pommiers, lui faisant signe de la main, un sourire aux lèvres… En une seconde, sa décision fut prise.

— Nous irons dans l'Ohio. Dans une petite ville du nom de McIntosh.

Chapitre 3

McIntosh était exactement telle que Kaylee se l'était imaginée. Les douces collines. Les vergers en fleurs. Les grands espaces. Le ciel bleu vif qui déjà annonçait les chaleurs de l'été…

Tout aurait été parfait si seulement elle avait eu un travail, une solution de garde pour son fils et un endroit où vivre. Il aurait aussi été agréable d'avoir des amis en ville. Et mieux encore, de la famille.

Si elle n'avait pas paniqué lorsqu'elle avait reçu cette lettre de la Commission de probation, elle aurait sûrement imaginé un meilleur plan.

A dix-huit ans, elle avait trouvé très excitant de tout quitter sans savoir où elle allait. Mais empaqueter ses quelques possessions, les fourrer dans la voiture et prendre la route avec Joey n'avait pas eu le goût de l'aventure. Seulement celui du risque.

Elle avait temporairement résolu le problème du logement en louant une chambre d'hôtel à la périphérie de la ville, mais la seule chose dont elle pût se féliciter à son propos était qu'elle semblait propre.

Avant de chercher un logis plus permanent, il lui fallait trouver un travail. Et cela, escortée par un enfant de six ans parce qu'elle ne connaissait personne à qui elle aurait pu le confier.

Elle se gara le long du trottoir dans Main Street, apparemment la principale rue commerçante du centre, et sortit de la voiture avec Joey, en ayant l'impression d'être tombée au beau milieu d'un livre illustré.

Une averse récente avait tout lavé, faisant vibrer les couleurs. Au-dessus de leurs têtes, dans un ciel bleu azur, les petits nuages blancs ressemblaient à des balles de coton. A la recherche d'une adresse, ils remontèrent la rue, passant devant un salon de beauté, une librairie, un magasin d'alimentation et un cordonnier.

— Regarde, maman, dit soudain Joey en pointant le doigt vers un grand arbre à la ramure encore grise, mais couvert d'une multitude de petites fleurs rouges. On dirait qu'il a la varicelle.

— Oui, c'est vrai, dit-elle, amusée.

Les arbres étaient presque toujours verts dans le sud de la Floride, la température toujours chaude, et la circulation toujours intense. McIntosh offrait un agréable contraste. Il pouvait s'écouler trente secondes, voire plus, entre deux passages de voitures, mais il y avait de l'animation sur les trottoirs.

— Regarde, dit de nouveau Joey avant de courir vers l'arbre.

Il se pencha à la base de celui-ci et ramassa quelque chose, puis il revint à son côté pour lui montrer un tout petit crapaud couvert d'excroissances peu ragoûtantes.

— Il est super, non ?

Elle recula d'un pas.

— Tu ferais mieux de le reposer. Il va te donner ses verrues.

— Ils ont dit à la télévision que c'était une légende.

— Peut-être, mais c'est un bébé, regarde. Il ne retrouvera pas sa mère si tu ne le remets pas où tu l'as trouvé.

— Il est sorti d'un œuf, maman.

Les enfants qui regardaient les documentaires animaliers à la télévision étaient difficiles à manipuler.

— Laisse-le partir, Joey.

Joey bougonna, mais il se détourna et se baissa tandis qu'un homme âgé qui passait à leur hauteur, croisant le regard de Kaylee, la saluait. Ce à quoi Kaylee n'était pas habituée.

Elle reprit son chemin, Joey gambadant à côté d'elle, jusqu'au magasin de M. Sandusky, une épicerie dotée d'un vrai rayon boucherie. Le réceptionniste de l'hôtel lui avait dit qu'ils cherchaient une caissière.

— Maintenant, Joey, rappelle-toi ce dont nous avons parlé tout à l'heure, dit-elle en se penchant vers lui. Tu seras sage pendant que je parlerai à ces gens, n'est-ce pas ?

Joey resta auprès d'elle pendant qu'elle demandait à un employé si elle pouvait parler à M. Sandusky. Le propriétaire surgit du fond du magasin quelques instants plus tard, arborant un vaste tablier blanc de boucher qui ne diminuait cependant en rien le charme qui émanait de sa personne.

S'il avait eu vingt ans de moins, Kaylee l'aurait

probablement observé d'un autre œil. Il avait d'épais cheveux bruns, des traits agréables, des yeux noisette et un sourire chaleureux.

— Je suis Art Sandusky. En quoi puis-je vous être utile ?

— Bonjour, dit-elle gaiement. Je m'appelle Kaylee Carter, et je viens au sujet de l'annonce que vous avez fait paraître dans le *McIntosh Weekly* au sujet d'un emploi de caissière.

L'homme allait répondre quand un énorme fracas provenant de l'allée parallèle les fit sursauter tous les deux.

— Qu'est-ce que c'est que ça ? fit-il, les sourcils froncés.

Kaylee chercha éperdument Joey des yeux et, ne le voyant pas, eut un mauvais pressentiment. Ensemble, elle et Art Sandusky firent le tour du rayon pour aller voir de l'autre côté. Joey et une jeune fille en tablier regardaient le sol jonché de verre brisé. Une forte odeur de vinaigre et d'aneth empestait l'atmosphère.

— Que s'est-il passé ? demanda Art.

— Le petit m'a demandé si je voulais voir quelque chose de génial et il a sorti de sa poche un affreux crapaud qui a sauté sur moi.

— Je ne voulais pas lui faire peur, dit Joey.

L'animal apparut alors dans leur champ de vision et Joey se lança à sa poursuite.

Au grand soulagement de Kaylee, M. Sandusky se montra compréhensif. Il insista sur le fait que ce n'était qu'un accident et refusa qu'elle paie pour la casse. Mais malheureusement, il avait embauché une caissière trois jours plus tôt.

Poursuivant sa quête, Kaylee entra dans un restaurant qui n'avait pas fait passer d'annonce, et qui, assez logiquement, n'avait pas de poste à pourvoir. Le propriétaire ne l'aurait sans doute pas engagée de toute façon après que Joey eut bousculé un serveur qui portait un plateau de boissons. Deux clients furent arrosés, mais Joey s'en sortit aussi sec que le sable du désert.

— Connaîtriez-vous un autre endroit où je pourrais aller voir ? demanda-t-elle à l'homme au visage fatigué qui revenait de l'arrière-salle avec une serpillière pour réparer le désastre.

— Vous pouvez essayer le Nunzio's, dit-il en se mettant au travail. C'est le seul autre restaurant en ville qui offre un service à table.

Kaylee sentit ses paumes devenir moites et son cœur s'accélérer. Le Nunzio's… C'était le nom qu'avait cité le journaliste au cours de sa présentation, le soir où était apparue l'image de Sofia Donatelli sur l'écran de télévision. Evidemment, Kaylee brûlait d'envie d'y courir mais n'était-il pas plus sage de s'en abstenir pour l'instant ? Avoir un emploi, un logement, avant de rencontrer Sofia, n'était-ce pas plus avisé ?

Certes, seulement voilà : elle devait faire preuve de réalisme. Sans emploi, elle ne pourrait rester longtemps à McIntosh. Proposer ses services comme serveuse au Nunzio's apparaissait soudain la solution la plus raisonnable.

— Viens, Joey. Nous allons chez Nunzio, dit-elle en prenant son fils par la main.

Dans la rue, son cœur s'emballa de plus belle. Chacun de ses pas la rapprochait de la femme qui était peut-être sa mère.

« Nouvelle journée, nouvelle intrigante », songea Tony avec colère. Depuis des jours, il avait le sentiment d'assister à un odieux défilés d'opportunistes.

Il repéra la nouvelle dès qu'il pénétra dans le restaurant. Le Nunzio's était le lieu le plus agréable à McIntosh pour rencontrer ces « arnaqueuses », comme il les appelait, puisqu'il fallait bien les rencontrer. Agréable, car non seulement l'endroit sentait divinement bon — un mélange appétissant de sauce tomate, de pain aillé et d'épices —, mais l'atmosphère y était on ne peut plus accueillante. Les tables étaient couvertes de nappes à carreaux rouges et blancs et des nombreux cadres représentant des paysages italiens décoraient les murs.

Tony avait donné rendez-vous à la nouvelle « Connie » à 15 heures, afin d'être tranquille. En général, il y avait peu de monde entre le déjeuner et le dîner. Ainsi, cet après-midi, les seuls clients étaient un couple d'un certain âge, installé à une table de coin près de l'entrée.

La jeune femme d'aujourd'hui attendait dans un des box du fond — et elle n'était pas seule, nota Tony : avec elle, il y avait un garçonnet de cinq ou six ans. Ça, c'était une surprise, car elle n'avait pas mentionné d'enfant, lorsque Tony l'avait eue au téléphone.

La Connie de la veille était une petite blonde décolorée qu'il avait fait fuir avec une surprenante facilité. Tandis que Sofia était aux toilettes, il lui avait parlé de l'enquête minutieuse qui serait faite sur son passé, dont aucun élément ne resterait dans l'ombre, et des preuves irréfutables qu'elle devrait produire pour établir sa filiation. Elle avait filé lorsqu'il avait précisé que, s'il apparaissait qu'elle avait essayé de les tromper, ils porteraient plainte pour imposture.

Au moins, la Connie d'aujourd'hui avait-elle le physique de l'emploi… Des cheveux longs et bouclés, d'un brun très foncé. Des yeux presque aussi sombres, lui semblait-il, de l'endroit où il se tenait. Des traits qui auraient pu être ceux d'une fille d'origine italienne. Oui, même sa carnation méditerranéenne concordait.

En revanche, le petit garçon avait tout du jeune Américain, de sa tignasse ébouriffée châtain doré à son incapacité à se tenir tranquille. La jeune femme avait toutefois eu le bon sens de le faire asseoir auprès d'elle, et du côté du mur.

Elle leva les yeux, et Tony réalisa alors qu'il la dévisageait depuis au moins trente longues secondes. Leurs regards se croisèrent. Et là, de façon complètement inattendue, Tony éprouva une espèce de frisson sur la nuque.

Il fronça les sourcils. C'était la première fois qu'il recevait une « arnaqueuse » en l'absence de Sofia. Il avait décidé de voir celle-ci seul, pour éviter à sa belle-mère une nouvelle déception — ces circonstances particulières suffisaient-elles à expliquer qu'il se sente soudain troublé… ou bien y avait-il autre chose, qui lui échappait pour l'instant ?

Inexplicablement, il se surprit à se demander si cette jeune femme était mariée. « Très probablement », songea-t-il aussitôt.

Mais la question n'était pas là.

Reprenant contenance, il traversa le restaurant d'un pas décidé sans quitter des yeux le regard maintenant inquiet de la jeune femme. Elle se troubla lorsqu'il s'arrêta à hauteur de sa table.

— Je suis Tony, dit-il. Puis-je m'asseoir ?

Sans attendre sa réponse, il prit place en face d'elle. La jeune femme ouvrit la bouche, mais le garçonnet déclara avant qu'elle ait pu parler :

— Moi, c'est Joey.

Il avait une moustache de chocolat et un épi partageait ses cheveux de façon amusante au sommet de son front.

— Vous voulez voir un crapaud ? proposa-t-il dans la foulée.

Une surprise choquée transforma le visage de sa mère, lui donnant soudain une vie extraordinaire.

— Joey ! Je croyais t'avoir dit de le laisser partir.

— Je l'ai laissé, répondit le garçonnet en faisant la moue. Mais je parie que je pourrais le retrouver.

— J'aurais beaucoup aimé le voir. J'en attrapais tout le temps quand j'étais gosse, dit Tony en tendant sa main à l'enfant. Ça te va si je t'appelle Joe ? Tu m'as plus l'air d'un Joe que d'un Joey.

— Ouaip.

Le petit garçon lui adressa un sourire rayonnant qui fit apparaître deux fossettes espiègles sur ses joues. Il mit sa petite main dans celle de Tony et la serra avec une fermeté surprenante. Puis il sourit à sa mère.

— Hé, m'man, il est cool, hein ?

Tony reporta son attention sur la jeune femme. Vus de près, ses traits étaient encore plus fascinants. Son nez était un peu long avec une petite bosse au sommet de l'arête, ses pommettes hautes, ses lèvres pleines, et ses incisives supérieures étaient séparées par un léger espace. Elle n'avait pas des cils très longs, mais ils étaient épais et aussi noirs que ses sourcils aux arcs nettement dessinés.

Il baissa rapidement les yeux vers ses mains et constata qu'elle ne portait pas d'alliance, avant de s'apercevoir, en la regardant de nouveau, qu'elle l'observait d'un air sombre. Elle ne partageait pas l'opinion de son fils à son sujet ? Parfait ! De toute façon, elle allait très vite comprendre qu'elle ne pourrait pas l'abuser.

— Inutile de perdre du temps, reprit-il. Racontez-moi votre histoire.

— Mais… qui êtes-vous ?

— Il te l'a déjà dit, m'man. Il s'appelle Tony.

— Je croyais que le prénom de M. Nunzio était Frankie.

— En effet, dit Tony en se demandant où elle voulait en venir.

— Si vous n'êtes pas le propriétaire de ce restaurant, en êtes-vous le gérant ?

— Non. Pourquoi serais-je…

— Dans ce cas, coupa-t-elle, ses yeux fixés droit sur lui, permettez-moi de vous dire que vos méthodes de drague sont on ne peut plus grossières.

Tony demeura coi. Pour ce qui était de sa façade « tu ne me duperas pas, petite », il pouvait repasser ! Il croyait pourtant avoir réussi à dissimuler le bref mouvement d'attirance qu'il avait ressenti, mais elle ne s'y était pas trompée, et elle s'en servait pour l'attaquer. Bon sang !

— Ça va, maman ? s'inquiéta Joey. Je peux te défendre, tu sais.

— Merci, Joey. Tout va bien, dit-elle en le rassurant d'un sourire avant de se tourner de nouveau vers Tony. Ecoutez, ajouta-t-elle fraîchement, je suis flattée. Vraiment. Et je ne voudrais pas me montrer désagréable, mais je n'ai pas de temps pour ce genre de choses. Je suis ici pour un emploi dont j'ai réellement besoin.

— Excusez-moi, je crois que vous vous méprenez sur mes intentions, repliqua-t-il. Nous avons parlé au téléphone. Je suis la personne que vous étiez censée…

Sa voix perdit soudain de son assurance alors qu'une idée lui traversait l'esprit.

— Bon sang… Vous n'êtes pas une des Connie. C'est bien ça ?

— Pardon ?

— Je reformule : est-ce que vous vous appelez Connie ?

Elle secoua la tête, faisant danser ses boucles sombres autour de son visage.

— Je m'appelle Kaylee. Kaylee Carter.

— Et moi Joey… Joey Carter, dit son fils.

Tony ferma les yeux, fit une grimace, puis porta brièvement la main à son front.

— Je vous dois des excuses. Je vous ai prise pour quelqu'un d'autre, pardonnez-moi.

Il s'apprêtait à lui expliquer qu'il avait, avec sa belle-mère, examiné les lettres de jeunes femmes qui prétendaient être la fille de celle-ci, suite à une interview télévisée… quand il lui apparut tout à coup que c'était peut-être trop en dire.

A cet instant, interrompant sa réflexion, son téléphone portable vibra. L'écran afficha le numéro de la femme à qui il avait donné rendez-vous.

— Excusez-moi, dit-il en se levant. Il faut que je prenne cette communication.

Sur ce, il alla s'asseoir dans un box vide et, tout le temps que dura sa conversation, il sentit le poids du regard de Kaylee sur lui. La dernière en date des prétendues Connie lui annonçait qu'elle avait changé d'avis et ne souhaitait ni le rencontrer ni reporter leur rendez-vous. Etant donné la clarté avec laquelle il lui avait fait comprendre qu'elle ne rencontrerait pas Sofia avant de l'avoir vu lui lui, il ne fut pas surpris.

Ayant raccroché, il glissa son téléphone dans la poche intérieure de sa veste et retourna vers Kaylee. La jeune femme l'observait toujours d'un regard méfiant.

— Je suis vraiment désolé de ma méprise, dit-il, sans s'asseoir, cette fois. J'aimerais me faire pardonner. Laissez-moi…

Il dut se mordre les lèvres pour retenir la fin de sa

phrase… « Laissez-moi vous inviter à dîner ». Ah oui, ça l'aurait sûrement convaincue qu'il ne cherchait pas à la draguer.

— … glisser un mot pour vous au propriétaire, acheva-t-il.

— Vous le connaissez ? demanda-t-elle avec une pointe d'espoir dans la voix.

— J'ai grandi à McIntosh, aussi n'y a-t-il pas beaucoup de gens ici que je ne connais pas.

— J'apprécierais vraiment beaucoup si vous pouviez lui dire un mot en ma faveur. Joey et moi venons juste d'arriver et j'ai réellement besoin d'un travail. Non que je ne puisse me débrouiller seule, ajouta-t-elle en relevant le menton, mais une petite recommandation ne peut pas faire de mal.

Il approuva, prêt à lui promettre n'importe quoi. Ce mélange de bravade et de susceptibilité touchait une corde sensible chez lui. Un jour, lui aussi avait quitté tout ce qu'il connaissait pour aller vivre dans une ville inconnue. Il était capable de comprendre la vulnérabilité qu'elle ressentait.

La porte battante au fond du restaurant s'ouvrit à la volée et Frankie Nunzio apparut. Il parcourut la salle du regard, repéra Tony et sourit.

En deux secondes, le petit homme à la cinquantaine bien sonnée et au physique nerveux les rejoignit pour serrer vigoureusement la main de Tony.

— Hé, Tony ! Que se passe-t-il ? Tu viens tous les jours, maintenant ?

— On dirait que je ne peux pas m'en empêcher. Mais

tu vas me remercier d'être venu aujourd'hui car je t'ai trouvé une serveuse, dit-il en faisant un petit signe de la tête vers Kaylee. Frankie, je te présente Kaylee Carter et son fils, Joe. Kaylee et Joe, voici Frankie Nunzio.

Frankie serra la main de Kaylee avec autant d'enthousiasme qu'il en avait montré à l'instant vis-à-vis de Tony.

— Vous êtes la personne qui attendiez pour me voir ?

— Oui.

— Vous avez déjà travaillé comme serveuse ?

— J'ai six ans d'expérience.

— Dans ce cas, je vous prends à l'essai. J'ai besoin de quelqu'un de 10 heures à 14 heures six jours par semaine. Nous sommes fermés le dimanche. Voyons voir… C'est aujourd'hui vendredi. Pourriez-vous commencer lundi ?

— Vous voulez dire que je suis prise ? Comme ça ?

— Considérez la semaine à venir comme votre période d'essai. Mais si vous êtes une amie de Tony, je ne doute pas que tout se passe bien. Alors, qu'en dites-vous ?

Quelque chose n'allait pas. Tony le voyait à la façon dont les épaules de Kaylee étaient crispées et à ses lèvres légèrement pincées.

— Est-ce que vous n'auriez rien à plein temps ? demanda-t-elle.

— Pas pour le moment, répondit Frankie. Mais les affaires sont fluctuantes, il se pourrait que cela change. Donc, nous sommes d'accord pour lundi ?

Elle hésita une seconde, puis sourit.

— Oui. A condition que j'aie trouvé quelqu'un d'ici là pour garder mon fils.

— Essayez Anne Gudzinsky, conseilla Frankie. Elle s'occupe d'une petite halte-garderie à deux pâtés de maison d'ici. Je vais vous donner quelques imprimés à remplir et ensuite Tony pourra vous conduire chez elle, n'est-ce pas Tony ?

— Avec plaisir, dit-il, non sans remarquer le sourire distrait qu'avait eu Kaylee pour remercier Frankie.

Pendant que Kaylee remplissait les papiers apportés par ce dernier, Tony occupa Joey en improvisant un jeu de football de table avec un sous-verre en carton, ce qui sembla ravir l'enfant.

Enfin, Kaylee fut prête à se rendre à la halte-garderie, mais Tony eut de nouveau l'impression que quelque chose la contrariait. Elle se leva.

Elle était grande — environ un mètre soixante-quinze, aurait-il dit —, et sa taille lui donnait un air d'indépendance, mais encore une fois il ressentit sa vulnérabilité. Et, décidément, elle lui plaisait déjà beaucoup.

Alors, soudain, l'image d'Ellen s'intercala entre Kaylee et lui, mais il rejeta aussitôt ce bref accès de culpabilité. Il devait cette courtoisie à Kaylee Carter, vu la manière grossière dont il l'avait abordée. Et même s'il ne pouvait nier qu'il la trouvait attirante, il savait se tenir.

Quelqu'un saisit sa main, mais ce n'était pas Kaylee. Se tenant fermement à sa mère de son autre main, Joe sauta en l'air le plus haut qu'il put en criant : « Et hop ! »

Les traits de Kaylee se détendirent un peu. Elle échangea un regard amusé avec Tony par-dessus la tête de son fils. Il n'y avait rien eu de suggestif ou d'ambigu dans cet échange, pourtant, encore une fois, Tony éprouva un nouvel élan de désir pour elle. Sans doute était-ce bien naturel, se dit-il. Il aimait beaucoup les femmes, et celle-ci avait un charme fou. Qu'il soit sensible à sa beauté ne signifiait pas qu'il était en train de tomber amoureux, ni même tenté de la séduire.

La halte-garderie d'Anne Gudzinsky était une vaste maison victorienne, toute blanche, avec des marquises noires aux fenêtres et un large perron arrondi. Si elle n'avait pas été blanche, elle aurait eu tout l'air d'une maison en pain d'épice transportée dans le monde réel.

Les prix pratiqués, bien qu'un peu supérieurs à la normale, dans l'absolu, n'avaient rien d'abusifs. Anne, la directrice, une belle femme dynamique aux courts cheveux blonds leur expliqua que le coût était justifié par le petit nombre d'enfants par rapport au nombre d'employés qui s'occupaient d'eux.

Kaylee approuvait ce choix, mais hélas ce n'était pas le cas de son portefeuille. Elle faisait des additions dans sa tête et se demandait avec une inquiétude grandissante si elle allait pouvoir survivre à MacIntosh avec seulement un emploi à temps partiel.

— Hé Tony ! M'man !

La voix pleine d'excitation de Joey vint interrompre le cours de ses pensées. Il n'avait cessé de bavarder durant le court trajet qui les avait conduits à la halte-garderie et il semblait qu'il allait continuer comme ça jusqu'à ce qu'ils aient rejoint leur voiture.

— Regardez !

Appuyant de toutes ses forces sur leurs deux mains, son fils bondit de nouveau dans les airs.

— Je ne suis pas un oiseau. Je ne suis pas un avion. Je suis Super Joe ! cria-t-il avant de lâcher leurs mains pour atterrir plus loin en courant.

Tony partit d'un grand rire, et malgré son inquiétude, Kaylee dut reconnaître qu'elle aimait ce rire.

— Regardez ! cria de nouveau Joey en indiquant quelque chose dans l'herbe. Une sauterelle !

Il se pencha pour l'attraper, la manqua, se baissa encore et la manqua encore une fois. Tony éclata encore de rire — ce rire spontané, profond, capable de faire frissonner n'importe quelle femme.

Sa haute stature, ses cheveux noirs qui encadraient un large front, la barbe qui ombrait ses joues donnaient à Tony l'apparence d'un homme peu avenant. Mais Kaylee était déjà presque certaine que cette apparence n'était qu'illusion. Il riait trop facilement et s'entendait trop bien avec Joey. Il portait des vêtements de bonne coupe mais décontractés. Et puis, contrairement à certains clients de Fort Lauderdale qui s'étaient essayés à faire plus ample connaissance avec elle, lui avait su s'arrêter.

D'ailleurs, elle le regrettait presque…, pour être honnête. Il avait été sur le point de l'inviter à dîner un peu plus tôt, elle l'avait bien senti, mais il s'était finalement abstenu.

En général, elle refusait les invitations qu'on lui

faisait. Aurait-elle refusé celle de Tony ? La dernière fois qu'elle était sortie avec un homme remontait à six mois en arrière ; c'était Dawn qui avait tout manigancé. Elle avait passé une soirée agréable, mais pas assez cependant pour ne pas regretter de ne pas être restée avec Joey.

Seulement, avec Tony, Kaylee avait le sentiment que ce serait différent. Il avait de l'assurance, de l'éducation, et réussissait probablement brillamment dans sa vie professionnelle. Et surtout, il aimait bien Joey.

Malheureusement, sa vie était en plein chaos et elle avait des choses plus importantes à faire à McIntosh que se laisser, dès son arrivée, séduire par le premier venu.

Le premier venu, vraiment ? Non. Tony n'était pas n'importe quel homme, il était celui qui l'avait aidée à trouver un emploi et une solution de garde pour son fils. Et, en plus, il était extrêmement attirant.

— Merci pour tout, lui dit-elle. Je ne sais pas ce que j'aurais fait sans vous.

— Oh, ce n'est rien, dit-il en balayant le sujet d'un geste avant de reprendre le fil de la conversation interrompu par Joey. Vous disiez que vous aviez grandi à Houston, puis déménagé à Fort Lauderdale, mais vous n'avez pas dit pourquoi vous étiez venue ici, à McIntosh.

Elle s'efforça de ne pas se raidir. Sa question était innocente. Il ne pouvait pas savoir qu'elle fuyait quelque chose, ni qu'elle poursuivait autre chose. Personne ne le savait.

Pourquoi ne pas le lui dire ? La question trotta dans sa tête quelques instants. Ce serait merveilleux d'avoir un confident. De discuter de la menace que représentait

Rusty Collier à quelqu'un qui lui était suffisamment étranger pour qu'elle ne connaisse pas son nom de famille. D'avouer qu'elle était terrorisée à l'idée de rencontrer Sofia Donatelli, malgré son fol espoir. De ne plus se sentir seule.

Ses lèvres s'entrouvrirent. Puis se refermèrent. Elle n'avait partagé ni ses espoirs ni ses craintes avec Dawn dont elle se sentait plus proche que d'une sœur. Comment aurait-elle pu les confier à un inconnu ?

— Nous avions besoin de changement, dit-elle.

— Vous avez des amis ici ? de la famille ?

Une image étonnamment nette de Sofia s'imposa à l'esprit de Kaylee, qui se mordit la lèvre inférieure.

— J'aime bien cette région, fit-elle évasivement.

— Qu'est-ce qu'on peut bien aimer ici ?

— Vous plaisantez ? s'exclama-t-elle en désignant d'un geste du bras les arbres en fleurs, le ciel bleu, les rues tranquilles. C'est presque le paradis sur terre.

— C'est ce que disait mon père, marmonna Tony d'un air mécontent.

— Et vous n'êtes pas d'accord ?

Il haussa les épaules.

— Je suppose que c'est assez joli, mais une petite ville comme celle-ci n'a pas grand-chose à offrir à quelqu'un qui a envie de réussir.

Cela dépendait de ce que l'on entendait par réussir, songea-t-elle, mais elle demanda :

— Pourquoi y vivez-vous dans ce cas ?

— Je n'y vis pas. Je vis à Seattle. Je suis ici pour une visite prolongée.

— Moi, je viens juste d'arriver ici, mais je sais déjà que je n'ai pas envie d'en repartir, déclara-t-elle. Je pense que je pourrais trouver dans cette ville tout ce dont j'ai besoin pour être heureuse.

A condition qu'elle gagne assez d'argent pour les faire vivre, elle et son fils… L'inquiétude qu'elle avait ressentie un peu plus tôt l'envahit de nouveau. Elle doutait déjà de pouvoir se maintenir à flot une fois payée la halte-garderie et il fallait encore ajouter à l'équation le coût d'un logement.

— Dépêche-toi, maman ! cria Joey.

Il avait abandonné la sauterelle et, les ayant dépassés, attendait à présent à côté de la voiture.

— Je veux jouer avec Attila et Genghis.

Tony leva un sourcil interrogateur tandis que Kaylee sortait ses clés de sa poche et déverrouillait les portières à distance.

— Attila et Genghis sont des serpents, expliqua-t-elle, riant de voir les sourcils de Tony se hausser davantage. Ce sont des personnages dans l'un de ses jeux de GameBoy.

Il s'agissait d'un jeu ancien qu'elle avait acheté dans un magasin d'occasions. Joey n'en était pas encore à se tenir au courant de ce qui sortait sur le marché pour réclamer le jeu le plus récent.

Elle regarda son fils grimper dans la voiture, puis se tourna vers Tony. Elle n'avait pas envie de lui dire au revoir, et la perspective du week-end qui s'étirait devant elle, long, vide, l'angoissait. Mais il y avait longtemps que Joey et elle se débrouillaient seuls. Ça irait, bien sûr.

— Merci encore pour votre aide, dit-elle en se forçant à sourire.

Ses pieds lui faisaient l'effet d'être collés au trottoir, mais elle parvint tout de même à se détourner pour partir.

— Attendez, dit alors Tony en posant une main sur son épaule.

Il ne l'avait certainement pas posée assez fermement pour la retenir, cependant elle se figea, ressentant au travers de son gilet la chaleur de sa paume.

Elle leva les yeux vers lui. Un nuage qui avait momentanément voilé le ciel dériva lentement, et un rayon de soleil tomba sur Tony, le faisant paraître tellement viril tout à coup qu'elle en eut le souffle coupé.

Il était presque 17 heures et une légère ombre grisait ses joues. Kaylee ressentit un absurde désir de la caresser, puis d'effleurer du bout des doigts sa lèvre inférieure pour voir si elle était aussi douce qu'elle le paraissait.

Parce qu'elle portait des chaussures à talons, ils n'avaient pas plus de six ou sept centimètres de différence. S'il inclinait la tête ou si elle levait la sienne, leurs lèvres allaient se rencontrer. Leurs regards se croisèrent. Ses yeux étaient d'une couleur brun clair qui lui rappela celle du caramel. S'il essayait de l'embrasser, le laisserait-elle faire ? Il soupira et elle sentit son souffle tiède caresser sa bouche. Elle ne respirait plus, l'air semblait pris au piège.

— Acceptez de dîner avec moi ce week-end, murmura-t-il.

A cet instant, un coup de Klaxon retentit derrière

eux et Kaylee sursauta. Puis ils pivotèrent tous deux en direction du bruit : c'était Joe qui, depuis la voiture, s'impatientait et les rappelait à l'ordre. Mécontente, Kaylee le menaça de la main, et l'enfant réintégra le siège passager, puis pressa son visage contre la vitre de telle manière que tous ses traits en furent déformés.

Alors, Tony eut de nouveau ce rire bas, profond qui la remuait.

— Ce doit être sa façon à lui de s'assurer que nous ne l'oublions pas, commenta Tony. A ce propos, il est invité aussi, naturellement.

Kaylee réfléchit. Elle aurait très bien pu décliner l'invitation, inventer une excuse facile qui lui permette de se dérober au charme de Tony et aux complications qui suivraient forcément. Pourtant, elle s'entendit répondre :

— Quand ?

— Que diriez-vous de demain soir ? Vers 18 heures ?

— Un tout petit peu plus tard, si vous voulez bien. Je compte appeler des agences immobilières demain matin. Avec un peu de chance, Joey et moi passerons l'après-midi à visiter des appartements.

— Pourquoi n'attendriez-vous pas un peu avant de les appeler ? Je pourrais peut-être vous aider à trouver un logement.

La proposition la surprit, et elle se rappela qu'elle savait peu de choses sur lui.

— Vous êtes dans l'immobilier ?

— Non, pas du tout. Je dirige une entreprise appelée Security Solutions.

— Vous êtes détective privé ?

Il rit.

— Non. Il s'agit de sécurité informatique. J'ai développé un protocole qui vérifie l'identité des utilisateurs.

— Ce qui signifie, en langage courant ?

— Cela signifie que les sociétés qui utilisent mon protocole peuvent être sûres que les informations qu'elles échangent ou les transactions qu'elles opèrent via la Toile sont sécurisées.

— Et pendant votre temps libre, vous aidez les mères célibataires à se loger ?

Il sourit, dévoilant des dents régulières et parfaitement blanches.

— Exactement. Je vous l'ai dit, j'ai grandi ici et je connais beaucoup de monde. Vous ne pouvez pas partir à la chasse aux maisons sans moi.

— Vous avez entendu parler de quelque chose ?

— Mmm, une maison. Et je connais son propriétaire. Je pourrais passer vous prendre demain matin vers 10 heures et je vous emmènerais la visiter.

Les coins de ses yeux se plissèrent et elle faillit chanceler sous le charme de son sourire. Elle pourrait s'habituer très vite à se reposer sur un homme comme lui. Mais bien qu'elle fût consciente que ce n'était guère prudent de sa part, elle ne put se résoudre à refuser son aide.

— D'accord. Mais je préfère passer vous prendre, dit-elle, pensant sauvegarder ainsi une partie de son indépendance. Indiquez-moi simplement une adresse.

Il la lui donna et elle la confia à sa mémoire. Le Klaxon retentit de nouveau. Joey était assis sagement à sa place, se donnant beaucoup de mal pour avoir l'air innocent.

— Il commence à se fatiguer d'attendre, dit-elle.

Elle fit le tour de la voiture, ouvrit sa portière, puis le regarda par-dessus le toit et sourit.

— C'est idiot, mais je ne connais même pas votre nom de famille.

Il sourit en retour.

— C'est Donatelli.

Donatelli ?… Kaylee aurait probablement perdu l'équilibre si elle ne s'était tenue à la portière. Sans avoir la moindre conscience de ses gestes, elle se baissa pour entrer dans la voiture, attacha sa ceinture puis posa ses mains sur le volant tandis que son cerveau s'efforçait de traiter cette déconcertante information.

Donatelli était un nom italien courant, se répétait Kaylee en consultant les pages blanches de l'annuaire. Ce n'était pas parce que Tony le partageait avec Sofia qu'il était forcément le beau-fils dont celle-ci avait parlé à la télévision.

Cependant, lorsqu'elle tomba sur l'adresse de Sofia, elle fut bien obligée de constater que c'était aussi celle que Tony lui avait donnée.

Autrement dit, Tony Donatelli n'était pas qu'un homme séduisant rencontré par hasard dans un restaurant.

Chapitre 4

Tony sifflotait au volant de sa voiture de location en arrivant dans le quartier de classe moyenne où il avait grandi, impatient d'être au lendemain.

Il avait brièvement songé à inviter Kaylee à dîner dès ce même soir avant de se rappeler que Sofia avait prévu un repas spécial. Sa belle-mère semblait considérer qu'elle devait se rattraper après lui avoir servi, la veille, des *fettuccini alfredo* achetés tout faits, bien que ceux-ci aient été préparés par Nunzio selon une recette à elle.

Peu importait. Demain viendrait vite.

Les modestes maisons de briques avec leurs toits de bardeaux et leurs jardinets devant paraissaient n'avoir pas changé du tout depuis vingt ans. La maison des Walkowski avait toujours besoin d'être repeinte, les arbres des Stewart auraient mérité d'être taillés, et la pelouse des Pagiossi était toujours la mieux entretenue.

Ce n'est qu'en passant devant la maison des Medford que Tony s'arrêta de siffloter. Quelque chose clochait. Il freina et regarda le jardin avec plus d'attention. La pancarte « à louer » qu'il avait remarquée la veille n'était plus là.

Ce n'était vraiment pas de chance…

Puis il se rappela que son ami Will — qui se trouvait être agent immobilier — était en congé pour trois jours. Autre malchance.

Restait Sofia. Elle connaissait du monde. Peut-être aurait-elle entendu parler d'un autre endroit à louer.

S'étant garé devant chez Sofia, il remonta l'allée, posa le pied sur le paillasson automatique et composa le code qui permettait de déconnecter le nouveau système de sécurité que Sofia avait fait installer.

Durant tout ce temps, il essaya de ne pas se laisser envahir par ses vieux souvenirs. Mais c'était peine perdue. Ils revenaient en masse, comme chaque fois qu'il franchissait le seuil de la maison.

C'était sans doute à cause de ce stupide paillasson que son père avait inventé. Une sorte de tapis surélevé dissimulant un mécanisme censé aspirer la poussière de vos chaussures au travers d'une multitude de petits trous — qui étaient généralement bouchés.

Anthony Donatelli père était mort depuis deux ans, mais une partie de Tony s'attendait encore à le voir apparaître, prêt à se lancer dans une explication enthousiaste à propos de sa dernière invention, laquelle devait leur apporter la fortune.

La plupart des inventions de son père avaient été de fausses trouvailles, mais Tony devait admettre qu'il avait eu quelques débuts de bonnes idées qui s'étaient avérées extrêmement lucratives. Pour d'autres.

En dépit de ses prédictions répétées, son père n'avait jamais fait fortune. Il avait toujours échoué, que ce soit durant le processus de développement de son invention ou durant la phase de commercialisation.

Tony s'était toujours demandé comment Sofia avait pu supporter d'entendre son père palabrer au sujet de sa prochaine Grande Idée, pourquoi elle avait continué de l'encourager, sans jamais faillir, alors qu'il passait sa vie à rêvasser.

Tony passa une main sur son front, essayant de chasser ses souvenirs.

— Sofia. Je suis rentré ! lança-t-il.

— Inutile de me percer les tympans, chéri, je suis là.

Sofia descendait l'escalier, vêtue d'un pull rouge à manches courtes qui lui allait à ravir. Elle avait coiffé ses épais cheveux noirs de façon à ce qu'ils encadrent son visage, mis du gloss sur ses lèvres naturellement rouges et du mascara sur ses cils. Elle portait un pantalon noir avec des talons hauts qui la grandissaient de plusieurs centimètres. De toute évidence, ses vêtements étaient neufs.

Tony émit un long sifflement admiratif.

— J'ai manqué quelque chose ? Aurais-tu un rendez-vous ce soir ?

— Non, je vais faire quelques courses, c'est tout.

— Eh bien, tu es absolument superbe.

Elle sourit et descendit les dernières marches. S'arrêtant devant le miroir de l'entrée, elle fit bouffer ses cheveux d'une main légère.

— Charmeur, va ! Où étais-tu ?

Il n'avait aucune intention de ruiner sa belle humeur en lui parlant de la dernière Connie qui n'était pas venue au rendez-vous fixé.

— J'avais des courses à faire. Comme toi.

— Les miennes ne me prendront pas plus d'une heure. Ensuite, je rentre directement à la maison pour te préparer un bon dîner.

— Avec la fortune que tu as gagnée, tu devrais embaucher un cuisinier.

Elle mit ses mains sur ses hanches et dit en inclinant la tête :

— Je croyais que tu ne voulais pas que je dépense mon argent.

— Je n'ai jamais rien dit de tel. J'ai seulement dit que j'aimerais que tu en dépenses moins pour les autres et que tu penses un peu à toi.

— Mais je n'ai pas besoin de grand-chose, Tony. Et sûrement pas d'un cuisinier. Surtout depuis que j'ai quitté le restaurant. Qu'est-ce que je ferais si je n'avais même plus à cuisiner ?

— Tu pourrais te détendre, profiter de la vie…

— Je me détendrai ce soir… en cuisinant, dit-elle en se dirigeant vers la porte.

— Sofia, attends.

Elle pivota et lui jeta un regard interrogateur.

— Est-ce que tu sais pourquoi la maison des Medford n'est plus à louer ?

— Eh bien, oui, fit-elle, surprise. Ils ont trouvé un locataire ce matin. Pourquoi ?

Il hésita, puis décida qu'il n'y avait aucune raison de ne pas le lui dire.

— J'ai rencontré une femme seule avec son enfant ce matin et je lui ai dit que je l'aiderais à chercher un logement.

— Est-ce quelqu'un que je connais ?

— Non, elle vient d'arriver en ville.

Sofia le regarda avec attention, tapotant de l'index sa lèvre inférieure.

— Et elle est jolie ?

— Je n'ai pas remarqué.

— Toi, mon fils, fit-elle en pointant son doigt sur lui, tu es un fieffé menteur.

— D'accord, c'est vrai, elle est très jolie. Mais cela n'a rien à voir avec mon désir de l'aider. Et d'ailleurs, j'ai déjà une petite amie.

— Une petite amie, pas une femme.

— Ellen pourrait devenir ma femme un jour.

— Je ne m'étais pas rendu compte que votre relation était aussi sérieuse.

— Il y a presque un an que nous sommes ensemble.

— Le temps ne fait rien à l'affaire. J'ai connu un homme qui sortait avec la même femme depuis seize ans. Un jour, il est resté bloqué dans l'ascenseur avec une de ses collègues et le lendemain il rompait avec sa petite amie. Trois mois plus tard, il était marié avec sa nouvelle compagne.

— Pourquoi me racontes-tu ça ?

— Si tu as des doutes au sujet d'Ellen, il n'est pas trop tard pour changer d'avis.

— Tu ne parlerais pas comme ça si tu l'avais rencontrée. Elle est parfaite. Talentueuse, belle, intelligente. Elle réunit toutes les qualités qu'un homme désire trouver chez une femme.

— Alors pourquoi as-tu rendez-vous demain soir avec une autre ?

— Je te l'ai dit. Elle ne connaît personne en ville et...

Il s'interrompit brusquement, avant de demander :

— Comment sais-tu que j'ai invité Kaylee à dîner ? Je t'ai dit que j'allais l'aider à trouver une maison, pas que...

— Une mère sait toujours ces choses-là, Tony, dit-elle en lui donnant une petite tape sur la joue.

Il se rembrunit. Il n'aimait pas beaucoup les conclusions que Sofia avait tirées de cette invitation. Même au lycée, il n'était jamais sorti avec deux filles en même temps. Son copain Will avait fait cette erreur alors qu'ils avaient treize ans, et tout ce qu'il avait gagné c'était un œil au beurre noir, offert par la première fille ; quant à la seconde, elle avait convaincu toutes ses amies de ne même plus lui adresser un regard.

Mais Tony ne pouvait nier qu'à un moment donné, dans la rue, il avait eu envie d'embrasser Kaylee. Chassant ce souvenir embarrassant, il reprit :

— Je ne cherche qu'à me montrer amical, Sofia. Kaylee est nouvelle dans cette ville, elle et son fils ne connaissent personne. J'ai pensé que ce serait gentil de lui donner un coup de main et aussi qu'elle avait peut-être besoin de quelqu'un à qui parler.

Tony, en tout cas, était curieux d'obtenir des réponses aux questions qu'il se posait à son sujet. Pourquoi avait-elle débarqué ici quand ni un emploi ni un logement ne l'y attendaient ? Qu'est-ce qui la poussait à agir de cette façon ? Et que pensait le père de Joey du départ de son fils ?

— Puisque tu le dis, dit Sofia.

Le ton de sa voix laissait entendre qu'elle ne croyait pas que ses motivations fussent aussi innocentes qu'il voulait les présenter.

— Alors ? Est-ce que tu aurais entendu parler d'un autre endroit à louer ?

— Je ne crois pas, non, mais je connais un rédacteur du journal. Les petites annonces paraissent le dimanche, mais je suis sûre qu'il voudra bien m'en donner une copie avant leur parution.

Tony se pencha pour l'embrasser sur les deux joues. Elle sentait le parfum et aussi une odeur qui lui rappelait son enfance.

— Merci, dit-il. J'ai de la chance de t'avoir comme mère.

Même si elle avait réussi à le faire douter des raisons pour lesquelles il avait invité Kaylee à dîner.

Sofia Donatelli avait trouvé sans difficulté une place pour se garer dans Main Street, non loin de l'épicerie Sandusky. Cependant, elle restait assise au volant, trop distraite pour apprécier l'odeur de sa Volvo toute neuve.

Elle n'aurait pas remarqué Gertrude Skendrovitch, qui passait sur le trottoir, un grand carton de chez le pâtissier à la main, si celle-ci ne l'avait saluée avec force grands gestes.

Sofia répondit d'un signe de la main, regrettant que la Volvo bleue aux lignes pures attire autant l'attention. Cependant elle ne regrettait pas son achat. La Volvo avait obtenu une note remarquable au crash test, argument d'importance pour qui avait perdu son père dans un accident de voiture avant même de l'avoir connu.

Le sourire de Gertie s'épanouit. Sofia n'était ni naïve ni stupide. C'était davantage le monde autour d'elle qui avait changé qu'elle-même, mais elle ne pouvait échapper au fait que sa vie avant la loterie était différente de sa vie d'aujourd'hui.

Avant la loterie, cette grincheuse de Gertie n'aurait même pas levé la tête en l'apercevant. Aujourd'hui, elle essayait probablement d'entrer dans ses bonnes grâces pour lui demander de l'argent.

Une rumeur courait déjà selon laquelle Sofia était une cible facile. Peut-être était-ce à cause de cela qu'aucune des lettres qui lui avaient été transmises par la chaîne de télévision ne lui avait paru sonner juste.

Tony avait suivi l'une des pistes les plus prometteuses cet après-midi, bien qu'il ait ignoré qu'elle le savait. Mais pourquoi ne l'aurait-elle pas laissé effectuer une première sélection ? S'il était intervenu avant qu'elle ait rencontré cette délicieuse jeune femme aux cheveux blonds décolorés, une intrigante encore, elle ne se serait pas endormie en pleurant la nuit précédente.

Sofia essuya une larme, une des nombreuses qu'elle avait versées sur l'enfant qu'elle ne connaissait pas. Elle avait changé d'avis à propos de la procédure d'abandon alors qu'elle était dans la salle d'accouchement, mais sa mère avait dit qu'il était trop tard, que l'adoption était déjà en cours.

Serrant ses paupières une dernière fois, Sofia décida qu'elle se concentrerait sur la recherche de Constanzia plus tard. Pour le moment, il fallait qu'elle sache pour quelle raison Art Sandusky l'avait évitée tous ces derniers temps.

Asséchant ses paumes moites sur son pantalon, elle sortit résolument de la Volvo et pénétra dans l'épicerie. La caissière, une petite blonde à queue-de-cheval, était nouvelle, aussi n'eut-elle pas à s'arrêter pour faire la conversation.

Le magasin était une épicerie-boucherie, appréciée pour sa viande de qualité, découpée et préparée sur place, juste derrière l'étal situé au fond du magasin. Les rayonnages des quatre étroites travées qui y conduisaient étaient garnis de tout ce qui était nécessaire pour organiser un repas fin : vin, pains, fromages…

Sofia emprunta une allée déserte, qui semblait être le chemin le plus rapide pour rejoindre Art Sandusky, mais comprit qu'elle avait fait une erreur lorsqu'une petite femme ronde apparut à l'angle d'un présentoir.

— Sofia ! Comme je suis heureuse de te rencontrer !

— Bonjour, dit Sofia, sans parvenir à situer son interlocutrice.

La population de McIntosh s'était accrue ces dernières années, jusqu'à atteindre quatre mille âmes, ce qui n'était pas assez pour que Sofia ne rencontre pas très souvent des gens qu'elle connaissait, mais trop pour qu'elle connaisse tout le monde. Toutefois, depuis qu'elle avait gagné à la loterie, il semblait que tout le monde la connaissait, elle.

La femme avait environ son âge, et quelque chose de vaguement familier dans le regard.

— Tu te souviens de moi, n'est-ce pas ? dit-elle en flattant ses cheveux blond platiné dont on commençait à voir les racines. Betty Schreiber. Nous étions au lycée ensemble. Tu étais assise à côté de moi en maths.

Sofia fit un bond de quelques dizaines d'années en arrière et se rappela la majorette très populaire, petite amie du meilleur buteur de l'équipe de football, et qui remarquait alors à peine l'existence de Sofia.

— J'ai eu si souvent l'intention de t'appeler depuis que je suis revenue à McIntosh, dit Betty.

— Quand es-tu revenue ? demanda Sofia, tout en se demandant comment elle pourrait bien échapper à ce coup fourré.

— Il y a à peu près cinq ans. Mais le temps passe si vite.

— Oui. Ecoute, je suis un peu pressée, là, tout de suite.

— Dans ce cas, mieux vaut que j'aille droit au but.

Betty se mordit la lèvre, fit passer le poids de son corps d'un pied sur l'autre.

— C'est un peu gênant pour moi à vrai dire, commença-t-elle, mais étant donné que nous étions amies, j'espérais que tu pourrais m'aider.

— T'aider ? répéta Sofia d'une voix neutre.

— La boîte de vitesse de ma voiture a rendu l'âme la semaine dernière, et, avec mon mari au chômage — je t'ai dit que j'étais mariée, n'est-ce pas ? — eh bien, je n'ai pas les moyens de payer la réparation. Et c'est vraiment dur de se passer de voiture de nos jours, tu sais.

Sofia garda le silence, mais elle n'était même pas choquée. De nombreux inconnus lui avaient réclamé de l'argent depuis son gain, pourquoi se serait-elle étonnée d'être sollicitée par une ancienne camarade de classe ?

— Ce n'est pas comme si je te demandais de quoi acheter une nouvelle voiture, continua Gertie. La réparation ne devrait pas excéder mille dollars, je pense. Je te serais tellement reconnaissante si tu pouvais faire cela pour moi.

Sofia, quant à elle, aurait été reconnaissante à quiconque l'aurait débarrassée sur-le-champ de la quémandeuse. Elle sortit son carnet de chèques de son sac, non sans remarquer le sourire de satisfaction de Gertie.

— Dans quel garage comptes-tu l'apporter ? s'enquit-elle.

— Pardon ?

— J'ai besoin du nom du garage pour pouvoir rédiger le chèque, expliqua Sofia.

Betty avait pâli, mais elle se reprit rapidement.

— Oh, ce n'est pas la peine. Tu n'as qu'à le mettre à mon nom, ça ira très bien.

— Désolée, mais mon beau-fils me tuerait si je faisais ça.

Sofia sourit, affectant un air penaud.

— Il craint toujours que certaines personnes abusent de ma générosité, je suis sûre que tu comprends ça.

— Euh… oui, bien sûr.

Betty ne savait apparemment plus quoi dire. Elle finit par se frapper le front avec bien peu de naturel en disant :

— Vraiment c'est idiot, je ne parviens pas à me souvenir du nom de ce garage. Je vais être obligée de le demander à mon mari. Je te le téléphonerai plus tard.

Prenant soin de ne pas l'encourager, Sofia hocha imperceptiblement la tête et remit son chéquier dans son sac. Betty bafouilla un « au revoir » et s'éclipsa en hâte. Sofia espérait que c'était la honte qui l'avait fait fuir ainsi, mais elle s'attendait néanmoins à ce que Gertie invente autre chose par la suite pour lui soutirer de l'argent.

Peu importait. Elle était partie, à présent. Sofia se dirigea avec résolution vers le fond du magasin, résistant à l'envie qu'elle venait d'avoir de se repoudrer. Tony lui avait dit qu'elle était parfaite. Et elle savait qu'elle l'était.

« Allez, vas-y, » s'encouragea-t-elle à mi-voix en arrivant devant le comptoir de la boucherie.

Son courage faiblit lorsqu'elle vit qu'un homme entre deux âges était en train de passer commande. Elle jeta un coup d'œil dans sa direction pour s'assurer qu'elle ne le connaissait pas, mais le boucher derrière son étal attira son attention.

Il portait un grand tablier blanc et ses larges et puissantes mains étaient dissimulées sous des gants de plastique. Art Sandusky ne faisait rien pour se faire remarquer. C'était un homme simple : gentil, travailleur, honnête.

Elle le connaissait depuis qu'il avait emménagé à McIntosh pour y ouvrir son magasin quinze ans auparavant. La rumeur publique disait que son ex-femme l'avait quitté pour un autre homme, ce qui avait toujours paru inconcevable à Sofia, même avant qu'elle ne se fût rendu compte qu'il l'attirait.

C'était arrivé tout doucement. A un moment donné au cours de l'année précédente, elle avait réalisé qu'elle ne souffrait plus de la même façon de la mort de son mari. Ses souvenirs n'étaient plus douloureux, au contraire, les moments heureux qu'ils avaient passés ensemble lui procuraient une sorte chaleureux bien-être. Elle avait regardé autour d'elle et remarqué qu'Art Sandusky l'observait parfois avec insistance.

Ce n'était pas un don Juan. Elle avait dû faire une demi-douzaine d'allusions délicates aux loisirs et aux sorties entre amis avant qu'il lui propose de l'emmener au cinéma, il y avait de cela seulement un mois. Il lui avait acheté du pop-corn, avait tenu sa main comme un adolescent, mais son baiser, lorsque, un peu plus tard, il l'avait laissée devant chez elle, l'avait fait se sentir femme.

Et puis… rien. Hormis un léger signe de tête lorsqu'ils se rencontraient en ville par hasard. C'est vrai, elle avait été un peu préoccupée depuis qu'elle avait gagné à la loterie, mais pas au point de ne pas être disponible pour lui.

Il leva les yeux vers elle, et, un bref instant, elle crut discerner une lueur d'admiration dans ses yeux noisette. Mais il la salua ensuite de la tête de cette façon impersonnelle qui la rendait folle, et finit d'emballer les steaks pour son client avec une calme efficacité.

Rien dans l'apparence d'Art ne retenait particulièrement l'attention. De taille et de corpulence moyennes, il parlait d'une voix douce, souriait aimablement, et portait des couleurs neutres. Ce n'est qu'en l'observant plus minutieusement que l'on remarquait ses yeux noisette, aussi doux que ceux d'une biche, ses cheveux bruns très épais et son visage marqué au sceau de la probité.

— Qu'est-ce que ce sera pour vous aujourd'hui, Sofia ? demanda-t-il quand le précédent client fut parti, comme s'ils n'avaient jamais échangé ce baiser brûlant devant sa porte.

« Une explication », songea-t-elle.

Elle éprouva une curieuse sensation au creux de l'estomac, qui lui rappela vaguement une réaction ressentie autrefois en face du garçon le plus mignon de l'école. Elle avala sa salive et n'osa pas lui poser la question qui lui brûlait les lèvres.

— Tony est à la maison, dit-elle. Je pensais faire des grillades de bœuf en guise de bienvenue.

C'était quelque chose qu'elle ne faisait jamais. Sa spécialité, c'étaient les plats de pâtes et elle pouvait faire des merveilles avec quelques morceaux de poulet. Elle se souvenait pourtant qu'ils avaient un gril, mais n'était pas sûre de l'endroit où il pouvait être rangé.

— J'ai des steaks d'aloyau, dit-il en indiquant quelques

belles pièces de viande finement persillée sous le comptoir vitré tandis qu'elle se traitait intérieurement de lâche. A moins que vous ne préfériez des tournedos, ou des entrecôtes...

— Pourquoi m'évitez-vous ? lâcha-t-elle soudain.

— Pardon ? fit-il, les sourcils froncés.

Sofia sentit son cœur s'emballer, sa gorge se serrer. Pourquoi perdait-elle toute son assurance en face de cet homme ? Elle avait été mariée pendant des années, puis était devenue veuve. Elle avait travaillé dans des restaurants où elle avait côtoyé toutes sortes d'hommes avec qui elle avait bavardé et plaisanté sans jamais éprouver la moindre gêne. Mais en face de lui, elle ne parvenait pas à aligner trois mots.

— Au magasin, la semaine dernière, vous avez emprunté une autre allée pour ne pas avoir à me croiser, et à la poste, l'autre jour, vous vous êtes empressé de sortir dès que vous m'avez aperçue.

Il détourna les yeux, puis les reporta sur elle.

— Je ne vois pas de quoi vous parlez.

Elle essaya de déglutir, mais cela ne suffit pas à chasser la boule qui encombrait sa gorge.

— J'avais passé une bonne soirée le jour où nous sommes allés au cinéma. Je croyais que c'était pareil pour vous.

— Ça l'était, confirma-t-il de cette voix impassible qui la rendait folle.

— Alors pourquoi ne m'avez-vous pas rappelée ?

Elle vit sa pomme d'Adam monter et redescendre brusquement dans son cou.

— J'ai été occupé.

L'immanquable ligne de défense des hommes. Sofia expira longuement. Elle avait été tellement certaine qu'il y avait une explication à sa soudaine froideur, mais il n'en donnait aucune. Ce qui signifiait qu'il n'y en avait qu'une : il ne voulait pas sortir avec elle.

— Moi aussi, j'ai été très occupée, dit-elle.

Se faisant violence, elle s'efforça de sourire.

Un client prit place à son côté — quelqu'un qu'elle ne connaissait pas, Dieu merci. Art le salua puis se tourna de nouveau vers elle, croisant, fugitivement, son regard.

— Où en étions-nous ? Ah oui, ces steaks. Je vous choisis deux beaux morceaux d'aloyau ?

— Non, finalement, j'ai changé d'idée, déclara-t-elle, espérant que le tremblement de ses lèvres n'était pas perceptible. Je crois que Tony préférera des lasagnes.

Les sourcils d'Art se rapprochèrent, son visage prit une expression peinée. Elle attendit quelques secondes. Peut-être allait-il dire quelque chose pour la retenir ?

— Alors à bientôt, Sofia.

Elle hocha la tête, pivota et marcha vers la sortie, sachant à peine où elle se trouvait. S'il y avait eu un lit en vue, elle s'y serait jetée pour pleurer tout son soûl.

— Madame Donatelli.

Une petite dame aux cheveux poivre et sel, surgie d'une allée parallèle, la héla comme elle atteignait la porte. Sofia reconnut en elle un professeur de McIntosh High School.

— Bonjour, madame Donatelli. Je suis Mary Winters. J'ai enseigné l'anglais à Tony il y a des années.

Craignant que sa voix ne trahisse son émoi, Sofia garda le silence.

— Je dirige un programme contre l'illettrisme et je me demandais si…

— Excusez-moi, mais je n'ai pas le temps maintenant, dit-elle en poussant le battant de la porte.

Tout le monde voulait d'elle quelque chose, semblait-il, sauf l'homme à qui elle aurait volontiers offert son cœur.

Chapitre 5

L'esprit confus, Kaylee déambulait dans l'adorable petite maison de trois pièces. Elle avait passé la moitié de la matinée avec Tony Donatelli sans oser lui avouer les véritables raisons de sa présence à McIntosh, et ce silence la faisait se sentir coupable. Oui, elle se faisait l'effet d'une dissimulatrice.

— Vous pouvez emménager dès demain si vous le souhaitez. Tout ce dont j'ai besoin, c'est le premier et le dernier mois de loyer, plus un mois de caution, dit M. Stanton, le propriétaire.

C'était un vieux monsieur charmant aux cheveux blancs qui lui rappelait son grand-père maternel.

— Qu'en pensez-vous, Kaylee ? s'enquit Tony.

Ce qu'elle en pensait ? Que les choses lui avaient complètement échappé, voilà ce qu'elle en pensait ! Elle se trouvait dans une maison qu'elle n'avait pas les moyens de louer, en compagnie d'un homme qui ignorait qu'elle était venue à McIntosh pour rencontrer sa belle-mère, et dont elle-même ne savait rien ou presque.

Après avoir établi leur lien de parenté la veille en

vérifiant l'adresse de Sofia dans l'annuaire trouvé dans la table de nuit de sa chambre d'hôtel, Kaylee avait composé le numéro de téléphone des Donatelli avec l'intention de s'excuser de ne pouvoir se rendre au rendez-vous du lendemain. Mais une voix enregistrée avait répondu que le numéro demandé n'était plus attribué.

Elle avait donc dû se résigner à revoir Tony comme prévu, et avait passé une nuit agitée durant laquelle elle avait pris la ferme décision de lui dire, dès qu'elle le verrait, qui elle pensait être.

Seulement, il les attendait dans l'allée, regardant sa montre, lorsqu'ils étaient passés le prendre, et le moment de vérité avait été facile à différer. Pire, elle n'avait pas pu s'empêcher de lui demander à quoi avait ressemblé son enfance.

Il lui avait bientôt parlé de Sofia, sans toutefois mentionner son gain à la loterie. Elle adorait faire des surprises, lui avait-il dit, l'accueillait avec un ballon de félicitations lorsqu'il avait eu le tableau d'honneur à l'école, l'emmenait à Cincinnati voir un match de football pour son anniversaire, lui préparait de somptueux gâteaux au chocolat sans raison particulière.

Ses amis l'enviaient d'avoir une mère comme elle. Même en travaillant à plein temps, elle se débrouillait pour être disponible. Elle l'aidait pour ses devoirs, s'occupait elle-même de son éducation religieuse, le conduisait à ses entraînements. Plus il lui parlait de Sofia, plus Kaylee brûlait d'envie de voir son rêve devenir réalité.

— Kaylee ? Qu'en pensez-vous ? répéta-t-il.

Elle devinait ce que lui pensait de la maison, et il n'était pas difficile d'imaginer les sentiments de Joey. Il était en train de se balancer sur un vieux pneu suspendu à la branche la plus solide du grand chêne qui ombrageait le jardin derrière la maison.

— Il faut que j'y réfléchisse, répondit-elle avant de s'adresser à M. Stanton. Puis-je avoir votre numéro de téléphone ? Je reprendrai contact avec vous dès que je me serai décidée.

— Ne tardez pas trop. Les annonces classées paraissent demain et je suis sûr que j'aurai beaucoup de demandes, dit-il avant de s'éloigner à la recherche d'un stylo et d'un morceau de papier.

Tony scrutait son expression.

— Si c'est la somme à régler d'avance qui vous retient, nous pourrions demander à M. Stanton s'il accepterait de renoncer au dépôt de garantie, dit-il.

Kaylee sentit que son visage s'empourprait. Elle avait refait ses comptes ce matin à l'hôtel et le loyer qu'elle pouvait se permettre était d'une désespérante modestie.

Le vrai problème, c'est qu'elle avait laissé son cœur guider ses actes plutôt que sa tête. Encore une fois. Elle s'était précipitée à McIntosh, où le coût de la vie n'était vraiment pas plus bas qu'à Fort Lauderdale. En tout cas, pas pour quelqu'un qui avait un salaire de serveuse et des frais de garde d'enfant.

Elle allait devoir s'installer ailleurs, dans une ville plus importante, où les salaires étaient plus élevés et le choix de logements plus important. Et même alors, elle devrait probablement chercher une colocataire pour partager les dépenses.

— Qu'en dites-vous, Kaylee ? Voulez-vous que je lui pose la question ?

Il fallait qu'elle lui parle de ses problèmes financiers. Autrement, il continuerait à lui faire visiter des maisons qu'elle savait ne pas pouvoir louer.

— Ça ne changera rien, dit-elle.

Elle avait redressé ses épaules, mais ne pouvait se résoudre à croiser son regard.

— Je n'ai pas les moyens de vivre ici.

Après un moment de silence, il demanda :

— Le père de Joe ne vous verse-t-il pas de pension ?

— Le père de Joey ne fait pas partie du tableau, répondit-elle laconiquement, espérant que Tony ne chercherait pas à en savoir davantage.

— Alors demandons à M. Stanton s'il peut diminuer le montant du loyer.

Kaylee secoua la tête.

— Ce qu'il pourrait faire ne serait pas suffisant.

Tony s'apprêtait à dire autre chose quand M. Stanton réapparut. Il lui tendit un petit carré de papier.

— Voilà mon numéro, dit-il. Je n'ai pas de téléphone portable, mais mes petits-enfants m'ont offert un répondeur à Noël dernier, vous pouvez me laisser un message si je suis absent.

Kaylee le remercia et alla récupérer Joey dans le jardin. Tony, solide et silencieux, marchait à ses côtés. Sans doute n'avait-il jamais eu de problèmes d'argent.

Parce qu'il connaissait la ville infiniment mieux qu'elle, il avait insisté pour prendre le volant. Elle s'assit, mal à l'aise, à côté de lui, répugnant à reprendre la conversation.

Qu'aurait-elle pu dire qui n'ait pas l'air d'une sollicitation ? Et, oh, mon Dieu, elle en mourrait de honte s'il lui proposait de l'argent.

— Elle est chouette cette maison, m'man, dit Joey dès qu'il fut assis à l'arrière. Tu as vu comme la balançoire va haut ? Et j'ai trouvé un scarabée dans le jardin.

— Il y a des scarabées dans tous les jardins, Joey, dit-elle.

Evitant de parler, Kaylee essaya d'admirer le spectacle coloré des arbres en pleine floraison qui défilaient sous ses yeux, mais elle n'y parvint pas. Bientôt, le silence de l'habitacle lui pesa au point qu'elle en vint à souhaiter que Tony dise quelque chose, n'importe quoi. Et, Dieu merci, c'est ce qu'il finit par faire.

— Comment vous débrouilliez-vous, à Fort Lauderdale ?

— Je partageais un appartement avec une autre mère célibataire. Elle travaillait le jour et moi le soir ; il y avait toujours quelqu'un pour garder les enfants. Ça a parfaitement fonctionné jusqu'à ce qu'elle parte vivre avec son petit ami.

— C'est à ce moment-là que vous avez décidé de venir ici ?

Il était évident qu'il essayait de découvrir pour quelle raison elle était arrivée à McIntosh sans argent, et sans même une promesse d'embauche. S'avisant que le moment était venu de lui dire la vérité, elle sentit sa respiration s'accélérer et ses mains devenir moites.

— Ouais ! s'écria soudain Joey.

Kaylee se retourna. Joey fixait l'écran de sa GameBoy, une expression de complet ravissement sur le visage. Il releva la tête vers elle.

— Je viens de passer le niveau six, m'man. C'est la première fois que j'y arrive.

Elle prit l'air impressionné qui convenait, puis rassembla son courage et fit de nouveau face à la route. Elle ne pouvait pas reculer plus longtemps. Il fallait absolument qu'elle dise à Tony pourquoi elle était à McIntosh. C'est alors qu'elle se rendit compte avec surprise qu'ils étaient déjà de retour chez Sofia Donatelli.

Une femme sortait d'une Volvo dans l'allée devant la maison. Etait-ce elle ? Etait-ce bien Sofia ? se demanda Kaylee, soudain prise de vertige.

— Voici Sofia, confirma involontairement Tony, un sourire aux lèvres, en se garant derrière elle. Je vais vous la présenter.

Mon Dieu… Kaylee se sentait tout à fait incapable de parler. Ou de bouger. Elle pouvait à peine respirer en regardant, tétanisée, la femme qu'elle avait vue à la télévision.

A présent, Sofia Donatelli s'avançait avec grâce vers eux. Tout en elle semblait tellement plus saisissant, plus intense qu'à la télévision. Ses cheveux étaient plus noirs, son sourire plus chaleureux, ses yeux plus doux.

Tony sauta de la voiture, puis ouvrit en grand la portière arrière, tirant brusquement Joey de l'état de stupeur dans lequel son jeu l'avait plongé. Les jambes en coton, Kaylee sortit à son tour de la voiture.

— Mais qui donc avons-nous là ? dit Sofia en souriant à Joey.

Kaylee fut aussitôt frappée par l'idée que grand-mère et petit-fils se rencontraient peut-être pour la première fois. Ses yeux s'embuèrent. Son fils bombait le torse en disant :

— Joe Carter. J'ai six ans.

— Ravie de faire ta connaissance, Joe, répondit Sofia en lui serrant cérémonieusement la main, avant de se tourner vers Kaylee. Et je suppose que vous êtes sa…

Leurs yeux se rencontrèrent.

Sofia n'acheva pas sa phrase.

Puis une expression d'émerveillement se peignit sur son visage — une expression dont Kaylee était certaine qu'elle se reflétait sur le sien. Comme guidées par une force invisible, elles contournèrent toutes deux la voiture, allant spontanément à la rencontre l'une de l'autre.

— Vous êtes ici parce vous m'avez vue à la télévision, affirma alors Sofia d'une voix à la fois respectueuse et intimidée, lorsqu'elles ne furent plus séparées que par quelques pas.

Un frisson parcourut Kaylee. Elle aurait voulu dire « oui », mais ne put ni articuler un mot ni même hocher la tête.

— Mais non, Sofia, s'écria Tony, juste derrière elle. Cette personne n'est pas une nouvelle Connie. C'est Kaylee Carter, la jeune maman dont je t'ai parlé.

A ces mots, l'expression de Sofia s'assombrit. Elle secoua la tête, sans pour autant quitter Kaylee des yeux.

— Ah... C'est vrai ? Vous ne vous appelez pas Constanzia ?

Kaylee demanda pardon à Tony d'un regard, puis respira profondément et prononça les mots qui risquaient bouleverser toute sa vie.

— Je m'appelle Kaylee Carter, dit-elle, mais mon second prénom est Constanzia.

Sofia contint son émotion, résolue à ne pas laisser les larmes troubler sa vue.

Elle n'avait tenu son enfant contre elle qu'un bref instant, avant qu'une infirmière au visage sévère lui enlève le bébé vagissant au duvet noir pour l'emporter loin de la salle d'accouchement. Mais elle avait eu des années pour s'imaginer à quoi pouvait ressembler sa fille.

Elle avait vu la bambine aux joues rondes, l'adolescente pleine d'entrain aux jambes trop longues, puis la ravissante jeune femme.

Celle-ci se tenait devant elle à présent et elle correspondait en tout point à l'image que son esprit avait forgée.

Ses cheveux étaient aussi foncés que les siens, ses yeux de la même nuance de brun. Elle était grande, mais elle se tenait droite. Quelqu'un, sa mère adoptive probablement, avait voulu qu'elle soit fière de sa taille.

Elle était belle de la manière dont les femmes authentiques le sont. Elle n'avait pas fait appel à la chirurgie esthétique pour se débarrasser de cette charmante petite bosse sur son nez, ni à l'orthodontie pour combler le petit espace entre ses dents de devant. Et elle était à peine maquillée.

Sofia savait qu'elle devait dire quelque chose, mais elle redoutait d'éclater en sanglots si elle essayait.

C'est alors que Tony explosa.

— Je ne peux pas le croire ! s'exclama-t-il.

Il ne semblait pas le moins du monde sous le choc, mais furieux.

— Vous vous êtes servie de moi pour atteindre ma belle-mère !

— Non, protesta Kaylee. J'avais l'intention de tout vous expliquer.

— Ah oui ? Et quand ?

— Ça n'a pas d'importance, Tony. Tout ce qui compte, c'est qu'elle est là, maintenant.

— Ne tire pas de conclusions aussi vite, dit-il en s'interposant pour protéger Sofia et lui parler droit dans les yeux. Tu sais aussi bien que moi que les chances pour qu'elle soit ta fille sont très faibles.

Sofia releva le menton, refusant d'écouter son beau-fils. Après ses récentes déconvenues et toutes ses années d'espoirs déçus, elle voulait que les choses, cette fois, soient différentes.

— Quelle est la date de votre anniversaire ? demanda-t-elle en retenant son souffle.

Le jour que Kaylee indiqua ne différait de la date à laquelle elle avait accouché de son enfant que de quelques jours. Un écart somme toute négligeable.

— Montrez à Tony votre permis de conduire, Kaylee, dit-elle, se forçant à utiliser le prénom qu'avait dû recevoir Constanzia après son adoption.

Kaylee n'hésita qu'un instant avant d'extraire son portefeuille de son sac à main et d'en sortir son permis. Les lèvres serrées dans un pli dur, Tony l'examina avec attention. Sofia, quant à elle, n'avait pas besoin de le voir pour savoir que le nom qui y figurait était bien Kaylee Constanzia Carter et que la date de naissance était celle qu'elle leur avait donnée.

— Ça ne prouve rien, gronda Tony en lançant un regard noir à Kaylee pour lequel Sofia aurait voulu s'excuser à sa place. Kaylee m'a dit qu'elle avait grandi à Houston. Comment ton enfant aurait-elle pu se retrouver dans une famille du Texas ?

Sofia n'eut pas le temps d'émettre une hypothèse. Kaylee avait repris la parole :

— Ma grand-mère a emménagé à Cleveland quand elle s'est remariée. Lorsqu'elle est tombée malade, elle n'a pas voulu quitter sa ville, mes parents sont donc partis pour le Nord afin de s'occuper d'elle. Elle est morte peu avant ma naissance.

— Ça ne prouve rien non plus, dit Tony, les mâchoires crispées et l'œil flamboyant de colère. Je veux voir les actes officiels. Avant cela, Sofia, je te conseille de ne plus lui parler.

— Parler ne peut pas faire de mal, Tony.

— C'était peut-être vrai avant, mais depuis que tu as gagné à cette loterie…

Le jeune garçon — Joey, le fils de Kaylee, qui était

peut-être son *petit-fils* — tira Tony par la manche, interrompant le flot de paroles désagréables de son beau-fils. Celui-ci baissa la tête vers l'enfant qui le regardait d'un air sombre.

— Pourquoi vous êtes en colère ?

Immédiatement, la rage de Tony s'évanouit. Son Tony, songea Sofia, avec son grand cœur, qu'il se donnait beaucoup de mal pour cacher, n'avait jamais pu résister aux petits. Ses traits retrouvèrent leur sérénité habituelle et il caressa gentiment la tête de l'enfant.

— Je ne le suis pas vraiment, Joe. C'est juste que je ne suis pas sûr que ta mère soit… euh, de la même famille que la mienne.

— Ah, fit Joey. Est-ce que je pourrais aller jouer dans le jardin ? J'ai vu qu'il y avait une cabane dans un arbre.

— Cette cabane était celle de Tony quand il avait ton âge, Joey, dit Sofia. Tony, est-ce que tu voudrais la lui montrer pendant que Kaylee et moi bavardons un peu ?

— Je ne crois pas que…, commença-t-il.

Il était évident, à son expression, que l'idée de la laisser seule avec Kaylee lui déplaisait au plus haut point.

Sofia s'approcha de lui et le regarda dans les yeux. Ne comprenait-il pas que se trouver soudain en face de Kaylee n'était rien moins qu'un miracle ?

— S'il te plaît, Tony.

Sofia devait reconnaître une chose : son beau-fils était beau joueur ; lorsqu'il était vaincu, il l'admettait. Il se rendit donc à sa décision et, lui ayant jeté un dernier regard inquiet, se laissa conduire par Joey vers le fond du jardin, la laissant seule avec Kaylee.

La grande jeune femme aux cheveux sombres n'arborait plus l'air de ravissement qu'elle avait eu un peu plus tôt. Au contraire, elle semblait triste.

— Qu'y a-t-il, ma chère ?

— Il y a quelque chose que je dois vous dire tout de suite. Je n'ai aucune preuve d'avoir été adoptée. Mes parents ne me l'ont jamais dit. C'est seulement un sentiment que j'ai toujours eu.

Pendant un instant, Sofia se sentit comme étourdie. Au fil des années, elle avait appris beaucoup de choses au sujet des procédures d'adoption. Les lois de l'Ohio obligeaient les obstétriciens à faire enregistrer les actes de naissance auprès du département de la Santé de l'Etat. Lorsqu'une adoption avait lieu, l'acte original était scellé et un nouveau certificat établi, qui mentionnait les parents adoptifs comme étant les parents biologiques.

Si les certificats d'adoption n'étaient pas consultables, les extraits de naissance, eux, l'étaient. Néanmoins, le détective privé que Tony avait engagé quatre ans plus tôt n'avait pas réussi à retrouver l'acte de naissance de Constanzia, pas plus qu'il n'avait pu dénicher de papiers officiels à la clinique privée où Sofia se rappelait avoir accouché ; tout avait été détruit au cours d'une inondation au début des années quatre-vingt.

Il avait interrogé des médecins et des infirmières qui travaillaient là vingt-quatre ans plus tôt, mais aucun d'eux ne s'était souvenu de Sofia ou de son bébé, ni n'avait su expliquer pour quelle raison l'acte de naissance original était introuvable.

L'hypothèse envisageable selon laquelle la clinique aurait été impliquée dans un trafic de bébés n'avait pas paru plausible, eu égard à la réputation de l'établissement. Cependant, le détective avait dit à Sofia qu'il était probable que, dans le cas de sa fille, la procédure légale d'adoption n'avait pas été respectée.

Sofia fut tentée de dire à Kaylee que l'absence de papiers était un atout en faveur du fait qu'elle pourrait être sa fille plutôt que l'inverse, mais elle se contint. Toutefois, elle le dirait à Tony. Pas ce soir, mais plus tard, lorsqu'il serait plus réceptif au raisonnement.

— Quelquefois, les sentiments suffisent, dit Sofia.

Elle refoulait les larmes de joie qui menaçaient de la submerger et devait se retenir de combler la distance qui la séparait de Kaylee pour la prendre dans ses bras.

Elle avait attendu vingt-cinq ans, elle pourrait attendre encore un peu.

Sofia la regardait de la manière dont celle-ci aurait toujours voulu que sa mère la regarde, songea Kaylee.

Son regard était doux, sa bouche souriait et son expression traduisait son émerveillement et non sa désapprobation. Après tout ce que Tony lui avait dit d'elle, il n'était pas difficile d'imaginer que ses genoux auraient toujour été disponibles, ses bras toujours ouverts.

Kaylee avait du mal à déglutir, sa vision se brouilla larmes. Cela aurait dû lui paraître étrange de se tr soudain face à face avec la femme qui était peut-être sa mère, mais ça ne l'était pas. C'était comme si on lui donnait tout à coup une seconde chance.

Seule l'image de Tony s'éloignant avec raideur vers le fond du jardin ternissait ce moment de bonheur. Pensant qu'elle devait une explication à Sofia pour l'éclat de Tony, elle s'éclaircit la gorge.

— Je n'essayais pas de dissimuler quoi que ce soit à votre beau-fils, dit-elle. Sincèrement. J'attendais simplement le bon moment pour lui parler, mais, hélas, j'ai trop tardé.

— Ne faites pas attention à Tony, dit Sofia en balayant le sujet d'un geste de la main. Il est très protecteur avec moi, mais il ne veut que mon bonheur. Il reviendra à de meilleurs sentiments.

Kaylee n'en était pas aussi sûre, mais bizarrement, elle éprouvait l'envie de prendre la défense de Tony.

— Je ne peux pas lui en vouloir de désirer vous protéger.

— Je viens tout juste de vous rencontrer, Kaylee, mais je sais déjà une chose sur vous, dit Sofia en lui adressant un sourire radieux. Vous ne me feriez jamais souffrir délibérément.

Réconfortée par ces mots, Kaylee sourit. Sofia s'em- ses deux mains et les serra contre elle. Kaylee ur fondre. Elle aurait voulu se jeter dans mais elle avait l'impression de sentir la ne lui faisait déjà pas confiance. nir d'autres motifs de se défier

— Tony a raison sur un point. Nous ne devrions pas tirer de conclusions hâtives, dit-elle, malgré l'émotion qui l'envahissait. Je n'ai pas mon extrait de naissance. J'ai quitté Houston il y a sept ans et je n'en ai jamais eu besoin. Mais je vais m'en procurer une copie.

— Voilà qui me paraît une excellente idée. Mais pour l'instant, j'aimerais que nous allions nous asseoir à l'intérieur. Je veux tout savoir de vous.

Kaylee voulut sourire en signe d'acquiescement, mais s'aperçut qu'elle souriait déjà.

Sofia avait gardé dans la sienne une de ses mains pour la guider vers la maison, et lorsque le paillasson automatique se mit en branle, Kaylee fit un bond en lui broyant les doigts.

— Que se passe-t-il ? s'exclama-t-elle, effrayée.

— C'est le paillasson qui aspire la poussière de vos chaussures, expliqua Sofia en riant. J'aurais dû vous prévenir.

Kaylee allait s'enquérir de l'endroit où Sofia avait déniché un tel objet, mais l'intérieur de la maison, aussi accueillant et chaleureux que l'était Sofia, lui fit oublier l'étrange paillasson.

Le soleil entrait à flot dans les pièces, faisant vibrer les couleurs douces des tissus et des murs. Le regard de Kaylee alla de la grande table de chêne dans la cuisine au confortable coin salon organisé autour de la cheminée dans la pièce à vivre. La maison de ses parents au Texas était décorée dans des tons chauds, en majorité des beiges, des marron et des orangés, mais sa mère avait été une fervente adepte du rangement dont le leitmotiv était « une place pour chaque chose et chaque chose à sa place. »

Au contraire, un agréable désordre régnait dans la maison de Sofia. Les étagères regorgeaient de bibelots, des journaux et des livres étaient empilés ici et là, et le mobilier accusait la patine des ans bien que Sofia eût largement les moyens d'acheter de nouvelles choses. Mais Kaylee aimait la maison exactement comme elle était.

Kaylee suivit Sofia dans la spacieuse cuisine aux plans de travail couverts d'ustensiles où celle-ci se mit à s'activer, ouvrant tiroirs et placards, sortant quelque chose du réfrigérateur, lui offrant un verre de limonade avant de l'inviter à aller s'installer dans la pièce adjacente.

Kaylee pénétra dans une pièce plus petite qui donnait accès, par deux baies coulissantes, à une terrasse de bois, laquelle surplombait le jardin de quelques marches. Voyant Tony debout, les mains sur les hanches, en train de regarder la maison, elle s'écarta prestement bien que le reflet du soleil l'empêchât probablement de voir ce qui se passait à l'intérieur. Elle ne se détendit cependant que lorsqu'il se retourna pour gravir l'échelle qui menait à la cabane dans laquelle se trouvait sans doute déjà son fils.

Elle s'asseyait dans le canapé recouvert de tweed qui faisait face aux baies quand Sofia revint, portant une assiette de cookies, fraîchement cuits à en juger par leur délicieuse odeur.

Kaylee l'observa, essayant de décider si oui ou non elles se ressemblaient. Presque aussi grande que Kaylee et aussi brune, Sofia avait des traits plus ronds, mais elles avaient le même nez un peu long et les mêmes lèvres pleines où flottaient toujours un léger sourire involontaire.

Sofia posa l'assiette sur la table et l'invita à se servir. Kaylee prit un biscuit et en mordit une bouchée, éprouvant soudainement un pincement aigu au cœur. Sa mère aussi, autrefois, faisait des cookies au chocolat.

— Je vais aller droit au but, déclara Sofia, assise tout au bord de son fauteuil. Qu'est-ce qui vous fait croire que vous pourriez être ma fille ?

— Vous allez trouver ça bizarre, dit Kaylee.

Elle hésita.

— Allez-y, l'encouragea Sofia. Vous pouvez tout me dire.

Kaylee, qui ne s'était jamais livrée très facilement, se surprit à se sentir en confiance.

— Toute ma vie, j'ai eu l'impression que je cherchais quelque chose, mais je ne savais pas ce que c'était, commença-t-elle avant de lui expliquer comment elle était tombée par hasard sur son interview télévisée. C'est d'abord les paysages qui m'ont saisie, mais j'ai pensé qu'étant née dans l'Ohio, j'en avais peut-être gardé un souvenir plus ou moins inconscient. Mais ensuite, je vous ai vue, et je ne sais pas pourquoi, j'ai su.

— Su quoi ? demanda Sofia comme elle se taisait.

— J'ai su que ma place était là, à McIntosh… près de vous.

Elle murmura les derniers mots, n'osant les prononcer à voix haute, mais elle eut l'impression que Sofia comprenait.

— J'ai essayé de me raisonner, mais je continuais à rêver de vous, et je ne cessais de penser que c'était un signe qui m'avait été adressé…

Elle hésita, tentée de parler à Sofia de Rusty Collier, mais ce serait pour une autre fois.

— Je pensais que je ressentirais peut-être les choses différemment une fois que je serais ici, mais mon sentiment n'a fait que s'accentuer, conclut-elle.

Elle haussa les épaules, et ajouta :

— Je sais que tout ça semble absurde.

— Pas du tout, dit Sofia, les yeux humides, en tendant la main pour presser rapidement celle de Kaylee. Continuez. Je veux tout savoir de vous.

Elles parlèrent durant une quinzaine de minutes du retour au Texas de ses parents, de la naissance de sa sœur Lilly, du sentiment que Kaylee avait toujours eu de ne pas être à sa place dans cette famille. Et aussi de la mort prématurée de sa mère, bien que Kaylee n'eût pas le courage d'avouer à Sofia quelle mauvaise fille elle avait été.

Sofia lui dit qu'elle avait depuis longtemps perdu contact avec le père de Constanzia, mais ce n'était pas lui qui intéressait Kaylee. C'était Sofia.

Lorsqu'un mouvement à l'extérieur attira l'attention de Kaylee, elle comprit que leur moment d'intimité était sur le point de prendre fin. Joey était en train de descendre l'échelle sous le regard attentif de Tony, debout au pied de l'arbre.

— Il semble que Tony ait décidé que nous avions passé suffisamment de temps ensemble, remarqua-t-elle.

— C'est loin d'être suffisant pour moi, commenta Sofia, faisant écho aux pensées de Kaylee. Dites-moi, avez-vous réussi à trouver un endroit à louer ?

La déception éprouvée un peu plus tôt l'envahit de nouveau. Elle n'avait pas voulu regarder la réalité en face, pas encore. Mais la question de Sofia l'y forçait.

— Non, rien. J'ai bien peur que Nunzio soit obligé de chercher quelqu'un d'autre. Joey et moi allons devoir nous installer dans une ville plus importante.

— Oh non ! s'exclama Sofia, dont le visage expressif traduisait soudain une profonde consternation. Est-ce seulement parce que vous n'avez pas trouvé de logement ? Est-ce pour cela que vous voulez partir ?

Kaylee hésita. Elle ne voulait pas expliquer que c'était parce qu'elle n'avait pas trouvé de logement *abordable*, ni que le travail à temps partiel que lui proposait Nunzio ne lui permettrait pas de couvrir toutes ses dépenses. Elle aurait été mortifiée que Sofia pense qu'elle essayait d'obtenir quelque chose d'elle.

— Oui, répondit-elle. C'est pour ça.

Sofia frappa dans ses mains.

— Dans ce cas, j'ai une idée merveilleuse. Le sous-sol de cette maison est aménagé, rien de luxueux bien sûr, mais il y a une chambre avec des lits jumeaux et une vraie salle de bains. Ce serait parfait pour vous et Joey.

Kaylee sentit les larmes lui monter aux yeux et elle s'efforça de les contenir, mais elle se rendit compte que ses épaules tremblaient.

— Kaylee, dit Sofia d'un ton inquiet. Qu'est-ce qui ne va pas ?

Sofia s'était levée pour venir s'asseoir à côté d'elle et lui caressait doucement le bras.

La mère de Kaylee était morte depuis bientôt sept ans et celle-ci ne trouvait pas les mots pour expliquer à quel point elle avait manqué de la présence et du soutien d'une mère, ou pour exprimer ce que cela signifiait pour elle d'avoir une nouvelle chance de connaître, et cette fois, de goûter et de nourrir, cette précieuse relation.

— Rien, dit Kaylee. J'adorerais vivre ici. Mais seulement si vous acceptiez que je vous paie un loyer.

Le sourire de Sofia s'évanouit.

— Je suis millionnaire. Je n'ai pas besoin de votre argent.

Kaylee regarda Sofia dans les yeux.

— Je ne veux pas avoir l'impression de profiter de vous.

Sa sincérité dut toucher Sofia car celle-ci émit un léger soupir et dit :

— Bon, c'est d'accord. Mais je ne veux pas que vous me donniez un sou de plus que ce que vous pourrez vous permettre.

Kaylee aperçut Tony qui revenait à grands pas vers la maison et sa joie retomba quelque peu. Il serait furieux lorsqu'il apprendrait l'arrangement. Mais elle ne pouvait pas refuser, quand refuser signifiait quitter McIntosh et Sofia.

— Marché conclu, dit-elle en tendant sa main droite.

Sofia l'ignora et la prit dans ses bras.

Ses cheveux sentaient le biscuit au chocolat, ses bras parlaient d'approbation et de soutien absolu.

Alors, en cet instant, Kaylee fut certaine de son choix : pour avoir la chance de découvrir si Sofia était bien sa mère, et le bonheur de l'aimer, elle était prête à tout affronter.

Même Tony Donatelli.

Chapitre 6

Les pneus de la berline de location de Tony crissèrent lorsqu'il bifurqua dans l'allée du McIntosh Hotel. Il réduisit sa vitesse et s'efforça de reprendre le contrôle à la fois de son véhicule et de lui-même.

Il bouillait littéralement d'indignation depuis que Sofia lui avait appris que Kaylee et son fils emménageraient chez elle dès le lendemain après-midi !

Elle avait attendu que Kaylee soit partie pour le lui dire, prévoyant sans aucun doute sa réaction. Aucun raisonnement n'avait pu l'amener à reconsidérer la question. Elle prétendait que le problème n'était pas que Kaylee soit ou non sa fille : le fond, c'était que Kaylee avait besoin d'un toit.

Seulement Tony n'y croyait pas. Certes, Sofia avait assez bon cœur pour venir en aide à une parfaite inconnue. Mais, justement, il était évident pour Tony qu'elle ne considérait déjà plus Kaylee comme une étrangère. Parce qu'elle voulait suivre l'élan de son cœur et son désir fou, sa belle-mère voyait en Kaylee sa fille disparue.

Mais lui, Tony, il ne se contenterait pas d'un vague sentiment !

Il regarda impatiemment l'hôtel qui, selon lui, usurpait son appellation. C'était somme toute un simple motel dont les seize chambres disposées en demi-cercle flanquaient un modeste bâtiment de réception.

Les lampadaires de la rue jetaient une lumière pâle sur le parking, mais celle-ci était néanmoins suffisante pour que l'on se rende compte que l'hôtel avait pauvre apparence. Les murs extérieurs auraient eu besoin d'une couche de peinture, les fenêtres d'un bon nettoyage et les portes de verrous plus solides.

Le taux de criminalité à McIntosh était bas, mais Tony avait parcouru les journaux lors de son dernier séjour et avait cependant pu constater que des cambriolages avaient lieu régulièrement. S'il avait bonne mémoire, il y en avait justement eu un dans cet hôtel.

A quoi pensait Kaylee en restant ici ? Il ne voulait pas la voir s'installer chez sa belle-mère, mais le mieux pour tout le monde aurait été qu'elle retourne chez elle.

D'après l'endroit où était garée sa vieille Honda, il déduisit qu'elle occupait la chambre neuf. Ayant éteint ses phares, il sortit de sa voiture et alla frapper à sa porte.

Celle-ci s'entrouvrit presque aussitôt, laissant apparaître Kaylee. Elle portait une robe de chambre d'un rouge foncé qui rehaussait encore son teint mat, et ses cheveux semblaient humides. Etait-il possible qu'elle s'apprêtât à se coucher ? Aussi tôt ?

— Je suis venu..., commença-t-il.

— Chut, Joey vient juste de s'endormir, chuchota-t-elle.

Alors il comprit. Kaylee ne se couchait pas à 20 h 30, mais Joey si.

— Je voulais vous parler, dit-il à voix basse.

Elle fronça les sourcils.

— Maintenant ? Ça ne peut pas attendre demain ?

Le lendemain, elle aurait emménagé chez sa belle-mère, et il serait plus difficile de l'en déloger que de l'empêcher de s'y installer.

— Non, ça ne peut pas attendre.

— Une seconde, dit-elle en lui refermant la porte au nez.

Une minute s'écoula, puis deux. Il commençait à croire qu'elle s'était tout bonnement débarrassée de lui quand la porte se rouvrit. Kaylee se glissa à l'extérieur. Elle avait enfilé un jean, des baskets et un sweat-shirt jaune pâle, et il dut détourner les yeux pour ne pas avoir à admettre qu'elle était encore plus belle au naturel.

— Avant que vous ne disiez quoi que ce soit, je vous dois des excuses, dit-elle. J'aurais dû vous dire qui j'étais. J'en avais l'intention. Mais au début, je ne savais pas que vous étiez le beau-fils de Sofia, et ensuite, je n'ai pas trouvé le bon moment.

L'excuse n'était pas si mauvaise après tout, et elle avait l'air sincèrement désolée. La veille, il s'y serait probablement laissé prendre, mais plus maintenant.

Il ne pouvait nier qu'elle avait le même type physique que sa belle-mère, mais la manière dont elle l'avait trompé lui faisait plutôt croire qu'elle n'était qu'une aventurière de plus, attirée par la fortune de Sofia.

Et dire qu'il avait eu l'intention d'appeler M. Stanton pour lui proposer de payer lui-même les mois d'avance et de caution afin que Kaylee puisse prendre l'appartement… Il avait même envisagé de rédiger un chèque couvrant la différence annuelle entre le montant que M Stanton demandait et celui que Kaylee pouvait se permettre de payer.

— Je ne suis pas venu pour obtenir des excuses, dit-il. Je suis venu vous faire part de ma position.

Elle frissonna soudain violemment et serra ses bras autour d'elle. Quoi d'étonnant à ce qu'elle eût froid ! Elle n'avait pas pensé à mettre une veste alors qu'avec la nuit, la température était tombée aux alentours des dix degrés. Il soupira et lui tendit la sienne.

— Mettez ceci, dit-il en la lui passant autour des épaules sans attendre sa permission.

Ses cheveux avaient un parfum de fleurs et elle lui parut tout à coup étonnamment délicate.

Sentant son corps réagir, il eut un mouvement de recul, furieux contre lui-même, et c'est d'une voix dure qu'il reprit la parole :

— Je ne veux pas que vous emménagiez chez ma belle-mère. Appelez-la demain et dites-lui que vous avez changé d'avis.

Elle pencha sa tête en avant si bien qu'ils étaient presque nez à nez.

— Je n'ai pas changé d'avis. Joey et moi emménagerons demain, exactement comme je l'ai dit à Sofia.

— Je ne vous laisserai pas profiter d'elle. Je vais fouiller votre passé et, croyez-moi, si vous vous êtes déjà livrée à ce petit jeu, je l'apprendrai.

— Allez-y, dit-elle, les dents serrées. Je n'ai rien à cacher.

— Je ne vous laisserai pas tranquille un instant, continua-t-il impitoyablement. Et si je découvre que vous escroquez ma belle-mère, je me ferai un devoir de vous poursuivre en justice. Je vous le dis, vous ne toucherez pas un centime de son argent.

Elle recula et lui adressa un regard à la fois surpris et blessé.

— Vous m'insultez. Je ne veux pas de l'argent de Sofia. Je suis venue ici pour découvrir la vérité.

Il eut un sursaut de remords qu'il réprima cependant bien vite.

— Vous pouvez toujours jouer les femmes blessées, ça ne marchera pas, cette fois. Je ne vous laisserai pas nous manipuler, ma belle-mère et moi.

— Parce que vous croyez que c'est ce que j'ai fait ? Je vous aurais amadoué pour entrer dans la place et lui soutirer de l'argent ?

— Ce n'était pas ça ?

Les yeux de Kaylee lancèrent des éclairs.

— Si j'avais su quel grossier personnage vous étiez, je n'aurais pas passé cinq minutes en votre compagnie pour tout l'or du monde.

— J'agis dans le seul intérêt de ma belle-mère, rétorqua-t-il, piqué au vif.

— Ne serait-ce pas plutôt dans *votre* intérêt ? Peut-être ne tenez-vous pas particulièrement à partager votre héritage avec quelqu'un d'autre, après tout ?

Sofia avait offert un coquet million de dollars à Tony lorsqu'elle avait touché son gain. Il l'avait refusé, insistant pour qu'elle garde tout en prévision de sa retraite.

— Vous ne savez pas de quoi vous parlez.

— Vous non plus, répliqua-t-elle. Vous ne savez rien de moi. De quel droit me jugez-vous ?

Elle relevait le menton et l'on pouvait voir l'orage couver dans ses yeux. Si elle pouvait feindre l'indignation avec ce talent, il devinait comment elle duperait Sofia.

Bon sang, un instant, il avait presque eu un doute. Le fait est que Constanzia existait quelque part. Il doutait fortement que Kaylee soit la fille de Sofia, mais quelqu'un l'était. Et il devait reconnaître que Kaylee lui ressemblait.

— Si vous êtes réellement Constanzia, vous pourrez le prouver.

— Je n'ai jamais prétendu être Constanzia. Tout ce que j'ai dit, c'est que c'est possible.

— Dans ce cas, montrez-moi votre extrait de naissance et votre certificat d'adoption.

— Mon extrait de naissance est chez mon père à Houston, dit-elle d'une voix lasse.

— Laissez-moi deviner, votre certificat d'adoption est là-bas aussi, n'est-ce pas ?

Elle hésita, puis demanda avec une sorte de résolution dans le regard :

— Sofia ne vous a rien dit ?

— Dit quoi ?

— Mes parents n'ont jamais admis m'avoir adoptée.

Il eut un rire dur.

— Ah, vous, on peut dire que vous vous posez là ! Je m'attendais à ce que des personnes adoptées se manifestent en prétendant être Constanzia, mais jamais je n'aurais imaginé que quelqu'un qui n'a pas été adopté aurait le culot de débarquer ici !

— Je n'ai pas dit que je n'avais pas été adoptée, se défendit-elle avec force. J'ai dit que mes parents ne l'avaient jamais admis.

— Eh bien, appelons-les tout de suite et posons-leur la question.

— Ma mère est morte il y a sept ans, dit Kaylee. Et mon père ne veut pas en parler.

— C'est un peu mince, non, comme explication ? Ainsi, vous ne pouvez apporter la moindre justification à vos revendications ?

— Je vous l'ai déjà dit, je ne revendique rien du tout. Je ne fais que considérer une possibilité.

— Alors, allez la considérer ailleurs que chez ma belle-mère, dit-il.

Il fit un pas vers elle, mais elle recula.

— Non, fit-elle.

— Vous êtes bien consciente que je serai là aussi et que je vous surveillerai ?

Il la regarda et vit ses pupilles se dilater. Il faisait froid, la buée de leurs souffles se mêlaient, soulignant leur dangereuse proximité. Tony sentit son corps se raidir, son sang rugir dans ses veines. Ses yeux s'arrêtèrent sur les lèvres pleines et frémissantes de la jeune femme.

Mon Dieu, qu'il avait envie de l'embrasser ! Et comme elle eut un frisson à ce moment, il pensa qu'elle en avait envie aussi.

La résolution qu'il avait prise de ne pas succomber à son charme faiblit dangereusement. Il était sur le point de craquer.

— Est-ce que c'est tout ? déclara alors sèchement Kaylee. Parce que j'ai froid.

Ses mots le cinglèrent comme une rafale de vent glacial. Evidemment. Ses cheveux mouillés. L'air de la nuit. Sa veste n'avait pas suffi à la réchauffer.

Il recula brusquement, en lui indiquant la porte de sa chambre. Elle se débarrassa de sa veste, la lui jeta presque dans les bras et marcha vers la porte.

— Si vous faites du mal à ma belle-mère, gronda-t-il dans son dos, je vous le ferai regretter.

Elle s'immobilisa, mais ne se retourna pas.

— Ce qui lui ferait du mal, ce serait de savoir que vous êtes venu me voir ce soir et pourquoi.

Sur quoi, elle entra dans sa chambre.

Tony resta un moment immobile dans l'obscurité, éprouvant la même sensation que lorsqu'il avait découvert qu'elle l'avait trompé. Comme si on lui avait décoché un crochet à l'estomac. Mais, quoi qu'elle dise, il n'allait pas la laisser profiter de Sofia. Même si elle avait une allure presque irrésistible et le plus adorable petit garçon du pays de ce côté du Mississipi.

Elle l'avait dupé une fois, elle ne recommencerait pas. Il attendit d'avoir entendu le bruit du loquet qu'elle refermait derrière elle, puis retourna à sa voiture en réfléchissant à ce qu'il allait faire.

Il avait déjà dans le passé engagé un détective privé pour trouver des renseignements sur la fille disparue de Sofia. Maintenant que Kaylee était là avec son histoire à dormir debout, c'était le moment de faire de nouveau appel à lui.

Au moins pourrait-il mettre la main sur une copie de son extrait de naissance et peut-être obtenir de son père qu'il lui dise si oui ou non sa femme et lui avaient adopté une fillette vingt-cinq ans plus tôt.

Kaylee était assise en tailleur sur le lit peu confortable de sa chambre d'hôtel, considérant les choix qui s'offraient à elle, tandis que Joey passait constamment d'une chaîne de télévision à l'autre.

— Pourquoi est-ce qu'il n'y a pas de dessins animés, maman ? demanda-t-il.

— C'est dimanche matin, Joey. La plupart des gens sont à l'église.

— Et pourquoi pas nous ?

Bonne question. Elle essayait de lui donner le bon exemple en assistant avec lui au service du dimanche toutes les fois où elle le pouvait. Elle avait été tentée d'accepter la proposition de Sofia, la veille, d'y aller avec elle et Tony ce matin, mais Kaylee s'était sentie incapable de supporter le silence désapprobateur de Tony pendant toute une heure.

— Nous irons la semaine prochaine quand nous serons installés, promit-elle.

— Est-ce que Dieu ne sera pas fâché contre moi ? demanda Joey d'un air sérieux.

— Tu ne peux pas conduire, Joey. Si Dieu devait se fâcher contre quelqu'un, ce serait contre moi. Mais je suis sûre qu'il comprend combien c'est difficile d'arriver dans une nouvelle ville.

Joey sauta sur le lit à côté d'elle. Il ne pouvait jamais tenir en place.

— Est-ce que nous allons rester ici ? s'enquit-il.

— Je t'ai déjà dit que nous allions nous installer chez Mme Donatelli dès aujourd'hui.

— Et le Texas alors ? Nous n'allons plus chez tante Lilly ?

— Nous avons changé nos projets pour venir ici, tu t'en souviens ? dit-elle en s'obligeant à sourire. Je trouve que McIntosh est une petite ville vraiment charmante. Pas toi ?

— Ça va.

Il roula sur le ventre et reporta son attention sur la télévision. La conversation ne l'intéressait plus. Il joua quelques secondes avec la télécommande, et s'arrêta en voyant des serpents à l'écran. Il rampa alors jusqu'à l'extrémité du lit, déjà captivé par l'homme à l'accent australien qui, à plat ventre dans l'herbe, filmait en gros plan un long serpent brun.

— Il est splendide, hein, disait l'homme, mais ne faites pas ça à la maison, les enfants. Une morsure d'une de ces magnifiques créatures peut être mortelle.

— Waouh, fit Joey à mi-voix.

Kaylee soupira. Comme si Joey avait besoin de ce genre d'émission pour alimenter son obsession pour tous ces affreux animaux rampants, sautants ou gluants qu'il adorait. Pourtant, elle ne put se résoudre à éteindre le téléviseur. Trop d'autres choses la préoccupaient.

Elle se frotta les yeux. Elle avait eu du mal à s'endormir après la visite de Tony. C'était de la démence d'être attirée par lui, elle le savait, mais ça ne changeait rien. Son corps semblait s'éveiller dès que Tony était à proximité. Et le fait qu'elle sache que lui aussi ressentait de l'attirance pour elle, malgré toutes ses préventions, n'arrangeait rien. La nuit dernière, il avait été à deux doigts de l'embrasser, et c'était la deuxième fois.

Mais ce n'était pas la seule chose qui l'avait tenue éveillée. Une petite voix dans sa tête n'avait cessé de lui répéter la phrase de Tony : « Posez la question à votre père. »

Tony avait raison, reconnut-elle à contrecœur. C'était ce qu'elle aurait dû faire avant de venir à McIntosh, car si elle n'avait pas été adoptée, elle ne pouvait évidemment pas être la fille de Sofia. Point, à la ligne.

Cela paraissait tellement simple. Mais dans la réalité, ça ne l'était pas du tout. Elle n'avait pas vu Paul Carter depuis qu'elle avait quitté Houston et ne lui avait parlé au téléphone que deux ou trois fois. Quelques phrases anodines avant qu'il ne passe le combiné à sa sœur Lilly.

Kaylee s'appuya contre le dosseret du lit et laissa aller

sa tête en arrière, mais aucune réponse n'était inscrite au plafond. Seul Paul Carter détenait cette réponse.

Alors, elle se leva et alla chercher son sac duquel elle tira la carte téléphonique achetée la veille. Puis, prenant son courage à deux mains, elle saisit le combiné du téléphone.

Ses doigts hésitèrent sur le clavier. C'était dimanche. Son père allait rarement à l'église, mais il serait levé à cette heure. Peut-être était-il en train de boire son café assis à la table de la cuisine. Il répondrait.

Redressant ses épaules, elle composa le numéro et attendit. Une, deux… trois sonneries. Elle allait en conclure qu'il n'était finalement pas à la maison et raccrocher quand la voix basse de son père se fit entendre :

— Allô ?

Kaylee prit une profonde inspiration.

— Allo, papa ? Bonjour. C'est Kaylee.

Il y eut un silence, puis :

— Ta sœur était inquiète à ton sujet.

Elle hésita, non parce qu'elle se sentait coupable vis-à-vis de sa sœur — ce qui était pourtant le cas —, mais parce qu'il n'avait pas dit qu'il s'était inquiété aussi.

— C'est pour ça que j'appelle, dit Kaylee. Joey et moi n'allons pas venir au Texas, finalement.

Pas de réponse. Pas la moindre réaction qui puisse laisser penser qu'il regrettait de ne pas voir son petit-fils. Pas la moindre curiosité au sujet de l'endroit où elle se trouvait ou de la raison pour laquelle elle avait changé d'avis.

— Euh… j'ai trouvé un travail ailleurs.

— Ta sœur voudra savoir où tu te trouves.

Les larmes lui montèrent aux yeux, mais elle les refoula.

— Nous sommes dans l'Ohio.

— L'Ohio, répéta-t-il comme s'il n'avait jamais entendu le nom de cet Etat.

Mais il ne demanda pas où dans l'Ohio.

— Y a-t-il un numéro où elle puisse te joindre ?

— Non.

Kaylee n'avait pas de portable car elle ne pouvait pas se permettre d'ajouter un nouveau poste à ses dépenses mensuelles, et même si elle l'avait eu en tête, elle ne lui aurait pas communiqué le numéro de Sofia. Elle avait décidé d'en dire le moins possible au cas où Rusty Courrier serait libéré et chercherait à la retrouver.

— Dis-lui que je l'appellerai dans un jour ou deux.

— Entendu.

Elle avait toujours trouvé difficile de parler à son père, mais c'était encore pire au téléphone.

— Comment allez-vous tous les deux ?

— Très bien. Lilly a eu de très bonnes notes ce trimestre.

Kaylee était fière des succès universitaires de sa sœur, néanmoins son cœur se serra. Son père avait toujours eu un faible pour Lilly.

La conversation se serait naturellement arrêtée là si Kaylee n'avait pas eu à aborder le sujet qui lui avait tenu le plus à cœur ces dernières semaines. Ne sachant comment introduire délicatement la question, elle prit le parti de l'aborder frontalement :

— Papa, est-ce que j'ai été adoptée ?

Il y eut un autre silence, beaucoup plus long que le précédent. Elle perçut le bruit de sa propre respiration malgré le téléviseur allumé.

— Avec qui as-tu parlé ? demanda-t-il finalement.

Elle posa la main sur sa poitrine. Allait-elle enfin obtenir, après toutes ces années, des réponses aux questions qui avaient assombri son enfance ?

— Je n'ai parlé avec personne. C'est juste quelque chose que je me suis toujours demandé.

— Pourquoi ?

— Parce que je ne ressemble à personne dans la famille. Lilly et toi êtes blonds, avec des yeux bleus. Comme maman.

— La génétique n'est pas une science exacte.

— Je sais, fit-elle, frustrée qu'il ne réponde pas franchement à sa question.

Elle songea alors à lui demander de lui envoyer son certificat de naissance, puis y elle renonça. Elle pourrait en obtenir une copie des services de l'état civil de l'Ohio.

— Tu ne peux vraiment rien me dire ? insista-t-elle cependant.

— Il n'y a rien à dire.

Il mentait, Kaylee en avait la conviction, sa voix avait tremblé. Mais elle ne put le pousser dans ses retranchements : déjà, elle entendait une tonalité indiquant qu'il avait raccroché. La conversation était close…

Alors, les questions se mirent à tourbillonner dans la tête confuse de Kaylee. L'une d'entre elles, capitale, ne tarda pas à l'obséder : si Paul Carter refusait de parler, cela signifiait-il qu'elle n'était pas l'enfant biologique des parents qui l'avaient élevée — ou bien, au contraire, qu'elle l'était ?

Lorsque Tony était petit, Sofia avait toujours veillé à ce que le dimanche ne soit pas un jour comme les autres.

C'était le seul jour de la semaine où elle ne travaillait pas et elle insistait pour que son mari et son beau-fils ne travaillent pas non plus. Cela ne dérangeait pas du tout le père de Tony. Après avoir perdu son temps toute la semaine sur une de ces inventions oiseuses, son père se comportait comme s'il avait gagné un repos bien mérité.

Ils allaient donc ensemble à l'église, de bonne heure, puis Tony et son père lisaient le journal dans la cuisine tandis que Sofia leur préparait un délicieux déjeuner.

Ce qu'ils faisaient l'après-midi n'avait pas d'importance pourvu qu'ils le fassent ensemble. Quelquefois ils allaient au cinéma, quelquefois ils restaient à la maison et jouaient à des jeux de société. Ou alors, ils allaient se promener à la campagne.

La tradition perdura jusqu'à que Tony ait treize ans, âge auquel il ne put plus supporter de voir son père se reposer d'une semaine durant laquelle il n'avait, pour l'essentiel, rien fait.

Sofia ne pouvait pas le forcer à participer à leurs loisirs, mais elle avait continué à insister pour que le dimanche restât un jour de repos pour tous.

Aussi ne fut-il pas surpris, après le déjeuner, de l'entendre protester lorsqu'il s'enferma dans sa chambre pour travailler.

— Je ne suis pas en vacances, Sofia, dit-il. J'ai une entreprise à diriger.

— Je sais cela, chéri. Mais c'est dimanche. Kaylee et Joey emménagent aujourd'hui. J'espère que tu seras là pour les accueillir.

— Après ce qui s'est passé hier soir, ce serait assez hypocrite de ma part.

— Hier soir ? Que s'est-il passé hier soir ? demanda Sofia en plissant les yeux.

Tony n'avait pas eu l'intention de le lui dire, mais maintenant, il y était forcé.

— Je suis allé la voir à son hôtel et lui ai demandé de ne pas s'installer ici.

Sofia mit sa main à sa gorge. Ses yeux sombres étincelèrent, lui rappelant le regard que lui avait lancé Kaylee la nuit précédente. Toutefois celle-ci s'était trompée en anticipant la réaction de Sofia lorsqu'elle saurait ce que Tony avait fait. Sofia n'était pas blessée. Elle était furieuse.

— Comment as-tu osé ? Tu n'avais aucun droit d'intervenir de cette manière.

Tony secoua la tête.

— Je t'aime, Sofia. Et cela me donne non seulement le droit, mais aussi le devoir de te protéger de ceux qui tentent de profiter de toi.

Ses yeux s'étaient adoucis un instant, mais avant qu'il ait terminé sa phrase, ils étincelaient de nouveau.

— Comment peux-tu affirmer que Kaylee essaie de profiter de moi ?

— Pourquoi emménage-t-elle chez toi, à ton avis, alors qu'elle ne peut pas fournir l'ombre d'une preuve qu'elle est ta fille ?

— Elle va se procurer une copie de son acte de naissance.

— Un acte de naissance qui ne mentionnera pas ton nom.

— Tu sais aussi bien que moi que l'acte délivré aux parents adoptifs est un nouvel acte à leur nom.

Elle fit une pause avant d'ajouter :

— Sais-tu que ses parents ne lui ont jamais avoué qu'ils l'avaient adoptée ?

— Elle me l'a dit hier soir.

— Cela concorde avec ce que le détective nous a dit, poursuivit Sofia. Tu t'en souviens ? Il soupçonnait des irrégularités dans la procédure d'adoption de Constanzia. C'est peut-être la raison pour laquelle les parents de Kaylee ne lui ont rien dit.

— Ou peut-être n'a-t-elle tout simplement pas été adoptée, répliqua-t-il avec aigreur. Tu y as pensé, j'imagine ?

Elle lui lança un regard furibond et il se demanda ce qu'il pourrait bien faire pour l'atteindre. Sofia était loin d'être stupide, mais elle avait la fâcheuse habitude de ne voir que ce qu'elle voulait voir. Comment autrement aurait-elle supporté durant tant d'années la chiffe molle qu'était son père ?

— Tu es têtu comme une mule, dit-elle d'un ton

de reproche. Il est parfois vraiment difficile de parler avec toi.

Il passa une main sur le bas de son visage, puis reprit la parole d'une voix qu'il s'appliqua à rendre plus douce :

— Ecoute, je sais que tu aimerais que Kaylee soit Constanzia, mais il faut que tu regardes la réalité en face. Tu es une femme riche désormais. Tu ne peux pas faire confiance à n'importe qui.

— J'ai confiance en toi, Tony. Tout ce que j'attends de toi, c'est que tu m'accordes la même confiance.

Sa colère semblait être retombée. Tony soupira.

— Je t'ai toujours fait confiance, Sofia. Ce sont les autres en qui je n'ai pas confiance. Tout le monde veut obtenir quelque chose de toi. C'est même arrivé à l'église ce matin.

Le père Evans avait failli trébucher sur sa soutane tellement il s'était hâté d'intercepter Sofia à la sortie de l'office pour faire une nouvelle fois appel à sa générosité.

— L'été arrive, et l'église a besoin d'un nouveau climatiseur, déclara-t-elle, les bras croisés.

— Mais qu'ont-ils fait de l'argent que tu leur as déjà donné ? Lui as-tu demandé ?

— On doit parfois faire acte de foi dans la vie, Tony. Le père Evans est le chef de notre paroisse et je me fie à lui pour savoir ce qui doit être fait avec les dons des fidèles.

— Le moment est mal choisi pour toi pour faire aveuglément confiance à qui que ce soit. Et en particulier à Kaylee Carter.

— Tu ne m'écoutes pas, Tony. Ce que je veux te dire, c'est qu'on voit parfois plus distinctement les choses avec son cœur qu'avec ses yeux.

Tony s'apprêtait à émettre une nouvelle objection, mais il s'abstint. C'était inutile. Ce n'était pas non plus le moment de lui dire qu'il avait l'intention de réengager le détective privé pour fouiller le passé de Kaylee.

Que Sofia soit prête à croire tout ce que Kaylee lui racontait ne signifiait pas que lui l'était.

— C'est mon cœur qui m'a fait revenir ici, auprès de toi, Sofia.

L'expression de sa belle-mère s'adoucit. Elle secoua la tête en le regardant avec affection.

— Je sais. Tu es un si bon fils. Comment pourrais-je restée fâchée contre toi ?

— Tant mieux, dit Tony, parce que tu es la dernière personne au monde avec qui je voudrais me fâcher.

Les notes métalliques de *Yankee Doodle Dandy* résonnèrent dans l'entrée de la maison. La sonnette musicale était un héritage du père de Tony qui prétendait avoir inventé le concept jusqu'à ce qu'il découvre que quelqu'un d'autre avait eu la même idée avant lui et l'avait déposée à l'Institut national de la propriété industrielle.

Sofia alla à la fenêtre de la chambre, laquelle donnait sur la rue. Un sourire se dessina sur ses lèvres.

— Ce doit être Joey qui sonne, observa-t-elle. Kaylee est en train de remonter l'allée.

— Alors, tu ferais mieux d'aller ouvrir, dit-il sans bouger de son bureau.

Sofia se dirigea vers la porte, puis, sur le seuil, hésita.

— Tu es sûr que tu ne veux pas descendre ?

Il y avait un tel espoir dans ses yeux qu'il n'eut pas le cœur de refuser tout net.

— Tu n'auras qu'à m'appeler si elle a besoin d'aide pour transporter ses affaires.

C'était le maximum qu'il pouvait faire.

Mais personne ne cria à l'aide au cours de l'heure qui suivit. Probablement parce que les possessions de la jeune femme se réduisaient à peu de choses.

Il l'observa par la fenêtre, prenant garde à ne pas se faire remarquer. Ses longs cheveux étaient lâchés et elle portait un jean et un sweat-shirt gris.

En dehors d'un certain nombre de valises, elle et Joey sortirent peu d'objets du coffre de leur voiture : deux oreillers, une couverture, quelques cartons, de livres peut-être, et une batte de base-ball.

Le reste de ses affaires était-il entreposé dans un garde-meuble ou possédait-elle réellement aussi peu ? Quelle sorte de vie avait-elle menée pour pouvoir caser tout ce qu'elle avait dans une petite voiture ?

Ayant apparemment fini de décharger, elle ferma le coffre de sa Honda, et se dirigea vers la maison.

Une rafale de vent ébouriffa le majestueux cornouiller, dispersant une nuée de pétales blancs qui retombèrent autour d'elle comme des flocons de neige, se posant sur ses vêtements, caressant ses joues, s'accrochant à ses cheveux. Elle leva la tête vers le ciel azuré et son visage s'éclaira d'un sourire radieux.

Il se rapprocha de la fenêtre, subjugué par son insouciante beauté.

La porte de sa chambre s'ouvrit à la volée. Il sursauta, comme pris sur le fait, puis se tourna vivement vers l'intrus.

Le petit Joe, vêtu d'un T-shirt rouge vif sur lequel était imprimée une araignée velue, s'immobilisa sur le seuil. Il couvrit sa bouche de sa main et fixa Tony, les yeux écarquillés.

— Oh oh, fit-il.

Le mécontentement de Tony s'évanouit.

— Salut, Joe. Qu'est-ce que tu fais là ? demanda-t-il gentiment.

Rassuré, Joey laissa retomber sa main.

— J'explore. Et vous, qu'est-ce que vous faites ?

— Je travaille, répondit Tony, bien que ce ne fût pas tout à fait vrai.

Il en avait eu assez une heure plus tôt de travailler sur le design de son site Web et s'était mis à jouer avec l'idée de développer un jeu vidéo éducatif.

Joe s'approcha du bureau et jeta un coup d'œil sur l'écran de l'ordinateur qui affichait un paysage rocailleux, semé d'îlots broussailleux, de plaines et de forêts, avec, à l'arrière-plan, un lion à la crinière jaune.

— Waouh, c'est super ! s'exclama-t-il.

— Tu trouves ?

Réalisant qu'il avait là, à sa disposition, un parfait sujet d'expérience, Tony le rejoignit devant l'écran.

— Je pensais développer un jeu vidéo à partir de ça. Le joueur devrait aider le lion à chasser, à trouver un abri, des points d'eau, ce genre de choses. J'ai aussi d'autres animaux : un singe dans la jungle et un ours polaire dans l'Arctique.

Joe s'appuya contre la table.

— Ce serait plus amusant d'être l'animal, dit-il.

Bien sûr ! Il avait raison. Les enfants adoreraient se glisser dans la peau d'un animal. De nouvelles idées se mirent à fourmiller dans l'esprit de Tony. Il eut même celle d'un nom : « Mondes sauvages. »

— Est-ce que je pourrai l'essayer quand tu l'auras fini ? demanda Joe.

— Absolument.

Joe serait son « bêta testeur », comme on disait dans le jargon.

— Tu te souviens, je t'ai dit que j'étais en train d'explorer ? dit Joe, changeant brusquement de sujet.

— Oui ?

— J'ai trouvé un lit-bateau, dit Joe précipitamment. C'est chouette.

— C'est ce que j'ai toujours pensé.

Le solide lit de bois massif était la pièce maîtresse de la chambre qui avait été la sienne enfant, et bien que Tony dormît désormais dans le grand lit de la chambre d'amis, il avait gardé un attachement particulier pour son ancien lit.

Joe leva vers lui un regard suppliant.

— Est-ce que vous croyez que je pourrais y dormir ?

La première impulsion de Tony fut de refuser. Il n'avait pas réussi à dissuader Sofia d'inviter Kaylee et Joey à s'installer chez elle, mais il n'allait pas les laisser s'approprier toute la maison.

— Je ne pense pas que…, commença-t-il.

Le sourire de Joe disparut et Tony n'acheva pas sa phrase. Kaylee et Joe étaient là maintenant, quelle différence cela faisait-il qu'il dorme dans son ancienne chambre plutôt qu'au rez-de-jardin ?

— Ce n'est pas ma maison, Joe. Ça ne dépend pas de moi. Mais je suis presque sûr que Sofia n'y verra pas d'inconvénient.

— C'est vrai ? fit Joe, les yeux étincelant de plaisir.

— Oui.

Joe ressortit de la pièce aussi brusquement qu'il y était entré.

— Devine quoi ? l'entendit-il annoncer brillamment une seconde plus tard. Tony a dit que je pouvais dormir dans le lit-bateau !

Tony soupira et referma sa porte pour ne pas entendre la réponse de Kaylee. S'il ne faisait pas très attention, elle aussi penserait bientôt qu'elle était la bienvenue à l'étage.

L'image qu'il avait eue d'elle un peu plus tôt dans un nuage de pétales blancs flotta un instant devant ses yeux. Puis il la vit endormie dans son propre lit, sa chevelure brune répandue autour son beau visage.

Alors, il ferma les yeux, forcé une fois encore de refréner une bouffée de désir pour elle, avant de pouvoir se remettre au travail sur son ordinateur. Décidément, le mois à venir risquait de lui sembler long. Très long.

Chapitre 7

Lorsque Kaylee était enfant, sa mère tenait à ce que tous les membres de sa famille prennent ensemble le repas du soir. Elle veillait à ce qu'ils mangent toujours au moins deux sortes de légumes, qu'ils observent les bonnes manières et partagent ce qu'ils avaient fait durant la journée.

A l'âge de treize ans, Kaylee avait commencé à contester cette tradition. Elle avait d'abord refusé de participer à la conversation. Quand sa mère lui posait des questions, elle était tellement sur la défensive que le ton montait rapidement. Puis, elle avait aggravé les choses en ne rentrant qu'après que ses parents et sa sœur avaient fini de dîner. La plupart du temps, elle se contentait donc d'avaler, debout devant l'évier, une bricole chipée dans le réfrigérateur.

— Vous semblez à des lieues d'ici, Kaylee, remarqua Sofia. A quoi pensez-vous donc ?

Assise immédiatement à sa droite, Sofia lui adressait un sourire perplexe. De l'autre côté de la table, Joey piquait un morceau du gâteau au chocolat que Sofia avait fait spécialement pour lui dans l'après-midi. Tony l'observait lui aussi, mais avec méfiance, par-dessus la tasse à café qu'il venait de porter à ses lèvres.

— J'étais en train de penser que c'était bien agréable, dit-elle. Ma famille se réunissait ainsi autour de la table quand j'étais petite et ça m'a manqué depuis.

C'était la vérité. Elle avait aimé ces dîners en famille, et elle n'aurait su expliquer pourquoi, à l'adolescence, elle avait pris plaisir à les saboter.

Tony reposa sa tasse et la fixa pour remarquer :

— Ce n'est pas tout à fait la même chose. Nous ne sommes pas une famille.

La défiance qu'il éprouvait à son égard chargeait l'air d'électricité. Elle pensa à la façon dont il avait failli l'embrasser le jour où ils s'étaient rencontrés, au désir qu'elle avait eu elle aussi de ce baiser, même après qu'il l'avait accusée de vouloir tromper sa belle-mère.

Non, ils n'étaient pas de la même famille. Ils n'avaient pas le même sang, ni d'ancêtres communs. S'ils avaient été apparentés, Kaylee n'aurait pas ressenti ce picotement sur toute la surface de son corps chaque fois qu'elle le regardait.

— Je préférerais que tu ne dises pas de telles choses, Tony, le réprimanda Sofia. Je te demande comme un service d'essayer de garder une certaine ouverture d'esprit.

L'obstination que Kaylee lisait si clairement dans l'expression de Tony s'atténua légèrement. A l'évidence, il détestait décevoir sa belle-mère et cela le rendit un peu plus aimable aux yeux de Kaylee.

— Tu m'as toujours dit qu'il ne fallait pas se montrer trop crédule, dit Tony.

— Je t'ai dit ça parce que tu traînais avec ce fripon de Will Sandusky. Il inventait toujours des histoires abracadabrantes. Il prétendait avoir vu un ovni dans un verger, ou il avait soulevé un poids de deux cent cinquante kilogrammes, ou bien encore la moitié de l'équipe de pom-pom girls l'avait invité au bal de fin d'année.

— Ça, c'était vrai, remarqua Tony en esquissant un sourire. Il avait dit oui à trois d'entre elles.

— Je ne me souviens pas de ça, dit Sofia. Que s'est-il passé ? Les filles s'en sont rendu compte, je présume ?

— En effet. Elles étaient si furieuses qu'elles se sont toutes décommandées.

— Et il a dû rester tout seul chez lui ? demanda Kaylee, intriguée par l'histoire de Tony.

Tony sourit. Il semblait avoir oublié son hostilité envers elle.

— Vous plaisantez ? Il y est allé quand même et a passé la soirée à danser avec les cavalières des autres !

Kaylee rit. Will était quelqu'un qu'elle aimerait rencontrer. Ses cheveux lui tombèrent dans les yeux et elle les rejeta derrière ses oreilles, regrettant de ne pas les avoir attachés.

Elle réalisa soudain que Tony et elle étaient les seuls à rire. Sofia la dévisageait comme si elle avait vu un fantôme.

— Sofia ? dit-elle en se tournant vers elle et en

touchant sa main sur la table — qui lui parut froide. Quelque chose ne va pas ?

Sofia continuait de fixer non ses yeux, mais un point quelque part à leur gauche. Son visage était devenu blême.

— Sofia ? répéta-t-elle. Que se passe-t-il ?

— Vos boucles d'oreilles… Elles sont… euh, très jolies, peu communes.

Kaylee porta la main au petit cube d'or qui ornait son lobe droit. Elle portait toujours des boucles d'oreilles bien qu'elles soient cachées par ses cheveux la plupart du temps. Cependant, elle ne voyait pas ce que celles-ci en particulier avaient de si insolite.

— Merci, dit-elle.

Elle regarda attentivement Sofia et ajouta :

— Vous êtes sûre que c'est tout ?

Sofia parut tout à coup émerger de l'espèce d'état hypnotique dans lequel elle s'était trouvée. Elle retira sa main et tapota celle de Kaylee.

— La journée a été pleine d'émotions, dit-elle. Vous ai-je dit combien j'étais heureuse de vous avoir ici, vous et Joey ?

— Plusieurs fois.

Sofia avait même fait du dîner un véritable événement. Elle avait préparé une recette de poulet qui était devenu un must de la carte de Nunzio, et avait voulu mettre la table dans la salle à manger.

— Nous aussi en sommes très heureux.

Kaylee regarda Tony, s'attendant à un commentaire

désagréable de sa part. Il pinça les lèvres, mais resta silencieux.

— Mmm, il est bon, annonça Joey en se pourléchant les babines, manifestement imperméable à la tension de l'atmosphère.

Sofia sourit.

— Je suis contente que mon gâteau te plaise, Joey. Tu pourrais peut-être m'aider à faire des beignets, demain.

Il fit une moue dubitative.

— On ne peut pas faire les beignets soi-même. On les achète au magasin.

— Il faut bien que quelqu'un les fabrique pour qu'on puisse les vendre.

— C'est ça que vous faites ? Vous êtes une fabricante de beignets ?

Sofia éclata de rire.

— Non, je ne fais des beignets que pour des petits garçons très spéciaux. Demande à Tony, j'en faisais tout le temps pour lui.

— C'est super !

Joey ressemblait à un petit lutin couvert de chocolat. Il n'en avait pas seulement autour de la bouche, mais aussi sur les mains et sur les joues.

— Tu n'as plus qu'à prendre un bain, maintenant, Joey, dit Kaylee.

Sofia se leva et commença à ramasser les assiettes.

— Je vous montrerai où vous pouvez faire sécher vos serviettes de bain dès j'aurai remis un peu d'ordre dans la cuisine, Kaylee, dit-elle.

— Ah non, intervint Tony. Tu as cuisiné, tu vas nous laisser nous occuper de la vaisselle, Kaylee et moi. N'est-ce pas, Kaylee ?

Elle avait lu le défi dans les yeux de Tony et lui renvoya un regard qui disait clairement qu'il ne lui faisait pas peur.

— Absolument, répondit-elle aimablement. Joey peut très bien patienter un peu pour prendre son bain.

— Je peux le lui faire couler, si vous voulez, proposa Sofia.

— Bonne idée, dit Tony en se tournant vers Joey. Tu es d'accord Joey ?

— J'aime pas tellement prendre le bain, grommela l'enfant.

— Tu vas aimer la salle de bains qui est en bas, tu vas voir, reprit Tony. On peut ouvrir et fermer l'eau en frappant dans ses mains.

— Waouh, super ! s'écria Joey en bondissant de sa chaise.

Il courut aussitôt vers les escaliers et Sofia le suivit.

Kaylee se leva pour aider Tony à débarrasser.

— Est-ce que Joey va vraiment pouvoir ouvrir l'eau en claquant des mains ?

— Eh oui.

— Je n'ai jamais rien vu de pareil dans les magasins.

Tony, qui se dirigeait vers la cuisine, les bras chargés d'assiettes, lança par-dessus son épaule :

— Parce que ça ne s'y trouve pas ! C'est mon père qui a inventé ce système.

Kaylee ramassa un plat et deux verres et le suivit.

— C'est dommage. C'est une bonne idée.

— Vous ne direz plus cela lorsque vous aurez laissé tomber quelque chose dans la salle de bains et que l'eau se mettra à couler sans que vous l'ayez voulu.

Tony rinça les assiettes et ouvrit la porte du lave-vaisselle. Sans qu'ils aient eu besoin de se concerter, Tony s'occupa de remplir la machine tandis que Kaylee débarrassait la table. Allant et venant entre les deux pièces, elle songea au père de Tony, l'inventeur, qui avait aussi imaginé le concept du paillasson automatique.

— Il semble que votre père ait eu quelques bonnes idées, dit-elle en posant le panier à pain et le reste du gâteau au chocolat sur le comptoir.

Une assiette à la main, il tourna vers elle un visage impénétrable.

— Il y a une légère différence entre une bonne idée et une idée fructueuse.

— N'a-t-il jamais réussi à commercialiser une de ses inventions ?

Il tourna le robinet et le soudain jaillissement de l'eau parut inhabituellement fort à Kaylee tandis qu'elle attendait sa réponse.

— Commercialisée, si. Avec succès ? Non.

— Mais…

— Je n'ai pas arrangé ce petit tête-à-tête pour que nous puissions parler de mon père, l'interrompit-il.

Kaylee sentit les muscles de son dos se raidir et sut que son sursis était terminé.

— Si c'est pour me dire que vous n'avez aucune confiance

en moi, je vous en prie, économisez votre salive, vous me l'avez déjà clairement fait comprendre.

— Je veux que vous et Sofia fassiez un test ADN.

Après un court instant de surprise, Kaylee se demanda pourquoi elle n'y avait pas pensé plus tôt.

— J'ai fait une recherche sur Internet, ce matin, poursuivait Tony. Les tests sont fiables à 99,9 %. On peut aller directement au laboratoire ou se faire envoyer à domicile un kit de prélèvement. Tout ce que vous avez à faire est de prélever un échantillon de muqueuse à l'intérieur de votre joue. Les deux possibilités me conviennent, mais je préférerais que nous allions au laboratoire.

D'après ses propres informations, Tony disait vrai, les tests ADN étaient aujourd'hui infaillibles. Un tel test prouverait de façon catégorique que Sofia était sa mère biologique.

Ou qu'elle ne l'était pas.

Il s'appuya au comptoir et croisa les bras. Il exhalait littéralement la méfiance.

— Alors ? Qu'est-ce que vous en dites ? Vous le ferez ?

Elle se mordit la lèvre, effrayée à l'idée de découvrir qu'elle n'était pas la fille de la femme merveilleuse qu'elle avait déjà commencé à aimer.

— Kaylee ? Oui ou non ?

— Qu'en pense Sofia ? demanda-t-elle.

— Je ne lui ai pas encore posé la question. Avant de lui en parler, je voulais obtenir votre assentiment.

Il fit une pause.

— Vous êtes d'accord ?

Kaylee déglutit péniblement. Elle n'avait pas le choix.

— Oui, dit-elle.

Il haussa les sourcils.

— Vous pensiez que je refuserais, n'est-ce pas ?

Elle secoua la tête.

— Je ne comprends toujours pas ce que j'ai pu faire pour que vous soyez si méfiant à mon égard.

— C'est une plaisanterie sans doute ?

Le lave-vaisselle était à côté de l'évier, face au comptoir, et Kaylee se trouvait à l'intérieur de la surface ainsi délimitée, à un mètre, voire un peu moins, de Tony.

— Non.

— Vous continuez donc de prétendre que vous ne vous êtes pas servie de moi pour approcher Sofia ?

— Oui. Je vous ai rencontré par hasard. Je ne savais pas qui vous étiez.

— Alors pourquoi avez-vous flirté avec moi ?

— Parce que c'est ce que vous croyez ? s'exclama-t-elle sans même essayer de dissimuler la colère qui l'envahissait. J'en étais pourtant très loin.

Elle alla à lui, le regarda à travers ses paupières mi-closes et, du bout des doigts, caressa sa lèvre inférieure. Le regard de Tony s'intensifia et elle vit un muscle tressaillir sur sa joue.

— Qu'est-ce que vous faites ? demanda-t-il, sans toutefois s'écarter.

Elle continua de promener ses doigts sur sa bouche, sa mâchoire, puis sur son cou avant de laisser reposer sa main contre son cœur qui battait à grands coups, approchant son visage du sien jusqu'à ce qu'il puisse sentir son souffle sur sa peau. Son odeur masculine se mêlait aux arômes d'herbes et d'épices qui flottaient encore dans la cuisine.

— Ça, dit-elle d'une voix un peu rauque tout contre sa bouche, c'est ce que j'appelle flirter.

Elle était sur le point de s'écarter lorsqu'il saisit son bras. Un sentiment de victoire s'était emparé d'elle quand elle avait constaté l'effet qu'elle produisait sur lui, mais il s'amenuisa rapidement à mesure qu'elle réalisait que Tony avait le même effet sur elle.

— Les choses ont changé, murmura-t-il, parce que cette fois, je ne vais pas me laisser prendre à votre charme sournois.

Elle se dégagea brusquement et recula jusqu'à se retrouver le dos au comptoir, et encore n'était-elle guère plus qu'à un mètre cinquante de lui. Sa poitrine se soulevait au rythme de sa respiration précipitée et elle se sentait aussi essoufflée que si elle avait dû fuir en courant.

— Je vous propose un marché, déclara-t-elle. Vous restez à l'écart de mon chemin et je resterai à l'écart du vôtre.

Il secoua la tête.

— Je ne peux pas faire ça. Pas tant que vous vivrez sous le toit de Sofia. Je vous ai dit que je vous surveillerais et c'est ce que je vais faire.

— J'ai déjà accepté de me soumettre à un test ADN. Que voulez-vous de plus ?

— Les résultats. Et le plus tôt sera le mieux.

Un bruit de pas résonna dans le silence qui suivit sa réponse, annonçant le retour de Sofia.

— Se peut-il que vous n'ayez pas encore fini de ranger ? s'exclama-t-elle en entrant dans la cuisine. Joey est lavé et prêt à aller au lit.

— Nous bavardions, expliqua Tony sans quitter Kaylee des yeux.

Celle-ci soutint son regard. Certes, il la troublait, et il possédait un charme sensuel terrible, mais elle ne le laisserait pas l'intimider.

— Je t'ai entendu dire quelque chose à propos de résultats, dit Sofia en prenant une éponge sur l'évier pour essuyer le plan de travail. Les résultats de quoi ?

— Du test ADN que Kaylee a accepté de faire, répondit-il. Il établira de façon probante si, oui ou non, toi et Kaylee êtes mère et fille.

Sofia s'arrêta d'essuyer. Elle adressa à son beau-fils un regard indéchiffrable avant de sourire chaleureusement à Kaylee. Celle-ci ne put s'empêcher de penser que son sourire serait moins radieux si jamais le test s'avérait négatif.

— Je vous remercie d'avoir accepté, Kaylee, dit-elle. Mais ce ne sera pas nécessaire.

Tony se tourna vivement vers Sofia.

— Qu'est-ce que tu veux dire, Sofia ? Pourquoi dis-tu que ce ne sera pas nécessaire ?

— Parce que je n'ai aucune intention de faire ce test.

Sofia mit la main sur son cœur qui, certainement,

ne pouvait pas battre aussi fort que celui de Kaylee, et poursuivit :

— La seule preuve dont j'ai besoin est là sous mes yeux.

Tony pianotait du bout des doigts sur la table à laquelle il était installé chez Nunzio, s'efforçant de ne pas remâcher le fait que Kaylee refusait de croiser son regard.

Elle avait hoché la tête dans sa direction lorsqu'il était entré dans le restaurant, puis l'avait délibérément ignoré bien qu'il se soit assis non loin d'elle.

Elle avait accueilli la plupart des autres clients comme s'ils avaient été des amis de longue date et non des gens qui étaient probablement venus chez Nunzio pour voir la jeune femme qui prétendait être la fille de la gagnante du loto.

Il avait entendu dire que le restaurant n'avait pas désempli à l'heure du déjeuner depuis que Kaylee, trois jours auparavant, avait commencé à travailler.

Il se remit à pianoter sur la table puis, réalisant que c'était quelque chose qu'il avait tendance à faire lorsqu'il était anxieux, croisa ses mains sur ses genoux.

A la promesse qu'il lui avait faite de la surveiller de près, Kaylee avait répondu en se tenant à l'écart de son chemin. Lui avait été occupé à terminer la nouvelle page d'accueil de Security Solutions et à travailler à son idée de jeu ; et elle n'avait pas grand-chose à lui dire lorsqu'ils dînaient ensemble le soir chez Sofia.

Sa froideur n'aurait pas dû le contrarier.

Et pourtant, il l'était.

Elle se tenait à quelques tables de là, une main sur la hanche, son carnet à la main, et riait à quelque plaisanterie de Charlie Marinovich. Charlie Marinovich !

Deux classes au-dessus de lui au lycée, Charlie avait été membre du club d'échecs et des Jeunes Républicains. Aujourd'hui, il dirigeait le *McIntosh Weekly* avec si peu d'humour qu'on n'y trouvait même pas la traditionnelle bande dessinée.

Kaylee refusait de sourire à Tony, mais elle trouvait Charlie amusant. Sa tête était renversée en arrière, exposant son cou ; ses lèvres étaient entrouvertes et l'on pouvait voir ce charmant petit espace entre ses dents. Ses…

— Salut, mon pote ! Ça fait plaisir de te voir.

Tony leva la tête. Will Sandusky, un mètre quatre-vingt-dix et quatre-vingt-dix kilos, prit place en face de lui.

— Will ! Waouh ! Tu t'es fait scalper ?

Will passa une main sur le sommet de son crâne, mais ses cheveux bruns étaient coupés encore plus court sur les côtés. Il était allé chez le coiffeur depuis qu'ils s'étaient vus la semaine précédente.

— Jackie pensait que ça m'irait bien.

— Jackie Westgard ? demanda Tony, pensant à une fille avec qui Will était sorti quelque temps lorsqu'ils étaient étudiants.

— Non, pas Jackie Westgard. Jackie Bowden.

Tony fronça les sourcils.

— Qui est-ce ?

— Quelqu'un que j'ai rencontré il y a deux ans quand je suis allé voir les Reds à Cincinnati.

— Ce doit être sérieux pour que tu aies gardé le contact aussi longtemps.

— Oh, tu plaisantes ? Bien sûr que non, se défendit-il, les yeux brillants.

Il niait avec une telle bonne humeur que même Jackie Bowden n'aurait pu en prendre ombrage. Will débordait de charme, ce qui l'avait aidé à réussir dans la voie qu'il s'était choisie : l'immobilier. Il avait sa propre agence à McIntosh.

De tous ceux avec qui Tony avait grandi, Will était le seul avec qui il gardait contact. Ils avaient été bons copains dès l'enfance et s'étaient encore rapprochés durant leurs années d'études à l'université du Michigan.

Quand Will s'était blessé au genou en première année d'études sportives, et qu'il avait vu ses chances de faire carrière au sein de la Fédération américaine de football anéanties, c'était Tony qui l'avait aidé à surmonter sa déception. Et maintenant que Tony avait besoin d'un conseil, c'était Will qu'il avait appelé.

Edie Markowitz, une serveuse d'âge moyen, bien en chair, qui travaillait chez Nunzio depuis plus de dix ans, s'approcha d'eux de son pas nonchalant.

— Hello, Tony, Will. Quoi de neuf aujourd'hui, les amis ?

C'était la question qu'elle posait toujours en guise de salutations et à laquelle elle ne semblait jamais attendre de réponse. Elle fit un geste vers les menus posés sur la table et dit :

— Appelez-moi quand vous voudrez commander.

— Est-ce que ce box ne fait pas partie du service de Kaylee ? s'enquit Tony.

— Si. Mais elle m'a demandé de m'occuper de vous.

— Ne pourriez-vous pas rechanger avec elle ? demanda Tony en souriant. Vous savez combien nous vous aimons, Edie, mais j'ai invité Will parce que je voulais le présenter à Kaylee.

— Entendu, Tony.

Tony la regarda parler à Kaylee, qui n'eut pas l'air ravi quand Edie lui indiqua le box d'un geste de la main.

— Qu'est-ce qui se passe au juste, Tony ? demanda Will.

Tony avait à dessein demandé un box dans le fond du restaurant, mais il baissa néanmoins la voix pour expliquer :

— Je t'en ai touché un mot hier soir au téléphone. J'aimerais que tu me fasses part de tes impressions au sujet de Kaylee.

— Ainsi cette grande brune est la femme dont tout le monde parle en ville ? Tu ne m'avais pas dit qu'elle était canon, dit Tony en jetant à celle-ci un regard admiratif. Ni qu'elle te fuyait.

Tony sentit monter en lui une sourde irritation. Il dut se retenir de dire à Will qu'il allait attraper un torticolis s'il continuait de tordre le cou de cette manière pour la regarder.

— Je mets en doute sa bonne foi et elle n'aime pas ça.

— Non, moi je dirais que c'est toi qu'elle n'aime pas. Bien que l'accuser de vouloir blouser Sofia y soit sûrement pour quelque chose.

Tony déplia un menu et poussa l'autre vers Will. Plus tôt ils auraient décidé quoi commander, plus tôt Kaylee devrait les servir. Et en effet, lorsqu'ils eurent refermé leurs menus, celle-ci s'approcha de leur table, avec une répugnance visible.

Elle avait retenu ses cheveux dans une queue-de-cheval et cette coiffure mettait en valeur l'ovale parfait de son visage et ses traits réguliers. Will avait raison. Elle était magnifique.

— Je voudrais vous présenter un ami, Kaylee, dit-il, Will Sandusky. Will, voici Kaylee Carter.

— Enchantée.

— C'est un véritable plaisir de vous rencontrer, dit Will en lui serrant la main avec chaleur.

Tony avait vu Will saluer des femmes de cette manière des centaines de fois. Le résultat était immanquable, la jeune femme souriait, rougissait, avec, parfois, un petit rire parfois nerveux. Ces réactions ne l'avaient jamais agacé. Jusqu'à aujourd'hui.

— Seriez-vous parent avec le propriétaire de l'épicerie ?

— Art est mon oncle, mais je ne travaille pas avec lui. Je suis agent immobilier. Venez me voir si vous avez besoin de quoi que ce soit.

Will usait de tout le pouvoir de son sourire sur Kaylee, aveuglant presque Tony de l'éclat de ses dents.

— Nous sommes prêts à commander, intervint-il, s'efforçant de ne pas laisser paraître son exaspération.

Kaylee prit note de leur choix sur son carnet, ramassa les menus, puis s'éloigna sans avoir une fois croisé le regard de Tony. Il la suivit des yeux, les sourcils froncés, et son froncement ne fit que s'accentuer lorsqu'il vit que Will l'observait aussi.

— Alors ? interrogea-t-il. Est-ce que tu trouves qu'elle ressemble à Sofia ?

Will gardait les yeux fixés sur Kaylee, qui s'était arrêtée près de la table de Charlie Marinovich. Elle riait de nouveau.

— Je vois une ressemblance d'ensemble, dit lentement Will. Même teint, même forme de visage.

Il sourit d'un air rêveur avant d'ajouter :

— Sofia a dû être une beauté lorsqu'elle était jeune.

— Au fait, Will.

Will reporta son attention sur lui.

— Dis-moi simplement si tu penses qu'elles pourraient être mère et fille.

— Oui, je pense que oui. Mais mon opinion importe peu. Débrouille-toi pour qu'elle accepte de se soumettre à un test ADN et tu auras ta réponse.

— Sofia refuse le test ADN. J'ai essayé de la convaincre de revenir sur sa décision, mais elle ne veut rien entendre.

— Pourquoi ?

— Elle dit que ce n'est pas nécessaire. Du diable si je sais pourquoi.

— Ah. Ça complique un peu les choses.

Will mit ses coudes sur la table et se pencha en avant.

— Je vais te proposer quelque chose. J'invite Kaylee à sortir avec moi un de ces soirs, et ensuite je te dis si elle me fait l'impression d'être quelqu'un de réglo.

C'était une suggestion raisonnable. Will était célibataire et Kaylee était libre. Mais Will était aussi un drôle de don Juan…

Will le dévisageait et Tony comprit qu'il avait laissé son expression trahir ses pensées quand son ami remarqua d'un ton léger :

— Mais je ne voudrais pas avoir le sentiment d'empiéter sur tes plates-bandes.

— Pas du tout, se défendit Tony — trop vite. C'est juste que… tu as raison, les impressions, voire les convictions, ne sont pas des preuves.

— Engage un privé, suggéra Will. Tu avais fait ça, il y a un ou deux ans, non ? Bien que je croie me souvenir qu'il n'avait pas trouvé grand-chose.

— Effectivement. Ni certificat au nom de Sofia, ni dossier à la clinique où elle avait accouché. Et aucune preuve non plus qu'un médecin ou une sage-femme ait été impliqué dans un trafic d'enfants.

— Les dossiers avaient été détruits lors d'une inondation, c'est ça ?

— Oui. Le certificat de naissance original aurait pourtant dû être enregistré au ministère de la Santé, mais il ne l'a pas été. Personne ne sait pourquoi.

— Et la mère de Sofia ? N'avait-elle aucune information à apporter ?

Sofia et Angela Crane se voyaient rarement avant la mort d'Anthony Donatelli. Angela avait néanmoins assisté à l'enterrement de celui-ci, et, depuis, elles semblaient s'efforcer de restaurer une véritable relation ; mais Tony pensait que cela prendrait du temps.

— Angela a prétendu que sa mémoire n'était plus ce qu'elle avait été, répondit Tony, se rappelant les mots mêmes du rapport du détective. Elle n'a été d'aucune aide.

— Je pense que ça vaudrait la peine de recontacter ce détective, dit Will. Il pourrait fouiller la vie de Kaylee et te dire s'il existe une possibilité pour qu'elle soit la fille de Sofia.

Tony avala une gorgée d'eau.

— J'ai une longueur d'avance sur toi. Je l'ai déjà réengagé. Il a trouvé son certificat de naissance aux archives de l'état civil de l'Ohio, qui confirme qu'elle est bien celle qu'elle dit être : Kaylee Carter. Elle est née quelques jours seulement après que Sofia a accouché.

— Est-ce la date qui se trouve sur son certificat ne pourrait pas être la date de son adoption ?

— C'est possible. Mais sa mère est morte et son père ne veut rien dire. A moins qu'il ne fournisse des informations concernant l'adoption : la date, le lieu, l'agence qui s'en est occupée, Kaylee ne peut requérir en justice l'accès à son véritable extrait de naissance. Nous n'avons donc aucun moyen de savoir si elle est Constanzia ou non.

— Mmm, pas facile comme situation, commenta Will.

— Tout ça me paraît éminemment louche, dit Tony. Kaylee est fauchée comme les blés et Sofia roule sur l'or. Tu vois une autre raison pour laquelle Kaylee aurait tout à coup débarqué ici ?

— Pour retrouver sa mère biologique ? suggéra Will.

Tony lui lança un regard mauvais.

— C'est toi-même qui m'a convaincu que tout le monde ici essayait de profiter de ma belle-mère, dit-il.

— Correction. C'est toi qui t'es convaincu de ça. Pour ma part, je pense que les gens d'ici se sentent… comment dire ? une sorte de parenté avec Sofia. Ils considèrent que sa bonne fortune est en quelque sorte aussi leur bonne fortune.

— Mais c'est faux, répliqua vivement Tony. Enfin ! sa propre mère ne veut pas accepter un sou de Sofia. De quel droit ses voisins réclameraient-ils quelque chose ?

— Attends, tu dis que la mère de Sofia ne veut pas accepter un sou de sa fille et elle ne veut pas non plus parler de l'adoption. Est-ce que tu ne trouves pas ça un peu étrange ?

— Si, admit Tony. J'ai toujours pensé qu'Angela en savait plus qu'elle ne voulait bien le dire.

— Tu devrais aller la voir. Elle te parlerait peut-être, à toi.

— Ce n'est peut-être pas une mauvaise idée, dit-il en se tapotant le menton, songeur.

Il connaissait à peine la mère de Sofia, mais elle s'était montrée plutôt amicale lorsqu'ils s'étaient rencontrés. Sans doute pourrait-il lui rendre visite.

Le cours de ses pensées fut interrompu par l'arrivée de Kaylee qui apportait leurs plats. Il la dévisagea lorsqu'elle les posa devant eux, mais Kaylee continuait d'éviter soigneusement de croiser son regard. Cependant, elle sourit à Will en demandant :

— Avez-vous besoin d'autre chose ?

— Merci, non. Pour ma part, je me contenterai de votre sourire ; il illumine toute la salle.

Le sourire de Kaylee s'élargit encore et elle repartit, jetant cette fois un coup d'œil vers Tony :

— Il n'est pas difficile de sourire à quelqu'un qui sourit en retour.

Sur quoi, elle s'éloigna. Piqué, Tony lança un regard furieux à son compagnon.

— Tu as vraiment besoin de flirter avec toutes les femmes que tu rencontres ?

— Si j'étais toi, ce n'est pas moi, ton pote, que je surveillerais, dit Will d'une voix traînante.

— Qu'est-ce que tu veux dire ? demanda Tony avec irritation.

Will tourna la tête dans la direction de Kaylee. Tony suivit son regard et vit Kaylee déchirer une page de son bloc-notes et la tendre à l'éditeur du journal local.

— Je crois que Kaylee vient juste de donner à notre cher vieux copain Charlie un numéro de téléphone où la joindre, dit Will.

Chapitre 8

Kaylee se laissait guider par Sofia dans la rue principale de McIntosh. D'ailleurs, elle n'avait pas vraiment le choix. Sofia la tenait solidement par le bras et ne comptait manifestement pas la lâcher.

— Je ne peux pas croire que vous ne vouliez pas me dire où nous allons, dit Kaylee.

— Je vous l'ai dit, c'est une surprise, répondit Sofia sans même ralentir.

Kaylee se surprit à rire de bon cœur, chose qu'elle ne se rappelait pas avoir fait depuis des années. Pas plus qu'elle ne se souvenait de la dernière fois où quelqu'un avait eu envie de la surprendre.

Sofia était venue l'attendre à la fin de son service, allégeant la tension qu'elle avait commencé à ressentir. La présence au restaurant de Tony et de l'ami — par ailleurs charmant — qu'il avait de toute évidence invité afin qu'il lui donne son avis sur elle, l'avait déstabilisée.

Comment était-il possible qu'elle ait tant envie de le voir et qu'en même temps elle redoute leurs rencontres ? Elle avait cru que son attirance pour lui s'éteindrait tout naturellement après qu'elle avait découvert qu'il la soupçonnait des pires mensonges, mais ce n'était pas le cas.

La peur qu'il réussisse à convaincre Sofia de les chasser, elle et Joey, n'empêchait pas son cœur de battre la chamade dès qu'il était dans les parages. Pour l'heure cependant, Sofia était si bien accrochée à son bras qu'il semblait impensable qu'elle puisse un jour désirer la voir partir.

— Je suis trop vieille pour les surprises, tenta-t-elle de protester.

— Personne n'est trop vieux pour ça, dit Sofia avant de saluer gaiement une dame âgée qui les croisait.

Cette dernière commença à dire quelque chose, mais Sofia continua à marcher et à parler.

— Et puis, il faut que vous me laissiez vous gâter. C'est ce que j'aurais fait si vous aviez grandi, ici, à McIntosh. Demandez à Tony.

Curieusement, bien que Sofia se montrât désormais très familière avec elle, elle continuait de la vouvoyer — quoiqu'elle se fût trompée une fois ou deux ; Kaylee pensait que c'était pour éviter d'irriter davantage son beau-fils.

— En parlant de Tony, il est venu déjeuner chez Nunzio aujourd'hui, avec son ami Will.

— Will le charmeur, dit Sofia en lui jetant un regard de côté. C'est ainsi que les jeunes femmes le surnomment à McIntosh. Il est sorti avec la plupart d'entre elles. Vous a-t-il invitée à dîner ?

Kaylee secoua la tête.

— Non, mais Charlie Marinovich m'a demandé mon numéro de téléphone.

— Ah, notre très estimé éditeur et rédacteur en chef. Vous le lui avez donné ?

— Oui, mais je ne suis pas sûre d'avoir envie de sortir avec lui.

— Ce serait sans doute un meilleur choix que Will, bien qu'il soit sans conteste beaucoup moins beau, commenta Sofia avant d'ajouter, une étincelle dans l'œil : Mais personnellement, je pense que vous devriez plutôt sortir avec Tony.

— Avec Tony ! Mais il me déteste !

— Oh, vraiment ? Je crois qu'il vous aime trop, au contraire.

— Peut-être m'aimait-il bien au début, mais plus maintenant. Il a changé d'opinion à mon sujet.

— Il changera de nouveau, vous verrez. Mon Tony est un bon garçon. Il a la tête dure, mais c'est quelqu'un d'honnête, et d'intelligent aussi. C'est pourquoi il finira par se rendre compte que vous lui convenez beaucoup mieux que cette femme de Seattle.

Un frisson parcourut Kaylee.

— Tony a une petite amie ?

— Je le savais ! s'exclama Sofia, incapable de dissimuler le plaisir que lui causait cette nouvelle. Je savais que vous l'aimiez aussi !

— Que je l'*aimais* bien, oui, répéta Kaylee. Mais c'était avant qu'il ne s'accroche à sa brillante théorie de la machination. Non, ne vous mettez pas d'idées en tête à notre sujet.

— Une mère à bien le droit de rêver, non ? fit Sofia avant de mettre fin à la conversation en s'arrêtant brusquement sur le trottoir. Nous y voici.

Elles se trouvaient devant une petite vitrine sur laquelle étaient peints au pochoir une longue main féminine aux ongles groseille ainsi que le nom du magasin, en lettres ornées d'entrelacs et d'arabesques du même rouge : Polly's Manicure.

— Surprise ! dit Sofia. Nous allons nous offrir une manucure.

— Mais, commença Kaylee, réprimant une bouffée de plaisir, je suis censée aller chercher Joey à la halte-garderie dans moins d'une heure.

— J'ai appelé Anne. Ça ne l'ennuyait pas du tout de garder Joey un peu plus longtemps aujourd'hui. Anne sait combien il est important d'avoir de belles mains.

— N'est-ce pas un peu… frivole ?

— Frivole ? Pas du tout. C'est une prérogative des femmes que d'avoir le droit de s'occuper de ses mains et de ses pieds.

— C'est quelque chose que vous avez toujours fait ?

— A vrai dire, non, avoua Sofia. Je ne viens en fait que depuis que j'ai gagné à la loterie. Avant, je n'en avais ni le temps, ni les moyens.

Ça, c'était quelque chose que Kaylee comprenait. Elle regarda ses mains et la perspective d'avoir de jolis ongles, arrondis, limés, et vernis, la séduisit soudain.

— Je ne me suis jamais fait faire une manucure, reconnut-elle. Encore moins un soin des pieds.

— Alors, il est n'est que juste que je sois celle qui répare cette lacune.

Sofia saisit sa main et Kaylee sentit la force du lien qui les unissait. Sofia n'avait pas employé ces termes, mais Kaylee les avait entendus aussi clairement que si Sofia les avait hurlés : « Qui est mieux placée qu'une mère pour faire découvrir à sa fille les plaisirs et les avantages d'être une femme ? »

— Venez, dit Sofia. Allons rattraper le temps perdu.

Kaylee ne pouvait s'empêcher de regarder ses ongles : la manucure avait opéré un petit miracle. Elle en avait arrondi la forme, avait repoussé délicatement les cuticules, puis appliqué un vernis blanc qui faisait paraître ses ongles plus longs, ses mains plus fines. Kaylee regrettait de ne pas porter de sandales car ses ongles de pieds étaient tout aussi irréprochables.

— Merci, dit-elle à Sofia comme elles marchaient vers la halte-garderie. C'est l'après-midi le plus agréable que j'aie passé depuis longtemps.

— Moi aussi, repartit Sofia. La prochaine fois, nous irons faire du shopping. Il y a tant de choses à faire que nous n'avons pas pu partager.

Une sirène retentit aux oreilles de Kaylee. Avec un temps de retard, elle reconnut une sirène de police, mais le moment auquel elle avait démarré était en totale adéquation avec ses propres pensées.

— Il faut que nous restions prudentes, Sofia, dit-elle. Nous ne sommes pas certaines d'être parentes.

Kaylee en serait volontiers restée là, mais sa conscience eut raison d'elle. Elle avait maintenant une copie de son certificat de naissance, grâce à sa sœur qui la lui avait envoyée après qu'elle-même avait appris qu'en obtenir une du département de la Santé prendrait un temps fou. Mais le certificat n'apportait aucun nouvel indice, et il aurait été vain de déposer une demande en justice afin que soit levé le secret sur une adoption dont Kaylee n'était même pas certaine qu'elle avait eu lieu.

Elle prit une profonde inspiration, expira lentement, et se décida à dire quelque chose qui aurait dû l'être depuis longtemps :

— Je pense que nous devrions faire ce test ADN.

— Moi pas, dit Sofia avec une expression résolue. Nous savons toutes les deux ce que nous ressentons. Nous n'avons besoin de la bénédiction de personne.

— Mais Tony…

— Laissez-moi m'inquiéter de Tony, l'interrompit Sofia. Je suis sûre que…

Sofia n'acheva pas sa phrase et elle s'arrêta si brusquement que Kaylee la dépassa et dut revenir sur ses pas. Clouée sur place, Sofia fixait un point devant elle.

Kaylee suivit son regard. M. Sandusky était sorti de son magasin. Il venait dans leur direction, les yeux rivés sur Sofia. Kaylee essaya de se rappeler son prénom, qui, elle en était presque sûre, commençait par un A. Adam ? Aaron ?

— Art, dit doucement Sofia lorsqu'il les eut rejointes.

Oui, Art, c'était ça.

— Sofia, fit-il, sur le même ton.

Kaylee attendit que l'un ou l'autre dise quelque chose, mais aucun des deux ne semblait être capable de prononcer une autre parole. Son regard alla de Sofia à Art, d'Art à Sofia. Que se passait-il ?

— Bonjour, monsieur Sandusky, dit-elle. Vous vous souvenez de moi ? Je suis venue vous voir au sujet d'un emploi de caissière.

— Je suis désolée, Kaylee, dit Sofia en saisissant son bras avec une sorte de raideur. J'aurais dû vous présenter. Voici Art Sandusky. Art, Kaylee Carter.

Art tendit la main en souriant. Sa poignée de main était chaude et ferme.

— Appelez-moi Art, dit-il. Je me souviens très bien de vous, ainsi que de votre petit garçon avec son crapaud.

Kaylee fit la grimace et se tourna vers Sofia pour lui raconter l'incident. Elle s'attendait à ce que celle-ci fasse un commentaire, mais Sofia, qui continuait de fixer Art, ne réagit pas.

— J'aurais aimé que vous me laissiez rembourser la casse, dit Kaylee à Art.

— Allons donc ! Un peu d'animation dans le magasin valait bien trois verrines brisées.

De nouveau, Kaylee attendit que Sofia dise quelque chose, mais, de nouveau, elle n'en fit rien.

— Je travaille tous les midis chez Nunzio, reprit-elle.

La prochaine fois que vous viendrez, c'est moi qui vous offrirai le déjeuner.

Art chercha Sofia du regard, puis dit :

— Goûter aux merveilleuses recettes de Sofia est déjà un cadeau en soi.

Un silence pesant s'abattit de nouveau sur le petit groupe.

Art inclina cérémonieusement la tête en leur souhaitant un bon après-midi et s'en alla.

Sofia le regarda partir, une expression mélancolique sur le visage.

— Vous l'aimez, dit Kaylee lorsqu'il fut hors de portée de voix.

Sofia haussa les épaules.

— C'est un homme charmant.

— Et plutôt beau, n'est-ce pas ?

Le rouge monta aux joues de Sofia.

— Qu'est-ce qu'il y a entre vous ? demanda Kaylee.

— Rien.

Sofia soupira et se remit à marcher avant d'ajouter :

— C'est bien là le problème.

— Pourquoi ne l'inviteriez-vous pas à sortir avec vous un soir ?

— Nous sommes déjà sortis ensemble. Il y a six ou sept semaines de cela.

— Ça ne s'est pas bien passé ?

— Si. Nous avons passé une soirée merveilleuse. Du moins, je le croyais. Nous sommes allés au restaurant et le dîner n'en finissait pas tellement nous avions de choses à nous dire. Puis, au cinéma, nous nous sommes tenu la main. J'avais l'impression d'être redevenue une adolescente.

Kaylee le croyait aisément. Lorsqu'elle les avait vus l'un en face de l'autre, tous deux soudainement frappés de mutisme, elle-même s'était crue en présence d'adolescents.

— Que s'est-il passé ensuite ? s'enquit-elle.

— Je vous l'ai dit. Rien.

Kaylee fronça les sourcils.

— Je ne comprends pas.

— Moi non plus. J'ai attendu qu'il me téléphone ou qu'il passe au restaurant, mais il n'a pas donné le moindre signe de vie. Alors, j'ai finalement trouvé le courage d'aller lui demander ce qu'il se passait.

— Et il vous l'a dit ? demanda vivement Kaylee.

Sofia secoua tristement la tête.

— Vous savez ce que vous devriez faire ? Vous devriez l'inviter vous-même.

— Je ne pourrais pas.

— Pourquoi ?

— Parce que…

Elle hésita, croisa ses mains que Kaylee avait bien cru voir trembler.

— Parce que je ne pourrais pas, tout simplement, poursuivit Sofia. Je sais que c'est stupide. J'ai été mariée, je suis veuve depuis des années… Mais je ne sais pas pourquoi, je perds tous mes moyens une fois en face de lui.

— Vous êtes amoureuse, c'est typique, dit Kaylee en lui pressant doucement le bras.

— Mais lui ne l'est pas.

Kaylee en doutait fort. Elle aurait plutôt dit qu'Art Sandusky était aussi subjugué par Sofia qu'elle l'était par lui.

Elle se tut cependant et Sofia et elle continuèrent à marcher en silence. Elles suivaient le même chemin que Tony et elle avaient pris pour se rendre à la halte-garderie le premier jour. Ce jour-là, elle…

Mais non, elle ne devait pas penser à Tony et aux sentiments confus qu'il avait fait naître en elle. Il avait une petite amie, et elle devait essayer de trouver un moyen de réunir Sofia et Art.

Quelques minutes plus tard, elle avait élaboré un plan. Elle sourit intérieurement en imaginant le sourire retrouvé de Sofia. Jamais auparavant elle n'avait tenté de jouer les entremetteuses, mais pour Sofia, elle ferait n'importe quoi. Même s'il fallait pour cela qu'elle demande à Tony de l'aider.

Tony sortit une canette de bière du réfrigérateur, la décapsula et en but un long trait. La maison semblait calme. Mais c'était une fausse quiétude : Joe dormait à l'étage dans *son* lit-bateau, et, surtout, Kaylee était en bas, prenant bien garde à ne pas se trouver sur son chemin.

Il se tint un moment immobile près de la porte qui menait au sous-sol, s'efforçant d'entendre si la télévision était allumée. Mais seul parvenait à son oreille le bourdonnement du réfrigérateur derrière lui.

De toute façon, même s'il avait entendu la télévision, il ne serait pas pour autant descendu pour demander à Kaylee s'il pouvait se joindre à elle.

Il s'écarta de la porte, puis, aussi vite, y revint et posa la main sur la clenche.

Il pouvait tout de même lui dire qu'elle ne devait pas se sentir obligée de rester en bas quand Sofia était absente, que ça ne lui posait aucun problème qu'elle vaque à ses occupations à l'étage. Sa main glissa de la clenche avant qu'il ne l'eût abaissée.

A quoi pensait-il ? Si elle dormait, il risquait de l'effrayer ; si elle ne dormait pas, il allait au-devant des ennuis, car malgré la suspicion qu'il entretenait à son égard, il ne pouvait pas nier qu'il la trouvait très attirante.

Il fronça les sourcils, se sentant vaguement déloyal vis-à-vis d'Ellen. Non que la séparation les ait rendus plus amoureux. En fait, cela semblait être plutôt le contraire. Il avait essayé d'appeler Ellen un peu plus tôt, mais elle n'était pas chez elle pour la seconde soirée consécutive. Il n'avait pas tenté de la joindre sur son portable. Après tout, elle ne s'était pas donné la peine de l'appeler depuis son arrivée à McIntosh.

Mais il avait d'autres raisons pour éviter Kaylee, que l'existence d'une petite amie dont il semblait se détacher. Le fond, c'est qu'il n'avait aucune confiance en elle, et qu'en retour elle ne l'aimait pas.

Il sortit sur le porche qui surplombait le jardin et la rue déserte et s'assit dans le rocking-chair. Ce soir, le quartier était si tranquille que Tony entendait bourdonner des insectes attirés par la lanterne de l'entrée.

S'il s'était trouvé à Seattle, il aurait probablement été sur le point de rentrer chez lui. La plupart du temps, Ellen et lui dînaient à l'extérieur. Après quoi, Ellen aimait aller prendre un dernier verre dans un des bistrots du centre. Ou encore flâner dans une galerie d'art, ou aller voir un match de basket, ou un film. Le choix était infini.

Il était rare qu'il s'installe ensuite sur son balcon pour regarder la nuit. Il avait des choses plus intéressantes à faire. Mais, ici, à McIntosh, tout était différent.

Le bruit de la moustiquaire qui s'ouvrait derrière lui déchira le silence. Kaylee fit deux pas sur le porche. Il ne savait pas si elle pouvait le voir dans l'obscurité, et il en profita pour l'observer.

Ses boucles noires cascadaient dans son dos, lui donnant envie de faire courir ses doigts dans cette masse sombre et soyeuse. Son jean et son sweat-shirt n'étaient pas provocants, mais soulignaient suffisamment ses formes pour qu'il puisse imaginer à quoi ressemblait son corps sous les vêtements…

La voix de la méfiance le rappela à l'ordre. Son attitude ne convenait pas à leurs relations. Il devait manifester sa présence, ne pas laisser s'installer cette fausse intimité.

— Je suis là, dit-il.

Elle ne sursauta pas en entendant le son de sa voix, mais s'avança vers lui, ne s'arrêtant que lorsqu'elle eut atteint la rambarde, devant lui, contre laquelle elle s'appuya.

— Vous n'êtes pas couchée ?

— Il est encore trop tôt pour ça, répondit-elle. Il y a tant à contempler à cette heure.

Il tourna la tête vers la rue, toujours déserte. On entendait des chiens aboyer, mais on ne les voyait pas. La plupart des porches étaient encore éclairés, mais rien là non plus ne venait distraire le regard.

— Je ne vois rien, dit-il.

— C'est parce que vous ne regardez pas là où il faut, dit-elle, renversant la tête en arrière, tandis que ses cheveux dégringolaient un peu plus bas dans son dos. Ce ciel n'est-il pas magnifique ?

Sa peau paraissait étonnamment pâle dans le clair de lune. Son profil était celui d'une de ces délicates sculptures exécutées par un artiste exceptionnellement doué qui avait su rendre toute la perfection de ce nez élégant, de ce petit menton, de ce front haut.

C'était elle qui était magnifique.

— Avant que Joey et moi n'emménagions à McIntosh, je n'avais jamais vu un ciel aussi brillamment illuminé. Lorsqu'il n'y a pas de nuages, on dirait une vision de Noël.

Il se leva, alla s'accouder à la rambarde à côté d'elle et leva la tête. C'était vrai, le ciel, ici, ne disparaissait pas dans l'éclairage diffus, ni dans l'atmosphère largement polluée des grandes villes, et les étoiles scintillaient au-dessus de lui comme des millions de petites ampoules.

Il fronça les sourcils, surpris. Jamais auparavant il n'avait vu les étoiles sous ce jour poétique.

Elle redressa la tête et, toujours appuyée contre la balustrade, se tourna vers lui.

— Aussi beau que soit le ciel, je n'étais pas sortie pour l'admirer, dit-elle lentement.

Tony sentit son pouls s'accélérer. Les pensées de Kaylee avaient-elles suivi le même cours que les siennes ? Joe dormait, Sofia ne rentrerait pas avant plusieurs heures, ils étaient seuls. Ensemble.

— Pourquoi alors ? demanda-t-il, osant à peine espérer.

— Je voulais vous parler de Will Sandusky.

Un sentiment familier l'envahit, désagréable, qui ressemblait étrangement à de la jalousie. Il avait obtenu de Will la promesse que celui-ci ne poursuivrait pas Kaylee de ses assiduités, mais il n'avait pas envisagé le fait qu'elle-même pourrait s'intéresser à son ami.

— Dans ce domaine, je ne peux rien pour vous, dit-il s'efforçant, avec grande difficulté, de refouler le dépit qu'il ressentait. Je ne jouerai pas les intermédiaires.

— Vous croyez que je vous demande de m'arranger un rendez-vous avec votre ami ?

— Parce que ce n'est pas le cas ?

— Je n'ai besoin de personne pour ça, merci.

— A vrai dire, répliqua-t-il, après vous avoir vue à l'œuvre avec Charlie Marinovich, je n'ai aucun mal à vous croire.

Elle pinça les lèvres, les mains sur les hanches.

— Qu'est-ce que ceci est censé signifier ?

Il était allé trop loin, il le savait. Elle n'avait rien fait de plus que sourire à Charlie. Marinovich avait fait le reste. Si elle lui avait souri de la même manière, il aurait agi comme Charlie. En fait, c'est ce qu'il avait fait. Embarrassé, il se gratta la tête.

— Excusez-moi. Je n'aurais pas dû dire ça.

— C'est exact. Vous n'auriez pas dû, dit-elle, acerbe. Charlie est un homme charmant. Je suis sûre que s'il avait eu une petite amie, il me l'aurait dit avant de m'inviter, lui.

Tony se raidit sous l'accusation, à peine voilée.

— Je vous ai invitée à dîner avec votre fils, avança-t-il de dire pour se défendre, tout en sachant que c'était une piètre excuse.

— Laissez tomber, dit-elle en secouant la tête. Ça n'a pas d'importance.

Mais il savait que cela en avait, qu'il lui devait une explication. Qu'elle ne lui avait pas parlé par hasard de « petite amie ». Seulement, comment pouvait-il expliquer qu'il ne pensait vraiment pas à Ellen, le jour de sa première rencontre avec Kaylee ? Il s'était senti tellement attirée par elle, qu'il avait complètement oublié Ellen, ne songeant plus qu'à revoir… celle qui, malheureusement, était sans doute en train de tromper Sofia.

— Je suis sortie pour vous parler de Will, continua-t-elle. Pas de vous et de moi.

— Que voulez-vous savoir ?

— Je ne veux rien savoir sur lui. Je voudrais seulement que vous lui demandiez de m'aider à arranger une rencontre entre son oncle et Sofia.

Tony n'aurait pas été plus surpris si elle lui avait dit qu'elle souhaitait arranger un rendez-vous entre Sofia et Will.

— Vous voulez parler d'Art Sandusky, l'homme qui tient l'épicerie ?

— Ne me dites pas que vous n'avez pas remarqué que Sofia est très attirée par lui ?

— A dire vrai, non, répondit-il tout en essayant de se remémorer ce qu'il savait au sujet d'Art Sandusky.

L'épicier s'était installé à McIntosh alors que Tony était encore à l'école primaire, il y avait donc plus de quinze ans de cela. Il croyait se rappeler que Will lui avait dit que son oncle était divorcé et qu'il était venu à McIntosh pour se rapprocher de sa famille.

— C'est la vérité, dit Kaylee. Ils sont sortis ensemble il y a un peu plus d'un mois, et depuis Art s'est comporté bizarrement vis-à-vis d'elle. Mais lui aussi a des sentiments pour elle, j'en suis absolument certaine.

— Je ne vois pas bien ce que vous voudriez que Will fasse.

— Tout ce qu'il a à faire, c'est se débrouiller pour qu'Art se trouve chez Nunzio demain soir à 19 heures. Je me charge du reste.

— Et comment comptez-vous vous y prendre, exactement ?

— J'emmènerai Sofia chez Nunzio. Nous tomberons alors comme par hasard sur Will et son oncle, et je suggérerai que nous dînions tous les quatre ensemble.

Elle avait à présent une expression animée et Tony fut de nouveau frappé par la séduction qui émanait d'elle. Elle était plus que jolie, elle avait cette sorte de beauté classique qui ne s'affadit pas avec l'âge.

— Ou, s'il a quelque chose à faire, Will peut se

contenter de donner rendez-vous au restaurant à son oncle, puis passer un coup de fil pour se décommander. Une fois que j'aurai réussi à faire asseoir Art et Sofia à la même table, je trouverai un moyen de m'éclipser à mon tour.

Après avoir observé l'intérêt que Kaylee avait éveillé en Will, Tony ne doutait pas que celui-ci accepte de se prêter au jeu. Le problème était que lui n'y tenait pas.

— Qu'y a-t-il ? L'idée vous déplaît ? demanda tout à coup Kaylee en l'observant.

Mais avant qu'il ait pu répondre, elle fit une grimace et ferma les yeux un bref instant.

— Oh, c'est tellement stupide de ma part ! s'exclama-t-elle. Je vous dois des excuses.

— Des excuses ?

— Pour ne pas avoir pensé que vous n'étiez peut-être pas prêt à voir Sofia se lier avec quelqu'un, dit-elle en tendant la main pour la poser sur la sienne. Quand votre père est-il décédé ?

— Il y a deux ans, mais vous n'y êtes pas du tout. Après avoir supporté mon père autant d'années, Sofia mérite d'être heureuse.

Elle retira sa main et il en éprouva un sentiment désagréable de frustration.

— Sofia n'était pas heureuse avec votre père ? demanda-t-elle en tournant la tête vers lui.

— Comment aurait-elle pu être heureuse avec un homme qui n'a jamais rien fait de plus productif que s'asseoir au sous-sol pour rêvasser ?

A peine avait-il achevé sa phrase que Tony regretta de

l'avoir dite. Ses sentiments à l'égard de son père étaient encore si vifs que, d'ordinaire, il changeait aussitôt de sujet lorsque quelqu'un mentionnait son nom dans une conversation. La plupart des gens aimaient leurs parents inconditionnellement. Lui non.

— Votre père n'avait pas d'emploi ?

Aucun jugement ne transparaissait dans la voix de Kaylee et ce fut peut-être la raison pour laquelle il répondit :

— Il en a eu beaucoup, mais il n'en a gardé aucun. Ce qu'il avait, c'étaient des idées sur la manière de devenir riche.

— Comme le paillasson automatique et le robinet qui s'ouvre en frappant dans ses mains ?

— Sans parler du réveil qui sonne lorsque le ronflement du dormeur dépasse un certain niveau de décibels.

— Oui, fit-elle avec une moue dubitative. J'avoue que si je ronflais, je préférerais essayer la méthode homéopathique.

— Moi aussi.

— Mais le paillasson n'est pas une si mauvaise idée.

— Pas plus que l'appareil photo jetable ou les lingettes imprégnées de dentifrice en effet, concéda Tony. Mais quelqu'un d'autre y avait pensé avant lui. Si j'ai appris quelque chose de tout ça, c'est que, quand on a une idée, il faut aller jusqu'au bout, c'est-à-dire développer le produit et trouver soi-même les investisseurs qui le commercialiseront.

— Votre père n'a pas fait tout ça ?

Tony posa ses mains sur la balustrade et leva les yeux

164

vers le ciel étoilé. Son père était mort depuis deux ans, mais il ne lui avait toujours pas pardonné ce qu'il leur avait fait vivre.

— Pour ça, il a essayé. Il a probablement frappé aux portes de tous les entrepreneurs de McIntosh. C'était plutôt embarrassant.

— Je comprends, oui.

Il se tourna vers elle pour la regarder. Il ne distinguait pas très bien ses yeux, dans la pénombre, mais il savait qu'ils étaient pleins de sympathie, comme sa voix.

Elle ne détourna pas son regard, semblant attendre quelque chose.

Alors, Tony se sentit sur le point de toucher la joue de Kaylee. Mais il se retint. C'était stupide de sa part de croire que quelqu'un pouvait comprendre combien il avait été humiliant d'être le fils d'un pareil perdant.

Pourquoi, songeait-il, lui avait-il raconté ça ?

— Quand j'étais à l'épicerie, l'autre jour, Art m'a dit qu'il voulait me demander conseil à propos de l'achat d'un ordinateur, dit-il.

Elle ouvrit légèrement les yeux, manifestement surprise du soudain changement de sujet.

— Je suis sûre que vous lui donnerez de bons conseils.

— Je pourrais aller le trouver et lui proposer d'en discuter, proposa-t-il. Vous n'aurez pas besoin de Will. J'inviterai Art à dîner.

Elle posa la main sur son bras.

— Vous feriez ça ? Oh, ce serait merveilleux. Merci.

Il aimait sentir sa main sur lui. Il aimait beaucoup trop ça. La conscience qu'il avait de leur proximité physique, toujours palpable entre eux, s'accentua. Kaylee avait dû le ressentir aussi, car elle ôta sa main. Leurs regards se croisèrent, et il crut lire une invitation dans le sien. Mais peut-être était-ce seulement parce que c'était ce qu'il aurait voulu y lire.

— J'ai juste une question, dit-il.

Elle hocha la tête. Que dirait-elle, se demanda-t-il soudain, s'il essayait de l'embrasser ? « Oui », pensa-t-il avec une inexplicable certitude. Elle dirait oui.

Mais il ne pouvait pas trahir Ellen de cette façon. Et il ne pouvait pas non plus envisager de commencer quelque chose avec Kaylee alors qu'il était aussi peu sûr de ses motivations. Il la scruta, cherchant à discerner la personne qu'elle était vraiment.

— Pourquoi vous donnez-vous tout ce mal pour arranger cette rencontre ? demanda-t-il.

Il devina à son expression que ce n'était pas la question à laquelle elle s'était attendue.

— Parce que Sofia mérite de voir ses rêves se réaliser, répondit-elle d'une voix douce.

Tony resta longtemps assis dans le noir après quelle fut partie. Elle lui avait paru sincère ; à la fois quand elle l'avait écouté parler de son père, et aussi dans son désir de venir en aide Sofia.

A moins que tout ça n'ait été une comédie ? une

autre façon de s'insinuer dans les bonnes grâces de la famille ?

Il se rembrunit. Non, Kaylee ne lui avait pas semblé jouer un rôle. En réalité, plus il la côtoyait, plus elle lui paraissait sincère. D'ailleurs, ce n'était pas elle qui refusait le test ADN, c'était Sofia.

Mais s'il se trompait ? Si, en fin de compte, ce petit numéro de marieuse faisait partie d'un plan compliqué visant à s'approprier les millions de Sofia ?

Soudain, sa décision fut prise : dès demain, il irait à Columbus rendre visite à la mère de Sofia. Will avait peut-être raison. Angela détenait peut-être des informations qu'elle n'avait pas voulu donner au détective privé.

Chapitre 9

La mère de Sofia vivait dans une banlieue ouvrière de Columbus. Logiquement, la maison aurait dû être familière à Tony, puisque Sofia y avait grandi. Seulement voilà, Tony n'y était jamais venu.

En fait, il n'avait vu Angela en personne qu'une seule fois, et c'était aux funérailles de son père. Il savait, même s'il était trop jeune pour s'en souvenir, qu'elle n'était pas là lorsque Sofia l'avait épousé.

Jetant un coup d'œil à l'itinéraire qu'il avait imprimé après une recherche sur Internet, il tourna à droite au feu rouge et s'engagea dans une rue étroite qui descendait en pente douce jusqu'au bas de la colline où s'étendait un quartier de petites maisons toutes semblables, avec leurs jardinets devant et derrière.

Il vérifia l'adresse — trouvée dans l'agenda de Sofia —, et s'arrêta bientôt le long du trottoir devant une modeste maison blanche, dont personne n'aurait deviné qu'elle appartenait à la mère d'une millionnaire.

Sofia lui avait dit qu'Angela ne voulait pas plus de son

argent que Tony n'en voulait. Pourtant, à en juger par l'état de sa maison, elle en aurait eu besoin.

Son portable sonna alors qu'il était encore dans sa voiture. Il l'ouvrit, reconnut le numéro d'Ellen et, dans la même seconde, s'avoua qu'il aurait préféré recevoir un appel de Kaylee.

— Comment les choses se passent-elles, à McIntosh ? s'enquit Ellen quand ils se furent dit bonjour. Plus important, quand rentres-tu ?

— Je ne sais pas trop, répondit-il, laissant son regard errer sur la maison d'Angela dont la façade aurait eu grand besoin d'être repeinte. Je dois rester encore un peu.

— Est-ce que tu réalises que je ne passe pas mon temps à t'attendre toute seule chez moi ?

— Je m'en suis rendu compte. Je t'ai appelée en vain hier et avant-hier soir.

« Ce chéneau fléchit dangereusement, » songea-t-il.

— As-tu l'intention de me demander où j'étais ?

Il plissa les yeux, observant attentivement le toit. Celui-ci ne semblait pas en très bon état non plus.

— Je suis sûr que tu me le diras si tu as envie que je le sache.

— J'ai passé ces deux soirées avec Mark McBride. Tu te souviens de Mark, n'est-ce pas ? Il tient la galerie d'art de Pioneer Square.

L'entendant mentionner McBride, il reporta son attention sur la conversation. Il voyait très bien de qui elle parlait. Mark McBride n'avait jamais essayé de cacher son intérêt pour Ellen, mais Tony n'avait pas remarqué qu'elle y était sensible.

Il ne s'était pas douté non plus que le fait qu'elle sorte avec lui ne le troublerait pas plus que ça.

— Es-tu en train de dire que tu souhaites rompre ? demanda-t-il, s'apercevant que cette perspective ne l'alarmait pas particulièrement non plus.

— Grand Dieu, non ! Tu sais très bien ce que je ressens pour toi, Tony. Tu es l'homme le plus délicieux que j'aie jamais rencontré. Je n'hésiterais pas une seconde si tu voulais me passer la bague au doigt.

Il pensa à la bague dans son petit écrin de velours noir, enfoui tout au fond du tiroir de sa commode à son appartement et eut du mal à se rappeler pourquoi il avait eu envie de la lui offrir.

— Mais, quoi que tu fasses à McIntosh, continuait-elle, il faut que tu comprennes que je n'ai pas l'intention de me morfondre seule chez moi en t'attendant.

— Je prends soin des intérêts de ma belle-mère.

— Et je prends soin des miens. Quand tu reviendras à Seattle, tu devras prendre des décisions. Je ne vais pas placer tous mes espoirs dans un homme qui n'est pas prêt à se fixer.

— Ah, fit-il, commençant à comprendre où elle voulait en venir. En fait, tu me reproches de n'avoir pas fait d'offre pour cette maison ?

— Ce n'est qu'un symptôme révélateur du problème, Tony.

— Je ne savais pas que nous avions un problème, dit Tony comme pour lui-même, tout en se demandant comment il avait pu ne rien voir.

Il y eut un silence un peu prolongé à l'autre bout de la ligne, puis Ellen dit :

— Ecoute, préviens-moi quand tu seras rentré. Non, mieux, appelle-moi quand tu auras décidé ce que tu veux vraiment.

Avant qu'il ait pu lui conseiller de ne pas attendre à côté de son téléphone, elle raccrocha. Il savait déjà qu'il ne la rappellerait pas, ce qui, à peine deux semaines plus tôt, lui aurait paru inconcevable. Mais deux semaines auparavant, il n'avait pas encore rencontré Kaylee.

Reportant ses pensées sur Angela Crane, il sortit de sa voiture, remonta l'allée aux dalles disjointes, gravit deux marches usées, et sonna.

La télévision marchait à l'intérieur et le volume était si fort qu'il entendait distinctement certaines bribes de phrases : « Une nouvelle voiture ! Choisissez le bon numéro, et elle est à vous ! » Il s'agissait d'un jeu télévisé qui connaissait un grand succès.

Trente secondes s'écoulèrent. Il sonna de nouveau, attendit, puis ouvrit la porte vitrée extérieure et frappa à la porte d'entrée. Quinze secondes encore passèrent avant que celle-ci ne s'ouvre.

Une vieille femme drapée dans un châle noir leva les yeux vers lui. Lorsqu'il avait vu Angela, à l'enterrement de son père, elle avait les cheveux teints, ce qui n'était plus le cas aujourd'hui, mais il reconnut son visage strié de rides.

Elle le dévisagea, les yeux étrécis.

— Tony Donatelli ? Est-ce que c'est vous ?

— Oui, c'est moi, Angela.

Elle ouvrit plus largement la porte, ses traits fatigués exprimant soudain une peur intense.

— Sofia va bien ? demanda-t-elle.

— Très bien, s'empressa-t-il de la rassurer, réalisant qu'il aurait dû le dire tout de suite. Elle ne saurait aller mieux.

Les épaules d'Angela se relâchèrent. Elle sourit, paraissant aussitôt dix ans de moins que ses soixante-dix-sept ans. Elle avait eu Sofia à l'âge de trente-cinq ans.

— Entrez, entrez, dit-elle en s'écartant pour le laisser passer.

Il pénétra dans une pièce mal éclairée à l'atmosphère confinée. Angela éteignit le téléviseur et le conduisit dans une cuisine exiguë où elle lui servit un verre de thé froid sans sucre en lui faisant signe de s'asseoir à la minuscule table.

— Maintenant, dit-elle en prenant place en face de lui, si vous me disiez ce qui vous amène ?

— C'est au sujet de Constanzia, dit-il.

Angela se figea dans sa posture, mais son expression ne changea pas.

— Saviez-vous que Sofia était passée à la télévision et qu'elle en avait profité pour lancer un appel pour retrouver sa fille ?

La vieille femme hocha imperceptiblement la tête.

— Elle a reçu de nombreuses lettres de jeunes femmes qui prétendaient être Constanzia. Surtout au début. Elles ont fini par battre en retraite, mais je crains encore que quelqu'un ne cherche à profiter de Sofia. J'ai besoin de votre aide pour que cela n'arrive pas.

— De mon aide ? s'exclama Angela en pointant un index noueux vers sa poitrine. Qu'est-ce qu'une vieille femme comme moi pourrait bien faire ?

— Je veux essayer de réunir autant d'informations que possible au sujet de Constanzia et de son adoption. Jusqu'ici, je n'ai entendu à ce propos que la version de Sofia.

L'expression d'Angela devint méfiante.

— Qu'est-ce qu'elle vous a dit ? interrogea-t-elle.

— Qu'elle avait seize ans quand elle est tombée enceinte, que le père était encore au lycée, comme elle. Que vous l'aviez envoyée vivre dans de la famille dans le nord de l'Etat jusqu'à son terme et qu'elle a accouché dans une clinique privée où on ne lui a permis de tenir son enfant dans ses bras qu'une ou deux minutes. Et que d'avoir dû confier son enfant à l'adoption lui a arraché le cœur. Voilà tout ce qu'elle m'a dit.

— Nous étions seules toutes les deux, et elle n'avait que seize ans. J'ai fait ce que je croyais être le mieux.

Une note de supplication perçait dans sa voix, elle voulait le convaincre.

Tony savait que Sofia ne l'avait jamais été. Elle avait terminé son cycle secondaire, mais son ressentiment envers sa mère n'avait fait que s'accroître avec le temps, aboutissant à une séparation de plus de vingt années.

— J'ai besoin de savoir si vous vous rappelez le nom du médecin qui l'a accouchée, dit-il. Ou le nom de l'agence d'adoption, ou celui de l'avocat qui a réglé les détails. N'importe quoi qui puisse m'aider à confondre un imposteur.

Angela secoua la tête, puis regarda fixement la table.

— Je vous l'ai déjà dit, je suis vieille, ma mémoire n'est plus ce qu'elle était, et cela ne risque pas de s'arranger. Je ne me souviens d'aucun nom, excepté celui de la clinique.

Tony le connaissait déjà ; et il savait aussi qu'Angela ne dirait rien de plus. Il essaya néanmoins de lui reposer la question d'une demi-douzaine de façons différentes. Sans succès.

Finalement, il abandonna, lui demanda des nouvelles de sa santé et passa l'essentiel de sa visite à la renseigner sur la manière dont Sofia vivait sa nouvelle richesse avant de prendre congé.

— Tony, l'arrêta-t-elle lorsqu'il fut à mi-chemin du trottoir.

Il se retourna et la vit, debout sur le seuil, paraissant beaucoup plus vieille que son âge.

— Vous ne m'avez pas dit si des femmes s'étaient présentées à McIntosh après le passage de Sofia à la télévision ?

— Quelques-unes, répondit-il, mais il n'y en a qu'une qui m'inquiète réellement. Une jeune femme nommée Kaylee Carter. Elle a un fils de six ans. Ils vivent dans les deux pièces du rez-de-jardin chez Sofia.

— Est-ce que Sofia pense que cette femme est sa fille ?

Tony tenta de déchiffrer l'expression d'Angela, sans y parvenir.

— Je crois que oui. J'ai suggéré qu'elle fasse faire un test ADN, mais Sofia dit qu'elle n'en voit pas la nécessité.

Angela resta silencieuse et, lorsqu'il devint évident qu'elle ne ferait aucun commentaire, Tony pivota vers sa voiture. Mais il ne pouvait se débarrasser de cette impression qu'Angela en savait plus qu'elle ne voulait bien en dire.

Après le départ de Tony, Angela se traîna à l'intérieur de la maison et s'écroula dans le canapé. Elle enfouit sa tête dans ses mains au souvenir du cri d'angoisse que Sofia avait poussé lorsque l'infirmière lui avait retiré son bébé.

Angela avait exprimé le désir que sa fille ne tienne pas son bébé dans ses bras du tout. Elle pensait que la séparation serait plus facile si Sofia n'avait pas le temps de tisser le plus petit lien avec son enfant, mais l'infirmière n'avait pas tenu compte de son souhait.

Au cours des semaines et des mois qui avaient suivi, Sofia était devenue une coquille vide, l'ombre de la jeune fille gaie et heureuse qu'elle avait été, et Angela avait maudit l'infirmière.

Plus tard, elle s'était rendu compte que l'infirmière n'était pas à blâmer, que l'attachement que Sofia éprouvait pour son bébé s'était forgé progressivement, tout au long de la grossesse. Mais à ce moment-là, il était trop tard pour faire quoi que ce soit. Le bébé avait été adopté, et les liens qui unissaient Angela à sa fille étaient brisés à jamais.

Elle ferma ses paupières très fort, refoulant ses larmes. Elle se haïssait d'avoir dit à Tony qu'elle ne se rappelait rien de ce moment de leurs vies à toutes deux — alors que, en réalité, elle ne pourrait jamais oublier. Mais si elle lui avait confié ce qui s'était réellement passé, Sofia l'aurait appris.

Autant dire qu'elle aurait pu définitivement dire adieu à sa famille.

Or, après avoir enduré des années de silence, Angela ne se sentait pas la force de supporter une deuxième rupture.

Elle passa une main sur son visage. Que devait-elle faire ? Si elle acceptait de rouvrir le livre du passé, elle pourrait probablement découvrir où avait été emmenée Constanzia et qui l'avait élevée.

Elle partirait pour McIntosh le lendemain matin, décida-t-elle. Peut-être aurait-elle pu obtenir par téléphone les réponses aux questions, mais une visite serait plus probante. Elle serait certainement capable de dire si, oui ou non, la jeune femme qui habitait chez Sofia était bien sa fille.

Et si elle ne le pouvait pas, elle devrait dire la vérité.

A condition qu'elle en trouve le courage…

Kaylee avait beau essayer, elle ne pouvait pas s'empêcher de sourire à l'idée de réunir Sofia et Art Sandusky et de laisser les lois de l'attraction prendre le relais.

— Qu'êtes-vous donc en train de mijoter ? demanda Sofia.

Il était presque 19 heures et il y avait étonnamment peu de monde chez Nunzio pour un vendredi soir. Sofia était assise de biais sur sa chaise, à une table pour quatre, Kaylee lui faisant face. Elles étaient enfin seules après que Sofia eut été apostrophée successivement par un jeune homme qui avait besoin d'argent pour démarrer son entreprise et par un homme plus âgé qui ne pouvait plus payer sa police d'assurance.

— Je ne mijote rien du tout, répondit Kaylee en s'efforçant de prendre un air innocent.

Mais elle sentit un sourire éclore de nouveau sur son visage.

— Oh, je finirai par savoir de quoi il s'agit de toute façon, dit Sofia d'un ton faussement dégagé. Ça a un rapport avec l'endroit où nous nous trouvons, j'imagine. Personne ne travaille cinq jours d'affilée à servir le déjeuner dans un restaurant pour confier son fils le vendredi soir à une baby-sitter et y revenir dîner.

— Moi si, dit Kaylee. J'adore cet endroit.

— Sans doute, fit Sofia. Mais vous ne m'ôterez pas de l'idée qu'il y a autre chose.

Kaylee avait choisi à dessein une place de laquelle elle pouvait observer l'entrée du restaurant. La ruse consistait justement à ne pas laisser voir qu'elle surveillait la porte.

— Pourquoi ne cessez-vous de regarder par là ? demanda Sofia en tournant la tête.

Frankie Nunzio qui allait de table en table, jouant les

hôtes pleins de sollicitude, leur fit un signe de la main et se dirigea vers elles, tout sourire.

— Mes deux personnes préférées ! s'exclama-t-il en arrivant près de leur table.

Il prit la main de Sofia et la porta à ses lèvres.

— Tu ne peux pas t'empêcher de revenir, n'est-ce pas, Sofia ?

— Moi non, mais on dirait que d'autres le peuvent, commenta-t-elle en balayant du regard la salle à demi vide. Où sont-ils tous passés ?

— Il y a rarement plus de monde que ça en ce moment. A midi, nous faisons le plein presque tous les jours, et c'était particulièrement vrai cette semaine, tout le monde voulait voir Kaylee ; mais le soir, c'est devenu très calme depuis que tu n'es plus aux fourneaux.

— C'est pourtant toujours aussi bon, s'étonna Sofia.

— Ce n'est pas ce que les gens disent. Nous suivons les mêmes recettes, mais les clients trouvent qu'elles n'ont pas le même goût qu'avant. Je crois que c'est parce que tu improvisais, la plupart du temps, ajouta-t-il en fronçant le nez.

— L'improvisation, c'est ce qui fait le plaisir de cuisiner, dit Sofia.

— Si un jour tu voulais revenir, ne t'en prive pas, repartit Frankie. Mais avec tout l'argent que tu as gagné, je doute que ce jour arrive.

La serveuse du soir qui avait embrassé Sofia à leur arrivée attira l'attention de Frankie qui s'excusa avant de s'éloigner.

— J'ai trouvé ce que vous aviez derrière la tête, déclara triomphalement Sofia quand il fut parti.

Kaylee jeta un coup d'œil en direction de la porte, s'attendant à voir Tony et Art, mais ils n'étaient pas encore arrivés. Où étaient-ils ?

— Vous vous êtes arrangée avec Frankie pour que je voie le restaurant un soir où il n'y a personne et me convaincre de revenir travailler avec lui, annonça-t-elle d'un ton assuré.

Kaylee reporta son attention sur Sofia en se demandant ce qui avait bien pu l'amener à cette conclusion.

— L'idée ne m'avait pas traversée que vous aviez envie de reprendre le travail. C'est le cas ?

Sofia retroussa pensivement le bord de la serviette posée sur son assiette.

— Vous voulez dire que n'êtes pas de mèche avec Frankie ?

— Absolument pas. Mais répondez-moi, Sofia, vous aimeriez reprendre votre travail ici ?

— Tony ne me laisserait même pas en émettre l'idée. Il estime que la seule chose que j'aie à faire désormais, c'est profiter de la vie.

— Mais vous ne l'écoutez pas. Il y a maintenant presque une semaine que je vis chez vous et je ne peux pas dire que vous vous comportiez comme quelqu'un qui a gagné une fortune à la loterie. Vous n'achetez rien.

— Je me suis offert une voiture et de nouveaux vêtements, objecta Sofia. J'ai remboursé mes emprunts et je viens de prendre contact avec un artisan pour faire changer les fenêtres de la maison.

— Vous pourriez acheter une nouvelle maison.

— Mais je n'ai aucun besoin d'une nouvelle maison ! se récria Sofia. La mienne me convient parfaitement.

Et apparemment, son travail lui avait pareillement convenu.

— Quelque chose m'échappe, dit Kaylee. Si l'argent ne signifie rien pour vous, pourquoi jouiez-vous à la loterie ?

— A vrai dire, je n'ai joué qu'une fois. Je ne sais pas ce qui m'est passé par la tête ce jour-là, j'ai eu envie d'acheter un billet, voilà tout. Mais je ne le regretterai jamais, non pas parce que j'ai gagné, mais parce que, grâce à cette loterie, je vous ai trouvée.

Sofia la contemplait avec tant de tendresse que les yeux de Kaylee s'embuèrent. Cela lui rappelait la manière dont sa mère la regardait lorsqu'elle était enfant. Mais ensuite Kaylee était devenue insupportable et elle ne lui avait plus jamais vu ce regard-là.

— Sofia, Kaylee, quelle surprise de vous trouver ici.

Kaylee leva les yeux en entendant la voix manquant quelque peu de naturel de Tony. Lui et Art Sandusky se tenaient devant leur table, ce dernier incertain, oscillant sur ses pieds.

— Oh, mon Dieu, regardez, Sofia. Voici Tony et Art, dit Kaylee, s'efforçant de feindre la surprise. Cela tient du miracle !

Oh non, pourquoi avait-elle ajouté ça ? Du moins cela avait-il plu à Tony. Une lueur amusée dansait dans ses yeux sombres.

— Et comme par hasard…

Misère, elle continuait. « Comme par hasard… », c'était grotesque.

— … nous avons deux chaises libres à notre table. Voulez-vous vous joindre à nous ?

— Avec plaisir, n'est-ce pas, Art ? répondit Tony.

Il tira la chaise qui se trouvait à côté de Kaylee, ne laissant pas d'autre choix à Art que de s'asseoir près de Sofia.

Kaylee échangea avec lui un regard complice. Elle préférait de loin le pétillement qu'elle voyait à cet instant dans ses yeux que la méfiance qu'elle y décelait d'ordinaire.

— C'est si agréable de vous revoir, Art, dit Kaylee d'un ton enjoué bien que l'épicier parût aussi gêné que Sofia. N'est-ce pas, Sofia ?

La tendresse qui baignait le visage de Sofia quelques secondes auparavant avait fait place à l'incrédulité. Et à la panique.

— Très agréable, répéta Sofia dans un murmure.

Art retrouva enfin sa voix.

— Tout le plaisir est pour moi, dit-il avec une sorte de retenue.

Il y avait quelque chose en lui de merveilleusement désuet que Kaylee trouvait charmant, et qui, à en juger par le rose qui était soudain monté à ses joues, ne laissait pas Sofia indifférente non plus.

L'intention première de Kaylee avait été qu'ils dînent tous les quatre ensemble, mais il lui apparut soudain que deux personnes étaient en trop.

— Oh, mon Dieu ! je crois que j'ai oublié de débrancher mon fer à friser ! s'exclama-t-elle, essayant d'afficher la plus vive inquiétude. Pourvu que je n'aie pas mis le feu à la maison.

Tony étouffa un gloussement et elle lui envoya un coup de genou sous la table. Sofia avait déjà ramassé son sac et ajustait le joli gilet bleu que Kaylee l'avait encouragée à porter.

— Je vais vous conduire à la maison, dit-elle.

— Oh non, je ne veux pas vous déranger, repartit précipitamment Kaylee, réalisant tout à coup qu'elle s'était mise dans une impasse.

Elle était venue avec Sofia et n'avait donc pas sa propre voiture. Il lui fallait trouver quelque chose. Vite.

— Tony me conduira, n'est-ce pas Tony ?

Sofia croisa les bras sur sa poitrine comme une mère qui vient de prendre son enfant sur le fait.

— Vous pouvez prendre ma voiture, ça ne me dérange pas du tout.

— Oh, non, je ne pourrais pas.

Kaylee mis son cerveau en demeure de trouver une excuse plausible, mais elle manquait de pratique. Mentir avec conviction était plus difficile qu'elle ne l'avait cru — ou que cela l'avait été dans ses années d'adolescence.

— Je ne suis pas très bonne conductrice, j'aurais peur de l'abîmer.

Avant que quiconque ait pu mettre en doute cette fallacieuse allégation, Kaylee se leva. Elle adressa un regard appuyé à Tony, qui luttait visiblement pour ne pas éclater de rire, et dit :

— Vous venez, Tony ?

— Bien sûr, répondit-il, se levant à son tour.

Avec un sourire amusé, il lui glissa à l'oreille :

— Je ne voudrais pour rien au monde manquer ce que vous allez inventer maintenant.

Chapitre 10

Sofia se sentit glisser sur sa chaise comme si elle avait voulu disparaître sous la table. Elle se força à se redresser et à regarder Art dans les yeux. Des yeux magnifiques, songea-t-elle en dépit du fait qu'elle était en train de vivre le moment le plus mortifiant de son existence. Très écartés, d'une belle couleur noisette, et surtout qui ne portaient aucun jugement.

— Si j'avais une capuche, je la rabattrais sur mon visage, dit-elle.

— Je suis heureux que ce ne soit pas le cas, répliqua-t-il, les coins de ses yeux plissés dans un sourire. Parce que j'aime ce que je vois.

Elle se sentit rougir de nouveau et porta une main à ses joues. Art lui avait déjà dit de ces choses gentilles lors de leur première et unique sortie, mais ensuite il n'avait jamais essayé de la rappeler. Elle ne pouvait permettre à son cœur de prendre le pas sur sa raison.

— Merci, c'est gentil à vous de dire cela, dit-elle. Mais je dois tout de même m'excuser pour Kaylee. Je ne sais pas pourquoi elle a fait ça…

« Menteuse, menteuse », cria une voix dans sa tête.

— ... mais je comprendrais si vous n'aviez pas envie de dîner avec moi.

— Bien sûr que si, j'ai envie de dîner avec vous, dit-il aussitôt.

Mais ils savaient tous les deux que le « bien sûr » n'était que l'expression de sa courtoisie. Néanmoins, la tension que ressentait Sofia depuis l'arrivée d'Art se relâcha un peu.

— Vous avez compris, n'est-ce pas, que Tony et Kaylee n'allaient pas revenir ? dit-elle, désirant lui offrir une autre chance de s'éclipser.

Il hocha la tête.

— Je sais.

— Ce que vous ne savez pas encore, c'est que cette jeune femme va entendre ce que je pense de ses façons d'agir dès que je serai rentrée à la maison ce soir.

Art haussa les sourcils.

— Ainsi, Kaylee vit chez vous ? Je l'avais entendu dire, mais je ne savais pas si c'était vrai.

— Ça l'est, confirma Sofia. Mais où avez-vous bien pu entendre parler de Kaylee et de moi ?

— Vous plaisantez, j'imagine ? Depuis que vous avez gagné à la loterie, votre nom est sur toutes les lèvres. Tout le monde à McIntosh s'intéresse à tout ce qui vous touche de près ou de loin.

— J'avais bien remarqué qu'on s'arrêtait plus souvent pour me dire bonjour en ville, mais je ne savais pas qu'on parlait autant de moi.

— Croyez-moi, vous êtes devenue une célébrité. Et les gens parlent encore plus depuis l'arrivée de Kaylee.

— Que disent-ils ?

— Ça dépend. La plupart disent qu'elle est la fille que vous avez confiée à l'adoption à sa naissance. Mais il y a aussi ceux qui pensent que c'est une jeune femme sans scrupule qui profite de votre générosité.

— Kaylee ne ferait jamais une chose pareille, rétorqua-t-elle vivement. Elle n'est pas ce genre de personne.

— Comment est-elle ?

— Que dire ? Elle est la jeune femme que toute mère rêverait d'avoir pour fille, répondit Sofia. Les gens pensent que mon jour de chance est celui où j'ai gagné à cette loterie, mais en réalité, c'est le jour où Kaylee et son fils sont entrés dans ma vie.

— Ce n'est pas vous qui avez de la chance, dit-il en la regardant dans les yeux. C'est Kaylee.

Sofia se sentit fondre, là, au beau milieu du restaurant où elle avait travaillé de si nombreuses années.

Et tout à coup, elle sut qu'elle ne ferait aucun reproche à Kaylee, ce soir, lorsqu'elle la retrouverait.

Au contraire, elle la remercierait d'avoir fait preuve de tant d'attention à son égard en arrangeant cette soirée qui s'avérerait peut-être la plus belle de son existence.

Kaylee, alarmée par les secousses qui agitaient les épaules de Tony, le fit sortir du restaurant au plus vite. A peine étaient-ils à l'extérieur que celui-ci éclata de rire.

— Oh, mon Dieu, voici Tony et Art ! Cela tient du

miracle ! dit-il, imitant les exclamations maladroites de Kaylee en se tenant les côtes.

Kaylee mit ses mains sur ses hanches et s'efforça de prendre un air sévère. Mais elle ne réussit à garder son sérieux que quelques secondes avant d'être gagnée par l'hilarité de Tony.

— Sofia, Kaylee, quelle surprise de vous trouver ici ! dit-elle l'imitant à son tour entre deux gloussements. Oh, vous êtes vraiment un piètre acteur !

— Un piètre acteur ? se récria-t-il.

Il secoua la tête et essuya une larme au coin de ses yeux.

— Et vous alors ?

— Quoi, moi ?

Il attrapa une boucle de ses longs cheveux noirs et la fit rouler entre ses doigts.

— Vos cheveux ne boucleraient-ils pas naturelle-ment ?

— Si, admit-elle.

— Alors pourquoi auriez-vous besoin d'un fer à friser ?

Elle fit une drôle de grimace et se mordit la lèvre.

— C'est tout ce que j'ai trouvé sur le moment, dit-elle.

— Vous ne possédez même pas de fer à friser, n'est-ce pas ? fit-il après s'être de nouveau esclaffé.

— Non, avoua-t-elle.

Ils se sourirent. La méfiance qui les avait habités toute la semaine s'évanouit, et Kaylee eut l'impression qu'ils étaient revenus au point de départ. Elle fit un geste vers le restaurant.

— Vous êtes conscient que nous ne pouvons pas y retourner.

— Vous avez peur de mourir d'embarras ?

— En fait, dit Kaylee, je crains plutôt que Sofia n'ait envie de me tuer.

Tony se tapota le menton.

— Voilà qui pose problème, dit-il. Car c'est l'heure de dîner, et j'ai faim.

L'estomac de Kaylee gargouilla bruyamment au même instant.

— Moi aussi, dit-elle.

— Et on dirait que ce n'est pas une plaisanterie, commenta-t-il en jetant un coup d'œil à son estomac.

Elle posa une main sur son ventre sans, curieusement, ressentir la moindre gêne. Mais après celle qu'elle avait éprouvée au restaurant, c'était peut-être normal.

— Retournons à la maison, nous nous préparerons quelque chose, proposa-t-elle. Je n'ai pas besoin de récupérer Joe-Joe avant deux heures, mais nous pourrions le prendre en passant.

— Et si nous allions plutôt chez le traiteur au coin de la rue ? On peut y manger sur place, vous savez.

— C'est risqué. Si Sofia et Art finissaient de dîner tôt, ils pourraient repérer votre voiture.

Tony se gratta la tête comme s'il réfléchissait, puis tourna vers elle un regard faussement innocent.

— Oui. Il ne faudrait pas qu'ils découvrent que vous

ne pensiez pas réellement avoir laissé votre fer à friser branché.

Il souriait, mais même sans cela, elle ne serait pas sentie offensée. Elle commençait à se familiariser avec son humour pince-sans-rire.

Elle lui donna une légère bourrade dans le bras.

— C'est tout à fait exact. J'ai des apparences à sauvegarder.

Elle ne savait pas trop ce qui avait provoqué ce changement entre eux, mais il n'y avait aucun doute, quelque chose était différent ; et bien qu'elle ne sût pas en quoi, elle préférait de beaucoup leur nouvelle relation à la froide coexistence qu'elle avait endurée toute la semaine.

— Vivons dangereusement, dit-il en s'emparant de sa main, allons-y tout de même. Nous avalerons nos sandwichs à toute vitesse.

Des frissons couraient le long du bras de Kaylee, et c'était encore pire lorsqu'il souriait en la regardant. Elle ne retira pourtant pas sa main et se laissa conduire jusqu'au coin de la rue. Le centre de McIntosh était aussi charmant de nuit que de jour. Plus même, étant donné que Tony et elle ne s'en voulaient plus du tout.

— J'ai une meilleure idée, déclara-t-elle au moment même où celle-ci lui traversait l'esprit. Emportons nos sandwichs et allons les manger ailleurs.

— Où ça ? fit-il, fronçant les sourcils. Il n'y a pas beaucoup d'endroits intéressants où aller ici.

— Je ne suis pas d'accord, protesta-t-elle. Il y a au

moins un endroit où j'adorerais aller faire une petite
dînette.

— Où ?

— Si vous me prêtez vos clés une fois que nous serons
allés acheter nos sandwichs, je vous ferai la surprise.

Le visage qu'il tourna vers elle était l'innocence
personnifiée, mais Kaylee ne se laissa pas abuser. Son
fils avait eu exactement la même expression le jour où
il avait rempli ses poches de chenilles.

— Je ne sais pas s'il serait très prudent de ma part
de confier ma voiture à une si mauvaise conductrice,
même si je l'ai louée.

Elle lui tira la langue. Tony partit de nouveau d'un
grand rire et elle se surprit à se réjouir à l'avance de ce
qui promettait d'être une soirée très intéressante.

Tony, debout à côté de la voiture que Kaylee venait
de garer sur le bas-côté, leur sac de sandwichs à la main,
regarda la jeune femme pénétrer dans la propriété privée
qui longeait la petite route peu fréquentée.

— C'est ici que vous voulez manger ? demanda-t-il.
Dans le verger ?

Elle pivota, ouvrant les bras.

— Pourquoi pas ? C'est un endroit magnifique. Idéal
pour un pique-nique.

L'idée ne serait jamais venue à Tony. Le verger, situé
à environ trois kilomètres du centre de McIntosh,
appartenait à la famille Olney qui l'exploitait depuis
plusieurs générations.

Adolescent, lorsqu'il avait commencé à économiser en prévision de ses études, Tony y avait travaillé à la saison de la cueillette. M. Olney avait toujours refusé de mécaniser le travail de peur d'abîmer ses précieuses pommes.

Tony entendait encore ses recommandations : « Soulevez le fruit et faites-le pivoter. Ne le serrez pas trop entre vos doigts. Ne le laissez pas tomber trop brusquement dans le panier... »

De l'avis de Tony, la cueillette des pommes était un job fastidieux, et jamais il n'avait accordé une pensée au verger en dehors du mois de septembre. C'était pourtant ce qu'il faisait à présent, essayant de voir ce que Kaylee voyait.

Douze rangées d'arbres grimpaient à l'assaut de la colline, régulièrement espacés et couverts de centaines de fleurs roses ou blanches qui luisaient dans la lumière pâle de la lune.

Il prit alors conscience du fait que, pour quelqu'un qui avait passé les sept dernières années dans une grande ville où les changements de saison étaient à peine perceptibles, un verger de l'Ohio au printemps devait être un spectacle grandiose.

Il reporta son attention sur Kaylee. Elle s'était aventurée plus loin dans le verger, trop loin pour qu'il puisse distinguer ses traits, mais non admirer sa silhouette.

Sa tête était rejetée en arrière, révélant la délicate ligne de son cou. Les pans de sa veste de coton se soulevaient par instants sous l'effet de la brise. Il suivit des yeux les courbes pleines de ses seins et de ses hanches, essaya d'imaginer la forme de ses jambes, dissimulées sous un pantalon kaki.

Le corps tendu de désir, Tony ferma les paupières. Il s'était cru capable de maîtriser l'attirance qu'il avait pour elle. Maintenant, il savait qu'il s'était trompé.

— N'allez-vous pas me rejoindre ? cria-t-elle. J'ai trouvé l'endroit idéal !

Il regarda autour de lui, les rangées d'arbres, puis la route qui menait à McIntosh en contrebas. Des phares percèrent l'obscurité, puis disparurent. Depuis la route principale, on devait voir la lisière du verger, mais sûrement pas le chemin qui y menait sur lequel Kaylee avait garé la voiture.

Le terrain était trop pentu pour qu'il puisse l'apercevoir, mais il savait qu'à environ un kilomètre au-delà du sommet de la colline se trouvait la propriété des Olney. Celle-ci consistait en une grande maison victorienne et sa dépendance où le vieil Olney vendait son cidre et toute une variété de pommes : Jonagold, Red Star, et McIntosh, pour n'en citer que quelques-unes. On y accédait par une étroite route gravillonnée qui longeait le côté du verger. Il y avait peu de chances que quelqu'un l'emprunte à cette heure. Ce qui signifiait que Tony se trouvait bel et bien seul avec une femme qu'il serait avisé de sa part de ne pas toucher.

— Venez, le pressa-t-elle.

Les pieds de Tony étaient tout prêts à se mettre en route, mais son cerveau renâclait. Il ne pouvait tout de même pas lui dire qu'il hésitait à la rejoindre parce qu'il craignait de ne pas pouvoir se retenir de poser ses mains sur elle. Il fallait trouver autre chose.

— Vous savez que c'est une propriété privée ?

— Vous avez dit que vous connaissiez tout le monde à McIntosh. Je suis sûre que si nous nous faisons attraper, vous saurez convaincre le propriétaire de ne pas appeler la police.

Que répondre à ça ? Le vieux Olney aurait peut-être été furieux de trouver des intrus dans son verger à l'automne ou à la fin de l'été quand les arbres étaient chargés de fruits, mais il verrait les choses autrement à cette période de l'année où il n'y avait rien à voler, hormis des fleurs.

— D'accord, vous avez gagné, dit-il en s'avançant. Où est cet endroit idéal dont vous parliez ?

— Juste ici.

Elle s'assit dans l'herbe, précisément à l'endroit où elle se trouvait, sous un pommier, sans paraître le moins du monde se soucier du fait qu'ils n'avaient pas de couverture et que son pantalon serait sans doute souillé de taches vertes.

— Est-ce que ce n'est pas merveilleux ? demanda-t-elle.

Tony était tout à fait certain qu'à la lumière du jour, il n'aurait pu observer qu'un banal coin d'herbe sous un arbre, mais la lune et les étoiles baignaient l'endroit d'une lumière opaline.

Secouant la tête à cette pensée bucolique, il s'assit auprès d'elle, ouvrit le sac en papier et lui tendit son sandwich.

— J'adore les pique-niques, dit-elle après qu'ils eurent mangé en silence durant quelques minutes. Peu importe ce que vous mangez, cela vous paraît toujours délicieux.

Ils avaient tous les deux opté pour une collation des plus banales : sandwichs club à la dinde, chips et jus de fruits, et bien que Tony ait mangé ce genre de menu des douzaines de fois, il reconnut intérieurement que, ce soir, il lui paraissait exceptionnellement savoureux.

Le pain de mie lui semblait plus moelleux, la tomate plus juteuse, le jus de pommes plus fruité. Mais il savait que cette différence d'appréciation ne devait rien au pique-nique, mais tout à la compagnie dans laquelle il se trouvait.

— Je me demande comment les choses se passent entre Sofia et Art, remarqua-t-elle quand elle eut terminé la dernière bouchée de son sandwich. D'après ce que Sofia m'a dit, une sorte de gêne s'est installée entre eux dont elle ne connaît pas la raison.

— Il y a toujours de l'espoir, dit Tony. Regardez-nous.

Elle commença à ramasser les emballages de sandwichs et les fourra dans le sac en papier.

— J'ai en effet remarqué que vous aviez oublié de vous montrer hargneux ce soir.

Il laissa échapper un bref rire.

— Parce que vous me trouvez hargneux ?

— Oh, oui.

Elle reposa le sac en papier et lui accorda de nouveau toute son attention avant de continuer :

— Et méfiant. Et protecteur aussi. Mais de cela, je ne peux guère vous tenir rigueur, car il est facile de voir à quel point vous êtes attaché à Sofia.

Il se retint de lui dire qu'il continuait d'essayer de persuader Sofia d'effectuer un test ADN. Il ne voulait pas que les soupçons qu'il entretenait à son sujet viennent flotter entre eux ce soir ; d'autant que le détective privé n'avait toujours pas décelé de zone d'ombre dans son passé.

Il commençait à sembler possible qu'elle soit exactement celle qu'elle prétendait être : une jeune femme qui cherchait à découvrir la vérité sur sa naissance.

Mais pourquoi cherchait-elle alors qu'elle n'était même pas certaine qu'il y ait quelque chose à trouver ? Avait-elle éprouvé un tel sentiment de manque dans son enfance qu'elle en était arrivée à douter de sa propre identité ?

Elle lui avait un peu parlé de sa vie à Fort Lauderdale, mais ne lui avait rien dit de ses années d'enfance et d'adolescence à Houston, mis à part le fait que son père n'était pas quelqu'un avec qui il était facile de communiquer.

— Comment était votre mère ? demanda-t-il.

Il crut un instant qu'elle allait éluder sa question, mais, après un bref silence, elle répondit :

— Elle était très stricte, et me surveillait tellement que j'avais souvent l'impression d'étouffer. Il y avait des règles pour tout à la maison.

— Vous étiez surprotégée ?

Elle eut une sorte de bref ricanement.

— Je n'ai pas dit que je suivais ces règles. Lorsqu'elle m'a interdit de sortir avec des garçons, c'est moi qui me suis mise à les inviter. Lorsqu'elle m'a rebattu les oreilles avec les dangers de l'alcool, je me suis soûlée. Lorsqu'elle a fini par m'enfermer dans ma chambre, je suis sortie par la fenêtre. J'ai vraiment fait tout ce que j'ai pu pour la décevoir.

— Pourquoi ?

— A l'époque, je croyais que c'était parce qu'elle était trop stricte. Mais maintenant que je suis mère à mon tour, je réalise à quel point éduquer un enfant est un exercice périlleux. Je ferai probablement moi-même certaines des erreurs qu'elle a commises.

— Tout le monde en fait.

— Pas Sofia.

— Elle n'est pas de cet avis. Elle regrette de n'avoir pas su me faire aimer l'endroit où j'ai grandi ; elle pense que je serais resté si elle en avait été capable.

— Si vous ne voyez pas toute la beauté de McIntosh, ce n'est pas sa faute, c'est la vôtre, déclara-t-elle avant d'aspirer une longue bouffée de l'air nocturne. Comment pouvez-vous ne pas aimer cet endroit ?

— Je sais qu'il existe des villes où la vie est plus agréable. Seattle par exemple.

Kaylee replia les jambes.

— Expliquez-moi ce qui est si merveilleux à Seattle.

Elle le regardait avec un air de curiosité attentive et il se rendit compte qu'elle avait réussi à détourner la conversation sur un autre sujet qu'elle-même. Encore une fois.

— Commençons par votre entreprise. Vous m'avez dit qu'elle s'appelait Security Solutions, c'est bien ça ?

Il soupira, vaincu.

— Oui. J'ai commencé petit, avec seulement une personne, Nick, un copain d'université, qui est aujourd'hui mon associé. Nick a un mastère de management. Nous en sommes maintenant à dix employés et les affaires marchent si bien que nous sommes obligés de refuser des clients.

— Vous envisagez de vous développer encore ?

— C'est ce que voudrait Nick. Il étudie en ce moment la possibilité d'ouvrir des succursales dans tout le pays.

— Mais vous ne partagez pas entièrement sa façon de voir, c'est ça ?

— Je ne sais pas. Je suis évidemment content que l'entreprise se porte bien, mais il s'agirait d'un véritable changement d'échelle, impliquant un énorme surcroît de travail… et de migraines. J'y réfléchis donc, mais je n'ai encore rien décidé. J'ai eu d'autres soucis en tête récemment.

Elle était certainement meilleure auditrice qu'interlocutrice. Elle le regardait avec attention tandis qu'il parlait, ne l'interrompait pas, attendait qu'il se taise avant de dire quelque chose.

— Comme quoi ? s'enquit-elle.

— Comme le gain de Sofia à la loterie pour commencer, dit-il. Mais j'ai aussi été occupé à chercher une maison.

— Où vivez-vous en ce moment ?

— Dans un appartement, dans un quartier du centre appelé Belltown. C'est devenu un quartier à la mode ces dernières années, il est de plus en plus difficile de se garer et il y a de plus en plus de bruit le soir.

— Je comprends que vous ayez envie de déménager. Avez-vous trouvé quelque chose qui vous plaisait ?

— J'ai visité une maison surplombant Puget Sound qui m'a semblé parfaite, il y a environ deux semaines.

— Quand saurez-vous si votre offre a été acceptée ?

Il fronça les sourcils.

— Je n'ai pas fait d'offre.

— Pourquoi ?

Il s'apprêtait à incriminer son voyage imprévu à McIntosh quand l'explication lui parut soudain médiocre.

— Peut-être parce que vivre en plein centre est si pratique.

Ce n'était peut-être pas non plus la vraie raison, mais celle-ci au moins lui fournissait quelques arguments rationnels.

— Il y a toujours quelque chose à faire. Le restaurant, le théâtre, les événements sportifs, tout est à deux pas. J'avais d'ailleurs l'intention de prendre un abonnement pour la saison des Sonic, mais je n'en ai pas encore trouvé le temps.

— Ça semble être une habitude chez vous.

— Que voulez-vous dire ? demanda-t-il, conscient de la soudaine tension de sa voix.

— Excusez-moi, c'était tout à fait hors de propos. Oubliez ça, voulez-vous.

— Non, allez-y. Dites-moi le fond de votre pensée.

Elle expira longuement avant de répondre :

— Je voulais seulement dire que vous sembliez avoir mis un certain nombre de choses en attente.

— Insinueriez-vous que je ne sais pas ce que je veux ?

Elle garda le silence, ce qui était une réponse en soi. Une mèche de cheveux était tombée sur son visage. Il la repoussa en arrière, laissant s'attarder ses doigts sur sa joue.

— Vous vous trompez, dit-il.

Il effleura la lèvre de la jeune femme du bout de son index.

— A cette minute, je sais exactement ce que je veux.

Il inclina la tête et l'embrassa, comme il avait rêvé de le faire depuis le jour où il l'avait rencontrée chez Nunzio.

Il aurait fait machine arrière au moindre signe de résistance de sa part, mais elle avait poussé un petit soupir en se laissant aller contre lui, posant sa main sur sa poitrine ; il sentait son cœur battre à grands coups sous ses doigts légers.

Sa bouche avait le goût du jus de pomme qu'elle venait de boire. Elle avait dit qu'elle l'avait commandé parce qu'aucune autre boisson n'aurait été plus appropriée à un pique-nique sous les pommiers.

Il posa sa main à la base de son cou et, l'attirant plus

près de lui, glissa sa langue entre ses lèvres entrouvertes. Dès cet instant, leur baiser changea de nature. L'innocence s'envola pour laisser place à une passion brûlante qu'il sentait monter du plus profond d'eux-mêmes. Car Kaylee lui répondait avec une ardeur semblable à la sienne, lui rendait caresse pour caresse.

Ce fut un véritable choc lorsqu'il sentit ses deux mains repousser son torse. Ne pouvant ignorer le message, il s'écarta d'elle, détachant à contrecœur ses lèvres des siennes.

— Arrêtez, dit-elle d'une voix faible, manquant de conviction.

Mais « arrêtez » était un de ces mots magiques, qui venait en seconde position seulement après « non ». Son père ne lui avait pas appris beaucoup de choses, mais il lui avait appris cela.

Il la lâcha, s'écarta un peu plus et attendit qu'elle s'explique.

— Vous avez une petite amie, avança-t-elle. Sofia m'a dit que vous sortiez avec elle depuis presque un an.

Après leur conversation au téléphone ce même jour, Tony ne considérait plus Ellen comme sa petite amie. Même si elle conservait quelque espoir que les choses finissent par marcher entre eux, il se sentait libre de voir d'autres femmes. Ellen lui avait clairement fait comprendre qu'elle estimait avoir le droit de sortir avec d'autres hommes.

Il se rembrunit en se remémorant certaines phrases qu'elle lui avait dites. Elle avait en fait laissé entendre qu'il ne savait pas ce qu'il voulait. Comme Kaylee.

Mais il le savait. Il voulait tout. Une brillante carrière, une femme merveilleuse, une belle maison. Et il voulait continuer d'embrasser Kaylee, explorer cette ardeur impétueuse qui avait surgi entre eux.

C'était possible s'il lui disait qu'il avait rompu avec Ellen. Mais ensuite ? Comment Kaylee et lui pourraient-ils construire une quelconque relation s'il n'était pas prêt à admettre qu'elle était innocente de tout ce dont il l'avait accusée.

Et même s'il l'avait pu, sa vie à lui était à Seattle. Kaylee adorait McIntosh, elle s'y sentait déjà chez elle. Il était plus sage de lui laisser croire qu'Ellen et lui étaient toujours ensemble.

— C'est vrai, Ellen et moi nous sommes rencontrés il y a presque un an, reconnut-il, usant d'une formule qui lui évitait d'affirmer qu'elle était sa petite amie.

Elle se leva brusquement, épousseta son pantalon et dit sans le regarder :

— Dans ce cas, mieux vaut oublier ce qui vient de se passer.

Elle se dirigea vers la voiture et il la suivit, irrésistiblement attiré par le doux balancement de ses hanches. Il avait l'impression de sentir encore le goût de ses lèvres sur les siennes, et sa fièvre ne diminuait pas.

Une chose était certaine : il n'était pas près d'oublier ce baiser.

L'agréable complicité que Tony et elle avaient partagée avait disparu, anéantie en un instant par ce baiser brûlant.

Kaylee essayait de lui en vouloir, elle n'y parvenait pas. Elle savait qu'il avait une petite amie. Elle savait aussi qu'il ne lui faisait pas confiance. Elle était donc autant à blâmer que lui pour ce qui s'était passé.

Après qu'ils se furent arrêtés chez Anne Gudzinsky pour prendre Joey, le silence qui s'était abattu sur eux s'allégea cependant un peu. Joey dormit durant tout le chemin et Kaylee s'efforça de se concentrer sur le souffle régulier de sa respiration.

Elle l'aurait réveillé en arrivant chez Sofia si Tony, sans un mot, n'avait pris d'autorité l'enfant dans ses bras pour le porter à l'intérieur. La tête de Joey reposait paisiblement sur son épaule, comme si celui-ci savait dans son sommeil qu'il était en parfaite sécurité dans les bras de Tony.

Kaylee aurait-elle éprouvé un semblable sentiment de sécurité si elle avait choisi un meilleur homme que Rusty comme père de son fils ?

Mais Joey ne serait pas Joey si elle avait fait un autre choix, et jamais elle ne pourrait regretter de lui avoir donné la vie.

Et Tony... eh bien, Tony n'était tout simplement pas libre.

— Je devrais lui mettre son pyjama, murmura-t-elle quand Tony eut déposé Joey sur son lit et lui eut retiré ses baskets.

— Non, laissez-le, répondit-il à voix basse. Il peut dormir tout habillé pour une fois.

Elle regarda le petit visage fatigué de son fils et dut convenir que Tony avait raison. Anne avait dit qu'il s'était beaucoup dépensé dans l'après-midi, courant d'un bout du jardin à l'autre à la poursuite de lucioles. Aussi, elle sortit de la chambre, suivie par Tony qui referma doucement la porte derrière lui. La chambre de Sofia était ouverte et plongée dans l'obscurité, ce qui signifiait qu'elle était toujours avec Art.

Bien que Kaylee s'en réjouît pour Sofia, l'idée la rendit nerveuse. Si Sofia avait été là, la tentation de s'attarder avec Tony dans le hall obscur ne l'aurait pas effleurée tandis qu'elle le remerciait.

— Vous n'avez pas à me remercier, dit-il.

— Au contraire, protesta-t-elle. Vous avez amené Art au restaurant. Vous m'avez offert à dîner. Vous m'avez aidée à mettre Joey au lit.

— Ce n'était rien du tout.

— Mais si, insista-t-elle en posant la main sur son bras.

Elle sut aussitôt qu'elle n'aurait pas dû le toucher. C'était comme s'ils avaient reçu une décharge électrique. Leurs regards s'accrochèrent l'un à l'autre et Kaylee se sentit devenir toute molle. Maintenant qu'elle l'avait embrassé une fois, elle voulait l'embrasser encore. Et encore.

Mais elle savait qu'elle ne le devait pas.

— Eh bien, bonne nuit, dit-elle en s'obligeant à détourner les yeux.

— Bonne nuit, répondit-il.

Mais il ne bougea pas. La tension entre eux restait palpable. Rassemblant toute sa force de volonté, elle pivota et, avec autant de désinvolture qu'elle en était capable, se dirigea vers l'escalier. Elle était sur la sixième marche lorsqu'elle entendit la porte de la chambre de Tony se refermer derrière lui.

Arrivée au rez-de-chaussée, elle s'appuya contre le mur. Fût-elle restée une minute de plus seule avec lui qu'elle se serait jetée à son cou, envoyant au diable les conséquences.

Elle se raidit en entendant une clé remuer dans la serrure de la porte d'entrée. Sofia était de retour.

Elle s'approcha de la porte et jeta un coup d'œil à l'extérieur. Sofia était seule. Son expression était difficile à déchiffrer. Elle n'avait pas l'air heureux. Ni triste. Elle semblait… désorientée ?

Sans tenir compte du fait que Sofia était peut-être fâchée contre elle, Kaylee l'accueillit sur le seuil.

— Sofia ? Alors ? Comment s'est passée votre soirée ?

Sofia la regarda, mais il lui fallut apparemment quelques secondes avant qu'elle ne parvienne à recentrer son attention sur Kaylee.

— Je suis surprise que vous ayez le courage de vous montrer après le tour que vous m'avez joué, jeune fille.

Le reproche était celui d'une mère et Kaylee en ressentit une bouffée de joie, mais elle fut assez sage pour le cacher.

— Pardon, Sofia, mais c'était tellement évident qu'Art

ressentait les mêmes sentiments que vous que j'ai pensé que tout ce dont vous aviez besoin était un petit coup de pouce.

— Je n'en suis pas si sûre, dit Sofia en détournant le regard.

Elle se débarrassa de ses chaussures et alla dans la cuisine où elle posa son sac à main sur la table.

— Qu'est-ce que vous voulez dire ? Ça ne s'est pas bien passé ? demanda Kaylee qui lui avait emboîté le pas.

Sofia se laissa tomber sur une chaise. Son visage se décomposa. C'était une femme séduisante et pleine de vie d'ordinaire, mais ce soir, elle paraissait vieillie de dix ans.

— Je ne sais pas, dit-elle.

— Comment ça ? questionna Kaylee en lançant un coup d'œil vers l'horloge. Il est plus de 22 heures. Vous n'avez pas pu mettre autant de temps pour dîner.

— Non, en effet, dit Sofia avec un sourire incertain. Il faisait tellement doux quand nous sommes sortis du restaurant que nous avons continué à bavarder en nous promenant dans McIntosh.

Kaylee hocha imperceptiblement la tête. Cette magnifique nuit l'avait séduite elle aussi, lui faisant presque accroire que Tony et elle formaient un couple.

— C'est une bonne chose de parler, commenta-t-elle en tirant une chaise pour s'asseoir en face de Sofia.

Elle prit sa main. Celle-ci était toute froide.

— Une très bonne chose. Quel mal peut-il y avoir à parler ?

— Aucun. C'était merveilleux, dit Sofia d'un ton

rêveur. Nous avons parlé de livres, de cinéma, de nos familles, enfin... un peu de tout.

— Quand allez-vous le revoir ?

— Tout est là. Je ne sais pas. Il n'a rien dit du tout à ce sujet.

— Et vous ?

— Il y a un film qui sort la semaine prochaine et que j'aimerais voir. Je lui ai proposé que nous y allions ensemble, mais il a dit qu'il n'aimait pas l'acteur principal.

— C'est peut-être vrai, dit Kaylee en caressant la main de Sofia.

— Alors pourquoi ne m'a-t-il pas embrassée ?

Sofia renifla et Kaylee comprit qu'elle venait de toucher le nœud du problème.

— Il m'a raccompagnée jusqu'à la grille, les mains enfoncées dans ses poches, m'a dit au revoir et il est parti.

— Vous auriez pu l'embrasser.

— Si j'avais sauté sur lui, oui, sûrement ! Il ne s'est jamais tenu à moins de deux mètres de moi !

Tout ça était complètement absurde. L'attirance qu'ils ressentaient l'un pour l'autre était manifeste. Cependant, quelque chose interdisait à Art de se laisser aller à ses sentiments.

Sofia soupira, se rendant visiblement compte que Kaylee se sentait aussi désemparée qu'elle-même. Elle se tourna vers celle-ci et pressa sa main comme si c'était Kaylee qui avait besoin de réconfort.

— Assez parlé de moi, dit-elle. A vous de me

raconter votre soirée. Qu'avez-vous fait avec Tony après avoir débranché ce fer à friser que vous n'avez jamais possédé ?

— Je craignais bien que vous ne deviniez la vérité, dit Kaylee, penaude.

Pour toute réponse, Sofia repoussa une mèche de ses cheveux sur son front comme son beau-fils l'avait fait un peu plus tôt.

— Alors ? Qu'avez-vous fait ? répéta-t-elle.

— Nous avons acheté des sandwichs et sommes allés les manger dans le verger Olney.

Pour la première fois depuis qu'elle était rentrée, Sofia sourit.

— Ce qui signifie que vous vous entendez mieux ?

— Oui, répondit Kaylee, se remémorant le baiser qu'ils avaient échangé. Je suppose que oui.

Le plaisir que sa réponse fit à Sofia était inscrit sur son visage. Kaylee songea brièvement à lui conseiller de ne pas en tirer de conclusions hâtives, mais elle y renonça. Sofia voudrait nécessairement en savoir plus et Kaylee ne voulait pas avoir à lui révéler ce qui s'était passé dans le verger.

— Oh, j'allais oublier ! s'exclama Sofia en attrapant son sac. J'ai là quelque chose que j'avais l'intention de vous donner au restaurant.

Elle sortit de son sac un petit écrin de joaillier et le glissa sur la table devant Kaylee.

— Allez-y. Ouvrez-le.

Kaylee souleva le couvercle bombé et découvrit un

superbe saphir, monté sur un anneau d'or gris. La beauté de la pierre lui coupa le souffle.

— Le bijoutier m'a dit que, au Moyen Age, les gens pensaient que porter un saphir protégeait de tous les maux, expliqua Sofia. Comment le trouvez-vous ?

— Il est magnifique !

Kaylee sortit la bague de la petite boîte et la leva dans la lumière pour mieux admirer les reflets bleu profond de la pierre.

— Mais je ne peux pas accepter, ajouta-t-elle. Ça a beaucoup trop de valeur.

— N'est-ce pas vous qui m'avez dit que je devrais dépenser mon argent ?

— Oui, mais pour vous. Pas pour moi.

— Mais c'est à moi que je fais plaisir en vous offrant cette bague. Et je vois bien que vous l'aimez.

— Je l'adore, avoua Kaylee. Pas seulement parce qu'elle est belle, mais aussi parce que le saphir est la pierre porte-bonheur des natifs de septembre.

— Oui, c'est la raison pour laquelle j'ai choisi un saphir, et c'est aussi pour cela que vous allez la garder. A présent, essayez-la.

Comment Kaylee aurait-elle pu refuser d'obéir à une telle injonction ? D'ailleurs, elle n'en avait plus envie. Elle passa la bague à l'annulaire de sa main droite. Celle-ci lui allait parfaitement.

— Merci, Sofia.

Sofia se leva, puis se pencha par-dessus la table pour embrasser Kaylee sur le front.

— Merci à vous. Vous êtes la fille que j'ai toujours désiré avoir.

Une vague d'amour submergea Kaylee. Bien que gênée par le prix de la bague, Kaylee ne pouvait plus la refuser car elle savait maintenant que Sofia la lui avait offerte avec tout son cœur.

Elle resta assise à la table de la cuisine un long moment après que Sofia eut rejoint sa chambre, absorbant lentement le fait qu'elle aimait déjà cette mère qui était peut-être la sienne.

Et celui, beaucoup plus effrayant, qu'elle était aussi en train de tomber amoureuse de son beau-fils.

Chapitre 11

Tony s'apprêtait à entrer le code qui permettrait au singe de son jeu vidéo de peler une banane quand le crachotement d'un moteur lui fit lever la tête.

Assis devant son clavier, il attendit le ronflement caractéristique du moteur au démarrage. Mais le silence retomba. Suivi par une nouvelle salve de vrombissements… infructueux.

Il en avait entendu assez pour reconnaître la Honda peu coopérative de Kaylee garée sous ses fenêtres dans l'allée de la maison.

— Allez, marmonna Tony en visualisant la vieille voiture. Démarre.

Le moteur toussa plusieurs fois et cala de nouveau.

— Et m… !

Même si Sofia avait eu quelques notions de mécanique, ce qui n'était pas le cas, elle avait déjà arraché Joe à la console de jeu qu'elle lui avait offerte la veille pour l'emmener au parc. La seule personne à pouvoir aider Kaylee était donc Tony.

Jurant dans sa barbe, il repoussa sa chaise et alla à la

fenêtre. Il avait vu juste. La voiture récalcitrante était bien celle de Kaylee.

La jeune femme venait d'ouvrir le capot et se penchait sur le moteur. De l'endroit où il se tenait, Tony avait une vue rêvée sur ses fesses agréablement moulées dans sa jupe en jean et ses longues jambes nues. Et comme la nuit précédente, une bouffée de désir l'envahit sur-le-champ.

Il savait que c'était à cause de cela qu'il l'avait évitée toute la matinée, mais il n'y avait plus moyen de l'éviter à présent. Car il était clair qu'elle n'allait pas pouvoir se rendre à son travail avec sa voiture.

Elle était si occupée à examiner son moteur qu'elle ne sembla pas l'entendre lorsqu'il sortit de la maison.

— Vous avez besoin d'un coup de main ? lança-t-il en arrivant derrière elle.

Elle sursauta, pivota, et leurs regards se rencontrèrent. Tony eut la même sensation que celle qu'il éprouvait chaque fois qu'elle le regardait, l'impression qu'un fil invisible l'accrochait et l'attirait inexorablement à elle.

Il soutint son regard et au bout de ce qui lui parut une éternité, elle cilla, rompant le charme.

— Oh oui, volontiers. Vous vous y connaissez en autos ?

— Je sais changer une roue et vérifier un niveau d'huile, mais c'est à peu près tout.

La lueur d'espoir qui s'était allumée dans l'œil de Kaylee s'éteignit et il regretta de ne pas en avoir appris un peu plus dans ce domaine.

— Alors, je suis plus qualifiée que vous pour établir

un diagnostic, déclara-t-elle. Je pense que ça vient du système électronique du démarreur.

Il jeta un coup d'œil au moteur par-dessus son épaule.

— Qu'est-ce qui vous fait dire ça ?

— J'ai procédé par élimination. Ce n'est pas la batterie car il y a du courant, donc je ne vois que le démarreur. L'étincelle supposée enflammer le mélange air-essence ne se produit pas.

— Vous avez l'air de savoir de quoi vous parlez, dit-il, impressionné.

— Je travaillais avec un serveur, à Fort Lauderdale, qui avait été mécanicien, expliqua-t-elle. Et je prêtais attention à ce qu'il disait lorsqu'il révisait ma voiture.

— Vous sortiez avec lui ?

Pourquoi avait-il posé cette question ? Tony n'en savait rien. D'autant que cela ne le regardait pas, et Kaylee n'avait aucune raison de lui répondre. Mais elle secoua la tête, sans paraître fâchée.

— Non, c'était un ami qui savait que je n'avais pas les moyens d'apporter ma voiture au garage. Mais je crois que je ne pourrai pas y couper cette fois.

Elle fit la grimace et ajouta :

— Et par-dessus le marché, je dois être au travail dans vingt minutes.

— Je peux vous y conduire, proposa-t-il. Et ensuite, j'appellerai une dépanneuse. Un des cousins de Will est garagiste. Il s'appelle Bob Jones. Il vous fera un prix d'ami.

Elle se mordilla la lèvre comme si la dépense qu'impliquait la réparation — alors qu'elle vivait chez une millionnaire, — l'inquiétait réellement.

Etait-ce une ruse de la part de Kaylee ? Sofia lui donnerait de grand cœur l'argent que coûterait la réparation. Elle se ferait même un plaisir de lui offrir une voiture neuve si l'occasion lui en était donnée.

Mais si Kaylee disait la vérité et qu'elle n'était pas l'intrigante qu'il la soupçonnait d'être, il était possible qu'elle soit trop fière pour demander de l'aide à Sofia.

— Venez, dit-il. Si nous ne partons pas maintenant, vous serez en retard chez Nunzio.

— Je déteste avoir à vous déranger. Je sais que vous étiez en train de travailler.

A vrai dire, il était plutôt en train de jouer. Créer un jeu vidéo s'apparentait davantage à un divertissement qu'à un travail. Mais la réflexion de Kaylee lui rappela qu'il devrait sans doute consacrer quelques heures à la gestion de Security Solutions.

— Le travail ne va pas s'envoler, dit-il. Je le retrouverai en rentrant.

— Dans ce cas, merci.

Remerciement qu'elle répéta avant qu'ils aient parcouru un kilomètre.

— Je ne fais que vous conduire à votre travail, Kaylee. Ce n'est vraiment pas grand-chose.

— Lorsque vous êtes seule avec un enfant, avoir quelqu'un sur qui vous pouvez compter pour vous dépanner dans ce genre de circonstances fait au contraire toute la différence.

Elle s'adossa à son siège et laissa échapper un soupir avant d'ajouter :

— Depuis que Dawn a déménagé, je n'ai pu compter sur personne.

— Don ? Est-ce le père de Joe ?

— Non, Dawn, Da-w-n, épela-t-elle. C'est l'autre maman célibataire avec qui je vivais. Je croyais vous en avoir parlé. Nous avons été colocataires jusqu'à ce qu'elle tombe amoureuse et décide d'aller vivre avec son compagnon.

— Pourquoi ne viviez-vous pas avec le père de Joe ?

Elle ne répondit pas tout de suite.

— Nous n'avions pas ce genre de relation, finit-elle par dire.

Le laconisme de sa réponse ne le découragea pas de poursuivre :

— Vous avez eu Joe assez jeune, non ?

— A dix-neuf ans. Ce n'est pas si jeune que ça, après tout.

— Je trouve que si, quand on est loin de sa famille et de ses amis.

— C'était mon choix. C'est moi qui ai abandonné le lycée et qui me suis enfuie de chez moi au milieu de la nuit.

— Etait-ce avant ou après le décès de votre mère ?

— Après. Ma mère me surveillait de très près, je doute que j'aurais pu partir sans qu'elle le sache.

Ils étaient arrivés devant le restaurant, ce qui mit un terme à la conversation au grand regret de Tony qui aurait désiré savoir beaucoup d'autres choses. Et il avait senti que, cette fois, contrairement à ce qu'il avait observé lors de leurs précédents échanges, Kaylee aurait été disposée à répondre à ses questions.

Il se gara le long du trottoir, sans éteindre son moteur.

— Je viendrai vous chercher à la fin de votre service.

— Vous me sauvez la vie, dit-elle en ouvrant sa portière.

Puis elle se pencha, effleura son bras et ajouta :

— Vous ne pouvez pas savoir à quel point j'apprécie.

Un éclat bleu sur la main de Kaylee attira l'attention de Tony. Il baissa les yeux et vit qu'elle portait un saphir.

— Cette bague ? C'est nouveau ?

Elle hésita avant de répondre :

— Sofia me l'a donnée hier soir.

Sa réponse déclencha une sonnette d'alarme dans l'esprit de Tony. Il avait une idée assez précise du prix que pouvaient atteindre les bijoux depuis qu'il avait acheté ce diamant pour Ellen, et il était certain que le saphir que Kaylee portait ne valait pas moins de deux, voire trois mille dollars.

— Je croyais que tout ce que vous attendiez de Sofia, c'était une chance de découvrir la vérité sur vos origines, dit-il, s'efforçant de conserver un ton neutre malgré la tension qu'il ressentait dans tous ses muscles.

— Je ne pouvais pas refuser.

Elle le regardait droit dans les yeux et il lut la sincérité sur son visage. Il essaya de considérer la chose du point de vue de la jeune femme. Si elle était Constanzia, une pierre offerte par Sofia avait évidemment une grande valeur sentimentale. Par ailleurs, son coût ne représentait qu'une infime partie de la fortune de Sofia.

— Je comprends, dit-il.

Un sourire radieux éclaira tout son visage, puis elle sortit de la voiture et se hâta vers le restaurant. Il la suivit des yeux et se sentit absurdement heureux lorsqu'elle se retourna pour lui faire un petit signe de la main avant de s'engouffrer dans le restaurant.

Il fit demi-tour et reprit le chemin de la maison de Sofia. Il appellerait la dépanneuse dès qu'il serait arrivé.

Arrêté au feu rouge au croisement de Main Street et de la Cinquième, il laissa errer son regard sur les passants. Un homme plus grand et plus mince que tous les autres se détachait du lot. C'était Jim Elliott, le comptable qu'il n'avait pas voulu que sa belle-mère embauche pour gérer ses finances.

Tony avait essayé de rencontrer Elliott dès son arrivée à McIntosh, mais celui-ci était parti en congé pour deux semaines.

Il regarda le comptable pénétrer dans son agence. Le feu passa au vert. Tony appuya sur la droite pour se garer le long du trottoir. Maintenant que le comptable était de retour en ville, il n'attendrait pas une minute de plus pour le voir.

Les heures d'ouverture inscrites sur la porte de l'agence indiquaient clairement que les bureaux étaient fermés le samedi, mais Tony passa outre. Il n'y avait personne à la réception pour l'empêcher de traverser le hall, aussi se dirigea-t-il résolument vers un bureau du fond dont la porte était ouverte. Jim Elliott était là, assis derrière un bureau d'acajou, en train de retourner une masse de papiers.

C'était un homme d'environ quarante-cinq ans, marié, sans enfant, qui chantait dans la chorale de la paroisse. C'était Sofia qui lui avait fait remarquer ce dernier point ; elle semblait penser que la bonne réputation d'un homme le recommandait davantage que son expérience. Tony ne partageait pas ce point de vue.

— Bonjour, monsieur Elliott, dit-il, signalant ainsi sa présence en entrant dans le bureau.

Elliott leva la tête et parut complètement déconcerté par cette visite inattendue.

— Tony ? Je ne savais pas que vous étiez en ville.

— Je suis ici depuis deux semaines. J'ai voulu prendre contact avec vous à mon arrivée, mais vous étiez en congé.

— Je suis encore en vacances. Si on peut appeler ainsi un séjour en Californie dont l'objectif était de trouver une maison de retraite pour ma mère. A dire vrai, j'éprouverais plutôt le besoin de me reposer de ces « vacances ».

— Je comprends, dit Tony, qui lui-même n'avait jamais considéré ses voyages à McIntosh comme des vacances. Pourrais-je vous parler une minute ?

— Je suis seulement passé chercher mon courrier, répondit le comptable, sur la réserve. Si vous avez l'in-

tention de me confier vos affaires, vous devrez attendre
lundi matin.

— Ce n'est pas pour moi. C'est au sujet de Sofia.

Elliott pinça les lèvres.

— C'est bien ce que je craignais, dit-il. Mais vous
devez comprendre que je suis lié à mes clients par une
clause de confidentialité.

— Bien entendu, aussi n'entrerai-je pas dans les détails.
Mais je m'inquiète pour ma belle-mère, et c'est la raison
pour laquelle je suis revenu à McIntosh. Dès que j'ai le
dos tourné, j'apprends qu'elle a donné de l'argent à un
tel ou une telle. J'aimerais savoir si elle a mis de l'argent
de côté pour plus tard.

Elliott croisa les bras.

— Lui avez-vous posé la question ?

— Oui. Elle m'a répondu qu'elle contrôlait parfaitement la situation. Je voudrais savoir si c'est bien le cas.
Vous pouvez certainement me dire ça.

Elliott passa une main dans ses cheveux et soupira.

— Je ne devrais pas, et je ne le ferais pas si je n'étais
pas inquiet moi-même. A la vérité, je ne suis pas tout à
fait sûr qu'elle contrôle réellement la situation. Les choses
avaient bien commencé. Elle a suivi tous mes conseils :
signé un fidéicommis, nommé un bénéficiaire, pris une
assurance vie complémentaire, fait installer un système
d'alarme chez elle, et demandé à la compagnie de téléphone de mettre son numéro sur la liste rouge.

Elliott énumérait les différents points sur ses doigts.

— Elle s'est montrée tout à fait réceptive, continua-t-il,
lorsque je lui ai suggéré de ne pas prendre de décisions

capitales concernant l'utilisation de son argent avant
que trois mois se soient écoulés. Ceci afin qu'elle ne
commette pas une imprudence qu'elle ne pourrait que
regretter par la suite.

— Tout cela me paraît très sage, dit Tony. Mais
vous avez laissé entendre que quelque chose était allé
de travers…

Elliott soupira de nouveau et Tony sentit qu'il était
partagé entre son sens de l'éthique et l'attention qu'il
portait aux intérêts de sa cliente.

— Je ne serais pas ici si je n'étais pas sincèrement
attaché à Sofia, dit Tony. Je désire qu'elle fasse des
investissements qui la mettront définitivement à l'abri
des soucis financiers.

— C'est ce que je veux aussi.

Elliott hésita, puis reprit :

— C'est pourquoi je suis inquiet, à présent. Mon
assistant m'a tenu au courant pendant que j'étais en
Californie. La plus grosse partie de l'argent de votre
mère est disponible. Elle n'était pas supposée prendre de
décisions pour l'instant quant à la manière de l'utiliser,
mais c'est ce qu'elle fait.

— Elle ne le dépense pas pour elle-même, observa
Tony.

— Non, en effet. Mais elle fait des retraits régulièrement, et je présume que cet argent va bien quelque
part. Si j'étais vous, Tony, je m'assurerais que personne
n'est en train de profiter d'elle.

L'avertissement du comptable résonnait encore des heures plus tard dans l'esprit de Tony. Il essayait de travailler à son jeu vidéo, mais pour une fois celui-ci ne parvenait pas à retenir son attention.

Sa conversation avec Jim Elliott lui avait prouvé qu'il avait raison de s'inquiéter. Les quelque trois millions et demi de dollars gagnés par Sofia étaient menacés de disparaître.

Tony avait lu une étude qui estimait qu'environ un tiers des gagnants du gros lot finissaient par tout perdre. Ceux-là avaient tendance à laisser la totalité de leur gain sur un compte courant facilement accessible au lieu d'en placer la plus grosse partie sur des comptes bloqués rémunérés qui leur auraient rapporté des revenus périodiques beaucoup plus intéressants sur le plan fiscal.

Sofia aurait pourtant dû être consciente de l'importance que revêtait le fait d'avoir une certaine sécurité financière. Elle n'en avait eu aucune du vivant du père de Tony, quand celui-ci lui répétait inlassablement qu'il ferait fortune un jour tandis qu'elle peinait à faire vivre la famille.

Mais à quoi exactement utilisait-elle son argent ? Sofia s'était montrée extraordinairement peu bavarde sur ce sujet depuis son arrivée à McIntosh.

Il songea à l'onéreuse bague au doigt de Kaylee et à la console vidéo dernier cri offerte à Joe. Ces achats représentaient peu de chose par rapport à la somme qu'avait gagnée Sofia, mais ils indiquaient peut-être de quel côté soufflait le vent.

Il vérifia l'heure à son poignet, s'assurant qu'il avait

encore une heure devant lui avant d'aller rechercher Kaylee, sauvegarda les lignes de programme qu'il venait d'écrire et quitta l'application. Puis il ouvrit son moteur de recherche et tapa le nom de la société de Colombus spécialisée dans les analyses d'ADN. En deux ou trois clics, il apprit que le laboratoire préférait que l'échantillon destiné à l'analyse soit prélevé sur la face interne de la joue du sujet, mais que ce n'était pas la seule possibilité.

Tony téléphona ensuite au laboratoire pour avoir confirmation de la validité de son plan, et cinq minutes plus tard, il se saisissait d'une brosse à cheveux dans la salle de bains que Kaylee et Joe utilisaient au sous-sol.

Ayant sélectionné avec soin plusieurs cheveux bruns dont les racines étaient intactes, il les déposa au fond d'un sac en plastique qu'il referma hermétiquement, avant d'y inscrire « Kaylee Carter » au feutre indélébile.

Cela étant fait, il remonta au premier étage et répéta l'opération avec la brosse à cheveux de Sofia, s'efforçant de chasser le sentiment croissant de culpabilité qui le tourmentait. Après tout, il n'agissait ainsi que pour le bien de sa belle-mère.

Réalisé de cette manière, le test prendrait plus de temps et coûterait plus cher, mais cela en valait la peine.

Essayant de maîtriser son affolement, Kaylee raccrocha le téléphone et pivota vers Tony qui tournait vers elle un regard interrogateur.

— Alors ? demanda-t-il. Qu'a dit le cousin de Will ?

— C'était le démarreur, comme je le pensais, répondit-elle, ignorant la douleur qui lui serrait la poitrine. Il faut aussi revoir le parallélisme et obligatoirement changer les pneus avant le prochain contrôle technique. En tout, cela va coûter près de mille dollars.

— Avez-vous donné le feu vert à Bob pour faire le travail ?

Kaylee détourna les yeux.

— Je me demande si je ne devrais pas faire faire une autre estimation ailleurs.

— Bob est un type honnête. Et compétent. S'il dit que ça coûte mille dollars, c'est que ça coûte mille dollars.

Elle soupira.

— Je n'ai pas mille dollars.

— Sofia les a.

Kaylee avait beau savoir que mille dollars représentaient une somme insignifiante pour une millionnaire, et que la bague que Sofia lui avait offerte avait sûrement coûté deux à trois fois plus cher, la seule idée de lui réclamer de l'argent lui retournait l'estomac.

— Je ne veux pas les lui demander, dit-elle. Je détesterais que Sofia pense que je suis intéressée par son argent.

Elle se rendit compte un peu tardivement qu'elle parlait à un homme qui l'avait accusée d'être une intrigante qui n'en voulait qu'à la fortune de Sofia. Elle retint son souffle, attendant sa réaction, mais son expression ne changea pas.

— Qu'allez-vous faire, alors, au sujet de la voiture ? demanda-t-il.

— Le cousin de Will vend des occasions, n'est-ce pas ?

— Oui.

Kaylee prit sa décision sur-le-champ.

— Je vais lui demander s'il serait d'accord pour échanger ma Honda contre une voiture moins chère. De cette façon, il récupéra l'argent des réparations sur le prix de la vente et…

— Vous conduisez déjà une vieille voiture, la coupa-t-il en secouant la tête. Ce ne serait vraiment pas une bonne idée que d'en prendre une encore moins fiable. Vous devez penser à Joe.

Elle ne pouvait nier que la sécurité de Joe était un facteur d'une importance capitale, mais elle serait prudente. Elle ne roulerait pas la nuit, ni ne prendrait de risques inutiles.

— Je n'ai pas le choix, dit-elle résolument.

— Si, vous l'avez.

Il décroisa ses bras et l'expression de son visage s'adoucit.

— Je vais vous prêter l'argent des réparations.

Kaylee sentit l'espoir renaître en elle, non seulement à propos de sa voiture, mais aussi au sujet de sa relation avec Tony. Il avait compris qu'elle se refusait absolument à tirer profit de la générosité de Sofia et lui proposait une aide qu'elle pouvait accepter.

— Je vous rembourserai en plusieurs versements, dit-elle, mais je crains que cela prenne un peu de temps.

— Il n'y a pas d'urgence, assura-t-il. Vous me rembour-serez en fonction de vos possibilités.

— Merci.

— Je vous en prie.

— Vous êtes découvert, dit-elle en souriant. Maintenant, je sais que vous n'êtes pas aussi dur que vous vouliez me le faire croire.

Il posa un doigt non sur ses lèvres à lui, mais sur les siennes, et dit :

— Surtout, ne le dites à personne.

Elle sentit son sourire s'évanouir. Le seul contact de son doigt sur sa bouche lui faisait revivre le baiser passionné qu'ils avaient échangé.

Et tout à coup, elle songea qu'ils étaient seuls. Sofia avait appelé pour dire qu'elle emmenait Joe au cinéma et qu'ils ne seraient pas de retour avant 17 heures. Et il était à peine 15 heures.

Ses lèvres tremblaient. Il était inutile de se leurrer, elle le désirait. Sa petite amie s'était dressée entre eux comme un bouclier invisible la veille au soir, mais aujourd'hui elle paraissait être à des lieues de là.

— Kaylee, commença-t-il d'une voix rauque et basse, je voulais vous dire...

Il n'eut pas le loisir de poursuivre. A cet instant, l'aga-çante petite mélodie de *Yankee Doodle* s'égrena, signalant la présence de quelqu'un à la porte. Kaylee, qui trouvait d'ordinaire les expressions de Tony indéchiffrables, put cette fois lire la déception ses yeux.

— Je dois y aller, dit-il, visiblement contrarié.

Elle mourait d'envie de savoir ce qu'il avait été sur

le point de dire, et plus encore, qu'il l'embrasse, mais elle hocha la tête, puis s'adossa au mur, les genoux aussi faibles que sa volonté.

Les voix dans l'entrée l'avertirent que Tony n'avait pas congédié le visiteur importun, ce qui la remplit d'un désappointement d'autant plus grand qu'elle pensa soudain qu'il avait peut-être eu des doutes quant à la sagesse de ce qu'ils avaient été sur le point de faire. Peut-être même se disait-il qu'il avait été sauvé par le gong.

S'efforçant de recouvrer son sang-froid, elle se redressa, s'éloigna du mur et attendit de voir qui était le visiteur. Une vieille femme que Kaylee était sûre de n'avoir jamais vue, mais qui lui sembla néanmoins vaguement familière, précéda Tony dans la cuisine.

Elle était de taille moyenne, avait les cheveux blancs, un visage aux rides accusées, et se tenait légèrement voûtée.

Et elle la fixait avec des yeux perçants.

Kaylee en eut le souffle coupé. Les yeux, c'étaient ces yeux sombres si particuliers qui lui semblaient familiers.

— Angela, je vous présente Kaylee Carter, dit Tony. Kaylee, voici Angela Crane, la mère de Sofia.

Quelque chose n'allait pas entre la mère et la fille. Kaylee aboutit à cette conclusion après une seule soirée passée en compagnie de Sofia et Angela.

La chaleur qui émanait habituellement de Sofia avait disparu, faisant place à une tension étrange chaque fois qu'Angela posait une question à Kaylee. Et les questions avaient été nombreuses.

— Il y a autre chose que je voulais vous demander, dit Angela.

Tous quatre — Angela, Sofia, Tony et elle-même — étaient sortis sur le porche après que Joe s'était endormi. Tony était assis dans la balancelle, à côté d'elle, et Angela avait pris place dans le rocking-chair. Sofia était restée debout et se mettait par moments à marcher de long en large.

— Est-ce que tu dois vraiment poser toutes ces questions à Kaylee, maman ? Tu n'as fait que ça durant tout le dîner.

— Tu ne peux pas me reprocher d'essayer de faire connaissance avec une jeune femme qui est peut-être ma petite-fille, se défendit Angela.

— Tu la soumets à un interrogatoire.

— Ce n'est rien, Sofia, intervint Kaylee, sentant le ton monter entre les deux femmes.

Et c'était vrai, les questions d'Angela ne la dérangeaient pas. Jusque-là, elles avaient tourné autour de son enfance, de ses parents, de son départ pour Fort Lauderdale. Tant qu'elle ne lui posait pas de questions sur Rusty, Kaylee lui dirait tout ce qu'elle voulait savoir.

— Que vouliez-vous savoir, Angela ? demanda-t-elle.

Angela se pencha en avant.

— Comment pouvez-vous ne pas savoir si vous avez été adoptée ou non ?

— On m'a déjà posé cette question, répondit Kaylee, tournant vers Tony un regard éloquent.

Celui-ci la regarda, et, sans la quitter des yeux, répondit pour elle :

— La mère de Kaylee est morte et son père élude toutes ses questions à ce sujet. Il n'a jamais confirmé qu'elle avait été adoptée, mais il ne l'a jamais non plus réfuté. Ce qui semble extraordinaire.

Heureusement surprise par sa réponse, Kaylee lui sourit et il lui sourit en retour.

— J'aurais dû le remarquer, à table, mais je ne l'ai pas fait, dit Angela. Etes-vous gauchère, Kaylee ?

Kaylee détacha son regard de celui de Tony pour se tourner, perplexe, vers la vieille femme.

— Non, je suis droitière.

— Mmm, fit Angela d'un air songeur. Et votre taille de soutien-gorge, quelle est-elle ?

— Maman ! s'exclama Sofia. Quelle question, vraiment !

— Tu sais que nous avons plutôt des poitrines avantageuses, dans la famille, expliqua Angela sans la moindre gêne. Je ne peux pas me rendre compte, vu la chemise que Kaylee porte. Je suis curieuse de savoir si elle a reçu ce cadeau de la nature en héritage.

— J'achète du…

— Kaylee, vous n'avez pas à répondre à une pareille question, l'interrompit Sofia.

— Ça m'est égal.

— Et moi, ça m'intéresse, dit Tony.

Il lui adressa un clin d'œil et Kaylee sentit un frisson parcourir son dos.

— Je prends du 90 C ou du 95 B, selon les marques, répondit Kaylee.

— Donc vous êtes, comme qui dirait, relativement bien pourvue, conclut Angela.

— Si la nature avait doté toutes les femmes de la silhouette de Kaylee, cette terre serait *comme qui dirait* infiniment plus agréable, déclara Tony en riant.

— Et vos règles ? continua Angela, tapotant sa lèvre avec son index. Quand les avez-vous eues pour la première fois ?

— Maman !

Tony se gratta l'arrière du cou, pressa gentiment l'épaule de Kaylee et se leva.

— Bon, j'ai du travail à finir, je crois que vais vous laisser à vos conversations de femmes.

Il dit bonsoir à Sofia et à Angela, puis son regard s'attarda sur Kaylee.

— Bonne nuit, Kaylee. A demain, dit-il.

Elle hocha la tête et le suivit des yeux tandis qu'il disparaissait dans la maison. Lorsqu'elle reporta son attention sur les deux femmes, elle vit que Sofia l'observait.

— Alors, à quand remontent ces premières règles ? répéta Angela, revenant à la charge.

Sofia fit deux pas en avant, se plaçant entre Angela et Kaylee, comme pour protéger cette dernière.

— Vraiment, vous n'avez pas à répondre, Kaylee, dit-elle.

— Ça ne me dérange absolument pas, assura Kaylee.

Elle réfléchit un instant et dit :

— Je crois que j'avais douze ans.

Sofia enfila le délicat déshabillé que son amie Helen Gudzinsky, la mère d'Anne, l'avait convaincue d'acheter dans ce magasin de lingerie chic de la rue piétonne, puis se regarda dans le miroir.

Elle avait quarante et un ans, mais les années ne s'étaient pas montrées trop dures avec elle. Elle était grande et sa morphologie supportait sans dommage les quelques kilos qu'elle avait pris depuis sa jeunesse.

Elle devait admettre que le déshabillé était ravissant. Sexy même. Son cœur s'accéléra à la pensée qu'Art la voie dans cette tenue. Bien qu'elle doutât de plus en plus que cela arrive un jour.

Fronçant les sourcils, elle ouvrit un tiroir de sa commode et en sortit son pyjama favori, un pyjama en coton bleu parsemé de petits nuages. Même si Art l'avait attendue dans son lit, ce pyjama était plus dans son style. Elle le passa rapidement.

La douche dans la salle de bains adjacente à sa chambre, qui communiquait également avec la chambre d'amis, ne coulait plus depuis un moment. Sa mère devait être prête à se coucher — Tony avait émigré pour la nuit dans la chambre de Joe où un lit d'appoint avait été déplié.

C'était probablement le meilleur moment pour voir sa mère seule à seule. Elle espérait seulement que Tony n'allait pas l'intercepter dans le couloir pour lui parler de nouveau de ses finances. Sur la pointe des pieds, elle se glissa jusqu'à la porte de la chambre de sa mère, frappa très légèrement et attendit qu'Angela l'invite à entrer.

— Tu es venue me souhaiter une bonne nuit, Sofia ?

Les cheveux blancs de sa mère, que celle-ci gardait attachés dans un petit chignon durant la journée, étaient répandus sur ses épaules, allongeant son visage d'une façon qui rappela à Sofia l'apparence de sa mère jeune.

Sofia cligna des yeux et sa mère redevint en un éclair la femme âgée qu'elle était à présent.

— Je ne suis pas venue pour te dire bonne nuit, mais pour te parler, dit Sofia en s'asseyant au bord du lit, indiquant ainsi, sans le formuler, que ce ne serait pas une conversation de quelques minutes.

Le sourire de sa mère s'évanouit.

— J'ai moi aussi besoin de te parler, Sofia. Il y a quelque chose que j'aurais dû te dire depuis longtemps.

Elle fit une pause, soupira, et ajouta :

— Mais vas-y, commence.

Bien qu'intriguée par la déclaration de sa mère, Sofia n'avait pas l'intention de se laisser distraire de son objectif.

— Qu'est-ce que tu fais, maman ?

— Je mets de la crème sur mes mains, elles sont sèches.

Sofia contint son impatience. Obtenir de sa mère une réponse franche et directe avait toujours tenu du tour de force.

— Je parlais de ce que tu étais venue faire ici. De ce que tu as fait ce soir en posant toutes ces stupides questions à Kaylee à propos de la taille de sa poitrine et de la date de ses premières règles.

— Ce n'étaient pas des questions stupides. L'hérédité joue beaucoup dans ce domaine. Je pensais qu'elle pourrait nous dire quelque chose qui nous apporterait la preuve qu'elle est bien Constanzia.

— Est-ce la raison de ta visite ?

— Oui, répondit Angela en hochant la tête. Après que Tony est venu me voir…

— Tony est allé te voir ? Quand ?

— Il y a quelques jours. Il voulait savoir ce que je me rappelais au sujet de l'adoption, mais je n'ai rien pu lui dire. Ensuite, il m'a parlé de Kaylee et du test ADN que tu refusais de faire.

— Je n'ai pas besoin de test, dit Sofia, tendue. Je sais ce que je sais.

— J'ai pensé que cela ne ferait de mal à personne si je venais me rendre compte par moi-même, poursuivit Angela. Je croyais que je saurais si elle était ta fille dès que je la verrais. Mais ça n'a pas été le cas.

— Tu t'es donc chargée de la cuisiner.

— Peux-tu me le reprocher ? Si elle est Constanzia, elle n'est pas seulement ta fille, elle est aussi ma petite-fille.

Sofia était restée brouillée durant des années avec sa mère parce que celle-ci avait insisté pour qu'elle abandonne son enfant. Elles se parlaient à présent, mais leur échange était sous-tendu par toutes ces choses jamais dites qui continuaient de bouillir sous la surface. Peut-être, songea Sofia, l'heure était-elle venue de les exprimer.

— C'est toi qui m'a persuadée de confier ta petite-fille à l'adoption, repartit-elle sans ménagement.

En l'espace d'une fraction de seconde, le sujet qu'elles n'abordaient jamais éclata au grand jour.

— J'ai fait ce que je croyais être le mieux pour toi et le bébé, rétorqua Angela.

— Tu as fait ce qui était le mieux pour *toi*. Tout ce qui t'importait, c'était ce que penseraient les voisins s'ils découvraient que j'étais enceinte.

— Ce n'est pas vrai, protesta Angela, affectant un air blessé qui irrita un peu plus Sofia. Tu avais seize ans. Tu n'étais pas capable de subvenir à tes propres besoins, sans parler de ceux d'un enfant.

— Tu aurais pu m'aider.

— J'avais déjà du mal à nous faire vivre toutes les deux avec mon salaire de secrétaire.

Elle posa la main sur le bras de Sofia, l'implorant du regard.

— Ton enfant méritait mieux que ce que toi ou moi pouvions lui offrir. Elle méritait d'avoir deux parents qui l'aimeraient.

Sofia secoua la tête, refusant d'écouter. Constanzia avait été *son* bébé, son enfant à elle.

— Je n'ai pas conçu ce bébé toute seule, dit-elle. Elle avait un père. Il aurait pu m'aider. Lui et moi aurions trouvé un moyen de nous débrouiller.

— Tu ne peux pas croire ça.

Angela porta la main à son cœur comme si elle souf-frait soudain physiquement.

— Ce garçon voulait que tu te fasses avorter, dit-elle d'une voix étranglée.

— Comment peux-tu dire une chose pareille ? articula péniblement Sofia, choquée.

— Je le sais parce que je suis allée voir ses parents quand j'ai appris que tu étais enceinte. Il était là. Et tous les trois ne souhaitaient qu'une chose, se débarrasser du problème.

— Non, ça ne peut pas être vrai.

— C'est la vérité. Ils ne cessaient de répéter que leur fils était un garçon intelligent, qu'il avait un bel avenir devant lui et qu'on ne pouvait pas lui imposer un tel fardeau. Pourquoi croyais-tu qu'ils avaient déménagé ?

Sofia se remémora les jours qui avaient suivi la nais-sance de sa fille. L'adolescent qui l'avait mise enceinte, celui qu'elle considérait comme son petit ami, aurait dû être auprès d'elle pour l'aider à traverser cette terrible épreuve.

— Ils sont partis parce que son père avait été muté sur la côte Ouest, se défendit-elle, répétant ce qu'elle avait toujours cru être la vérité.

— Exactement. Et son père avait demandé cette muta-tion pour éloigner son fils du *problème*. Ils craignaient que l'adoption ne se déroule pas comme prévu et que leur fils se retrouve finalement avec un enfant à charge.

Sofia aurait voulu se boucher les oreilles pour ne plus entendre sa mère, mais elle était incapable de bouger un seul muscle. Cependant, ce que celle-ci lui disait expliquait pourquoi elle n'avait plus jamais eu de nouvelles du père de Constanzia.

— J'ai fait ce que je croyais être le mieux, répéta Angela.

Pour la première fois, Sofia considéra la situation non du point de vue de l'adolescente qu'elle était à l'époque, mais de celui de la mère qu'elle était devenue.

Une jeune fille de seize ans à qui le garçon qui l'avait mise enceinte refusait son soutien. Une mère, veuve, qui avait déjà du mal à s'en sortir avec son modeste salaire. C'était une situation impossible.

— Je te crois, dit-elle, étonnée elle-même de réaliser que c'était vrai.

Elle tendit le bras et saisit la main de sa mère qu'elle serra, si mince et frêle, dans la sienne.

La trêve qu'elles avaient signée lorsque sa mère s'était manifestée de manière si inattendue lors de l'enterrement d'Anthony ne paraissait plus embarrassée ni contrainte, mais juste.

— Est-ce que c'est ça que tu voulais me dire ? demanda Sofia au bout d'un long moment. La vérité au sujet du père de Constanzia ?

Un bref éclair passa dans les yeux d'Angela. Elle hésita, puis hocha la tête.

— Oui, c'est ça, dit-elle, avec un faible sourire.

Mais Sofia sentit que sa mère ne disait pas toute la vérité, qu'elle avait décidé de taire quelque chose. Son premier mouvement fut de la pousser dans ses retranchements... puis elle changea d'avis. Angela repartait le lendemain, après le service du dimanche — pourquoi prendre le risque de dire quoi que ce soit qui la ferait rester plus longtemps. Plus elle passerait de temps avec Kaylee, plus elle serait susceptible de semer le doute et les soupçons.

Sofia se raidit à cette idée. Sa mère avait déjà réussi à lui enlever Constanzia, elle ne lui prendrait pas Kaylee.

Chapitre 12

Juin avait succédé à mai et la vie avait repris son cours normal après la visite de la mère de Sofia. Son cours normal ! Comment Tony avait-il pu un instant penser une chose pareille ? Alors qu'il vivait et travaillait dans la ville qu'il était censé avoir laissée derrière lui ; que sa belle-mère ne prêtait aucune attention à ses recommandations lorsqu'il essayait de lui parler de la gestion de ses finances ; et qu'il se sentait de plus en plus attiré par la femme qui était peut-être — ou peut-être pas — une pure manipulatrice. Ou, tout simplement, une mythomane.

Non, la vie n'avait décidément pas repris son cours normal.

Tony avait pris l'habitude d'aller déjeuner chez Nunzio, où Kaylee n'essayait plus d'éviter de le servir. Pour l'heure, il savourait un gratin d'aubergines au parmesan tout en observant la jeune femme qui venait de répondre au téléphone.

Elle écoutait en jouant de sa main libre avec le cordon, l'air de plus en plus désemparée. Abandonnant son assiette à demi pleine sur la table, il se leva et se dirigea vers le fond du restaurant. Il arriva près d'elle au moment où elle raccrochait.

— Je dois partir, dit-elle d'une voix aiguë, l'air affolé.

Elle fit mine de le contourner, mais il lui bloqua le passage en posant fermement ses deux mains sur ses épaules. Puis il se pencha vers elle afin qu'elle puisse l'entendre dans le vacarme du restaurant. Elle sentait divinement bon, et pas seulement la cuisine italienne.

— Dites-moi d'abord ce qu'il y a.

Comme elle ne répondait pas, Tony s'alarma.

— C'est Joe ? Est-ce qu'il va bien ?

— Il ira bien jusqu'à ce que j'aie mis la main sur lui, dit-elle.

Avant de s'approcher encore de lui pour murmurer à son oreille :

— Anne vient de m'appeler. Il semble que Joe ait effrayé une fillette en la poursuivant dans la cour avec un serpent à la main.

Tony ne put se retenir de rire.

— Ça n'a rien de drôle. La fillette a téléphoné à sa mère et maintenant celle-ci insiste pour que je vienne rechercher Joey.

— C'est ridicule, vous n'allez pas quitter votre travail à cause d'une petite fille qui a eu peur d'un pauvre reptile. D'autant qu'il y a vraiment beaucoup de monde.

— Je sais, mais je n'y peux rien, dit-elle en retirant son tablier. Nous sommes à court de personnel aujourd'hui, mais quelqu'un devra me remplacer jusqu'à ce que je revienne.

— Laissez-moi y aller à votre place.

Elle écarquilla les yeux en entendant sa proposition, mais ne parut pas complètement opposée à l'idée.

— Ecoutez, poursuivit-il, vous êtes occupée et mes horaires de travail ne dépendent que de moi. Et il ne s'agit que d'un stupide incident.

— Allez dire ça à la mère qui exige le retrait de Joey de la garderie.

— Laissez-moi faire. Je me charge de l'amener à voir les choses de notre point de vue, assura-t-il.

Avant d'ajouter, facétieux :

— Je suis plutôt doué quand il s'agit de convaincre une femme, vous savez.

Elle se détendit, esquissant même un petit sourire, tout à fait la réaction qu'il escomptait.

— J'en suis sûre.

— Je prends le pari, donc, dit-il en ôtant les mains de ses épaules.

Cependant il ne la quitta pas des yeux.

— Et plus tard, je vous montrerai exactement ce que j'ai voulu dire.

Les yeux de Kaylee étincelèrent.

— Très bien, nous verrons ça, repartit-elle. Commencez donc par amadouer la mère de cette petite fille.

Tony repéra Joe dès qu'il eut passé l'angle de la maison. L'enfant était assis sur une balançoire dans le jardin de derrière, seul, immobile, les épaules affaissées.

Sur la terrasse qui longeait la façade, une femme blonde à l'air exténué parlait à Anne Gudzinsky en faisant de grands gestes.

Tony souleva le loquet de métal qui maintenait fermée la petite barrière de bois, attirant l'attention de Joe. L'attitude du petit garçon changea aussitôt. Il releva la tête, sauta de la balançoire et courut vers lui.

Tony s'accroupit afin de se mettre à la hauteur de Joe pour lui parler, mais il ne s'attendait pas à ce que l'enfant se jette dans ses bras et s'accroche à lui comme il le fit.

Comprenant que Joe avait besoin du réconfort des bras d'un adulte, il le serra contre lui sans rien dire jusqu'à ce que Joe, de lui-même, s'écarte.

— Est-ce que maman est avec vous ? demanda-t-il, l'air misérable.

— Ta maman est à son travail, dit Tony gentiment. Je lui ai dit que je viendrais te chercher.

Joe avait les yeux humides, mais il ne pleurait pas.

— Je ne voulais pas lui faire peur. C'est vrai, je ne voulais pas. Je voulais seulement montrer à Kimmy comme il était beau. Et puis, c'était un tout petit serpent.

Le petit visage sérieux de Joe rappelait tant Kaylee à Tony qu'il en avait le cœur serré.

— Je sais, fiston.

— Vous n'êtes pas en colère contre moi ?

— Je pense que ce n'était pas une très bonne idée de poursuivre Kimmy avec ce serpent dans la main, mais non, je ne suis pas en colère. Tu lui as fait peur, mais je sais que tu ne l'as pas fait par méchanceté.

— Non, dit Joe. J'aime bien Kimmy.

Ses lèvres tremblaient et Tony réalisa que l'enfant ne s'était pas attendu à trouver en lui un allié. Il lui ébouriffa doucement les cheveux.

— C'est bien ce que j'avais cru comprendre. Mais tu sais, p'tit gars, il faudra que tu gardes cela à la mémoire : la plupart des filles n'aiment ni les serpents, ni les souris, ni les insectes.

Joe ouvrit de grands yeux.

— Ah ? Pourquoi ça ?

— Tu vois, je suis bien plus vieux que toi, Joe, et j'en suis encore à essayer de comprendre pourquoi les filles sont comme elle sont.

Joe hocha la tête, signifiant ainsi qu'il partageait l'incompréhension de son aîné.

— Je dois aller parler à Anne et à la mère de Kimmy, dit Tony. Attends-moi près des balançoires, d'accord ?

Joe jeta un coup d'œil aux deux femmes qui les observaient depuis la terrasse.

— D'accord, dit-il, l'air toujours un peu inquiet, mais plus aussi effrayé.

Quand Joe se fut éloigné, Tony alla à la rencontre des deux femmes qui venaient justement vers lui.

Anne avait été deux classes au-dessous de lui au lycée, elle faisait partie de l'équipe de pom-pom girls et était appréciée de tous. Elle répondit à son bonjour d'un air désolé. Tony n'avait jamais vu la mère de Kimmy.

— Kaylee ne pouvait pas quitter son travail, expliqua-t-il après avoir salué l'autre femme, aussi me suis-je proposé pour venir voir quel était le problème.

— Vous voulez savoir quel est le problème ? Le problème est que ce garnement… commença la mère de la fillette en pointant du doigt Joe qui lançait ses jambes en avant sur la balançoire… a littéralement *terrorisé* ma petite Kimmy avec un serpent !

— De quel genre de serpent s'agissait-il, madame ? s'enquit Tony.

— Je n'en ai pas la moindre idée. Quelle importance cela peut-il avoir ?

— Les seuls serpents que l'on trouve dans les jardins par ici sont des couleuvres rayées, dit Anne. Celle que Joey a ramassée était à peu près de cette taille, ajouta-t-elle en écartant les mains d'environ soixante centimètres.

— Les couleuvres sont des animaux totalement inoffensifs, observa Tony. Celle-ci a probablement eu plus peur de votre fille que votre fille d'elle.

— Que le serpent ait présenté un danger ou non n'est pas la question. Le problème est que votre fils a poursuivi Kimmy dans tout le jardin avec cet animal par pure méchanceté.

— Joe n'est pas mon fils, corrigea Tony. Et il n'y a pas une once de méchanceté en lui.

La femme lui lança un regard furieux.

— Si vous n'êtes pas le père de ce petit délinquant, qui êtes-vous exactement ?

— Ecxusez-moi, j'aurais dû vous présenter, intervint Anne. Francine, voici Tony Donatelli. Joey et sa mère sont… euh, des amis de sa famille.

— Donatelli, répéta lentement la femme. Seriez-vous parent avec Sofia Donatelli, la gagnante de la loterie ?

— C'est ma belle-mère.

— Vraiment ? Cette Kaylee dont vous avez parlé serait donc l'enfant que votre mère a confiée à l'adoption lorsqu'elle était jeune ?

Bien que cela l'agace, Tony ne fut pas surpris de la façon dont la femme avait soudain changé de ton.

— C'est une possibilité.

— Ce qui ferait de ce petit garçon le petit-fils de Sofia ? Mon Dieu ! s'exclama-t-elle en secouant la tête, je ne peux pas croire que je n'aie pas fait le rapprochement auparavant. Mais cela change tout !

— Ah oui ?

— Bien sûr, dit-elle avec conviction. Je ne voudrais pas être responsable de l'éviction du petit-fils de Sofia Donatelli.

Tony fut sur le point de remarquer que le lien de parenté qui existait peut-être entre Joe et Sofia n'avait aucun rapport avec le sujet, mais il se retint à temps. Après tout, pourquoi ne pas tirer parti de ce retournement de situation inespéré ?

— Eh bien, tout est arrangé, je crois, dit-il. Et je vous promets de parler à Joe. Je lui expliquerai qu'il doit laisser Kimmy tranquille.

— Oh, non, c'est inutile, dit Francine en lui adressant un charmant sourire. Mais j'apprécierais beaucoup que vous parliez à votre belle-mère.

Un mauvais pressentiment envahit Tony.

— Que je parle à ma belle-mère ? répéta-t-il.

243

— Oui. J'ai adressé une lettre à sa boîte postale l'autre jour au sujet de Kimmy. Ma fille fait partie d'une équipe de jeannettes. Elles ont travaillé très dur cette année et elles méritent une récompense. Malheureusement, la plupart d'entre elles viennent de familles qui ont très peu de moyens.

Elle reprit son souffle, sourit, et poursuivit aussitôt :

— Je pensais que vous pourriez demander à votre belle-mère si elle accepterait de financer une excursion à Cedar Point. Seulement deux jours, vous voyez.

Tony la dévisageait, sans voix devant un tel aplomb. Toutefois, elle dut mal interpréter son silence car elle se hâta d'expliquer :

— C'est un parc d'attractions dans le nord de l'Etat. Bien sûr, je les accompagnerais.

A la minute où le dernier client passa la porte, Kaylee ôta son tablier et quitta le restaurant pour rejoindre Tony et Joey.

Tony avait appelé pour dire que Joe n'était pas exclu de la garderie, mais qu'il l'emmenait faire un tour en attendant qu'elle sorte de son travail et qu'ils la retrouveraient au Five and Dime.

Le vieux drugstore, même s'il ne pratiquait plus les prix attractifs d'autrefois, avait conservé son décor suranné. Son principal intérêt résidait dans la préservation d'un ancien comptoir de marbre, doté de son antique siphon d'eau de Seltz, où les amateurs de café et de glaces aimaient se retrouver. Tony et Joey étaient assis au bar sur deux des huit tabourets pivotants, ce qui semblait beaucoup plaire à Joey.

— Hello, m'man ! s'écria joyeusement Joey en la voyant s'approcher. Tony m'a offert un milk-shake !

Au chocolat, à en juger par la moustache marron qui décorait sa lèvre.

L'enfant avait tourné un visage plein d'adoration vers son compagnon, ce dont Kaylee dut se défendre elle-même. Elle venait à peine d'arriver et, déjà, elle avait du mal à détacher ses yeux de Tony.

Elle l'avait trouvé beau dès la première fois qu'elle l'avait vu, mais, maintenant qu'elle le connaissait mieux, elle savait qu'il avait beaucoup plus à offrir qu'un physique séduisant. Sa personnalité transparaissait dans ses gestes les plus simples, comme la manière protectrice dont une de ses mains reposait sur le dos de Joey à cet instant. Il avait délaissé son travail pour lui rendre service, mais Kaylee voyait bien, à son attitude détendue, que cela ne lui avait pas pesé le moins du monde.

— Je vois, dit-elle, mi-figue mi-raisin, mais je me demande si tu l'as bien mérité après le vilain tour que tu as joué à cette petite fille.

Joey gloussa.

— Ce n'est pas pour ça, maman. C'est parce que Tony m'aime bien.

— Et parce que Joe a promis de ne plus recommencer, s'empressa d'ajouter Tony. N'est-ce pas, Joe ?

— Oui. Maintenant, je sais que les filles sont un peu bizarres.

— Oh, vraiment ? fit-elle en jetant un coup d'œil à Tony. Et qu'est-ce que tu entends par « bizarre », Joey ?

— Tony m'a expliqué que la plupart des filles n'aimaient pas les trucs super comme les serpents et les araignées. Mais je lui ai dit que toi, si, précisa-t-il avec un sourire chocolaté.

Kaylee n'osa pas avouer qu'elle avait toujours dissimulé son dégoût pour tous ces animaux par égard pour l'immense intérêt que Joey leur portait.

— Tony est le meilleur, continua Joey.

Et d'ajouter avec mélancolie :

— J'aimerais bien qu'il soit mon papa.

Un silence embarrassé accueillit sa déclaration.

— Mais il n'est pas ton père, murmura Kaylee en posant une main sur son épaule.

Joe eut un geste de recul.

— Tout le monde a un papa. Ce n'est pas juste.

— La vie n'est pas juste, p'tit gars, dit Tony. Regarde ce qui est arrivé aujourd'hui avec le serpent. Un garçon ne se serait pas enfui en courant.

— Oui, sans doute, admit Joe de mauvaise grâce.

Un garçonnet aux cheveux filasse, à peu près du même âge que Joey, venait d'apparaître dans la zone dédiée au bar, entraînant sa mère derrière lui. Kaylee les reconnut pour les avoir déjà vus à la garderie.

— Hé, c'est Brandon ! s'exclama Joey. Hé, Brandon !

— Hé, Joey ! répondit le petit garçon en agitant le bras avec enthousiasme.

— Est-ce que je peux aller m'asseoir avec Brandon, m'man ? demanda Joey.

Craignant que cela n'ennuie la mère de Brandon, Kaylee hésita, mais celle-ci, une femme tout en rondeur, au visage jovial, qui avait entendu la question de Joey, lança joyeusement :

— Ça ne me dérange pas du tout ! Viens, Joey. Plus on est de fous, plus on rit.

Kaylee avait à peine terminé de donner sa permission à Joey que celui-ci s'emparait déjà de son milk-shake et rejoignait son ami.

— Ne voulez-vous pas vous asseoir ? demanda Tony en indiquant le tabouret libre à côté de lui.

La proposition était si alléchante qu'elle eut soudain presque l'impression d'avoir en face d'elle Adam lui offrant le fruit défendu.

— Je vous en prie, ne vous croyez pas obligé de rester, dit-elle. Vous en avez déjà fait beaucoup pour moi aujourd'hui, je vous dois un immense merci.

— De rien, vraiment.

Ses yeux sombres se posèrent sur elle comme ils le faisaient chaque fois qu'elle et lui se trouvaient dans la même pièce. Un frisson d'excitation courut le long de sa colonne vertébrale. Elle y était presque habituée désormais tant la sensation s'était répétée ces dernières semaines.

— Vous n'allez pas vous débarrasser de moi aussi facilement, poursuivit-il.

Incapable de résister, elle s'assit. Ils étaient assis si près l'un de l'autre que leurs coudes se touchaient au moindre de leurs mouvements. Il y avait une odeur de glace à la vanille dans l'air, mais c'était le parfum viril de Tony, un mélange de vétiver et de savon, qui faisait palpiter les narines de Kaylee.

— Vous fréquentiez cet endroit quand vous étiez au lycée ?

— Ça peut paraître surprenant, mais oui. Dans d'autres villes, les ados préféraient sûrement déjà les fast-foods, mais nous, nous avions ce bon vieux Five and Dime.

Croyant relever dans son intonation une pointe de moquerie, elle remarqua :

— Mais ce n'était pas votre point de chute favori, est-ce que je me trompe ?

— Non, vous avez raison. Je venais seulement de temps en temps.

Il fit la grimace et ajouta :

— J'ai toujours trouvé cet endroit... disons, ringard.

— Vous plaisantez ! C'est un lieu formidable, dit-elle, désignant d'un geste ample le décor chargé du bar, le lourd miroir accroché au mur derrière le comptoir, le siphon, rutilant comme au premier jour, la grande ardoise sur laquelle était détaillée l'offre de sodas et de glaces maison. C'est la petite ville américaine dans toute sa splendeur !

— Vous l'avez dit, la petite ville américaine dans toute sa splendeur. Tout ce que je déteste.

— Eh bien moi, j'aime beaucoup les petites villes, dit-elle. Et si vous voulez vraiment m'offrir un verre, je prendrai un soda au gingembre.

La jeune fille qui était au comptoir venait d'apporter un milk-shake fraise à l'ami de Joey. Tony lui fit signe et commanda leurs sodas, au gingembre pour Kaylee, à la vanille pour lui. Un instant plus tard, elle posa devant eux deux grands verres givrés, ce qui ravit Kaylee qui en trouva son soda encore meilleur.

— Que voulait dire Joe tout à l'heure lorsqu'il se plaignait de ne pas avoir de père ? demanda Tony après avoir bu une gorgée de sa boisson.

Kaylee jeta un coup d'œil à son fils qui était en train de rire à l'autre extrémité du comptoir. C'était un petit garçon heureux de vivre et elle était résolue à ce qu'il continue d'en être ainsi.

— Seulement ça, répondit-elle. Il n'a pas de père.

— Tout le monde a un père.

Kaylee songea qu'elle-même en avait peut-être deux, celui qui l'avait élevée et celui qui avait mis Sofia enceinte. Mais la situation de Joey était beaucoup plus simple.

— Pas Joey. Il m'a, moi, déclara-t-elle. Et cela suffit. Mais, continua-t-elle sans presque reprendre sa respiration, allez-vous enfin me raconter ce qui s'est passé à la garderie ? Lorsque j'ai parlé à Anne au téléphone, la mère de la petite fille semblait déterminée à obtenir l'exclusion de Joe.

Tony ne répondit pas immédiatement, et elle pria pour qu'il ne revienne pas sur la question qu'elle venait si manifestement d'éluder. Elle ne voulait pas parler de Rusty Collier. Elle ne le pouvait pas.

— La mère de Kimmy a changé d'avis lorsque Anne

nous a présentés et qu'elle a compris que Joe était peut-être le petit-fils de Sofia, dit-il finalement.

— Je ne comprends pas.

— Elle ne se plaindra plus de Joe si Sofia accepte de financer une excursion à Cedar Point qu'aimerait faire le groupe de jeannettes dont sa fille fait partie.

— Mais c'est horrible !

— C'est de l'extorsion, ni plus ni moins.

— Vous avez refusé bien sûr ?

Il haussa les épaules en soupirant.

— Ce n'est pas à moi de refuser. Même si je meurs d'envie de dire leurs quatre vérités à tous ces gens qui essaient d'extorquer de l'argent à Sofia, je ne le peux pas. Tout ce que je peux faire, c'est dire à Sofia qu'elle n'a aucune raison de céder à ce genre de chantage.

— Et je lui dirai la même chose.

Elle secoua la tête avant d'ajouter :

— C'est tout de même incroyable le culot de cette femme !

Il remua son soda avec sa paille, puis leva vers elle ses yeux sombres.

— N'avez-vous pas remarqué que Sofia ne peut pas faire deux cents mètres en ville sans que quelqu'un essaie de lui soutirer de l'argent ?

— Si, j'ai remarqué.

Lorsque Sofia et elle étaient allées chez la manucure, une employée du salon avait clamé son désarroi à l'idée que son fils serait condamné à conserver toute sa vie ses dents de travers si Sofia n'avait pas le cœur de prendre en charge son traitement d'orthodontie. Quelques jours auparavant, c'était un aide serveur, qui venait d'entrer au service de Nunzio, qui l'avait suppliée de financer ses études supérieures.

— Et les habitants de McIntosh ne représentent que la partie immergée de l'iceberg, dit Tony. Vous a-t-elle montré le courrier qu'elle reçoit ?

Kaylee fit non de la tête.

— Elle a fait changer son numéro de téléphone et a pris une boîte postale peu après avoir gagné à cette loterie, mais, d'une façon ou d'une autre, son numéro de boîte s'est rapidement propagé. Les lettres de prétendues Constanzia sont devenues rares, grâce à Dieu, mais elle continue de recevoir du courrier de tout le pays de gens qui lui réclament de l'argent. Il y a trois ou quatre jours, elle a reçu la demande pressante d'une mère qui disait qu'elle ne pouvait plus payer les frais médicaux de sa fille de six ans qui était en train de mourir d'une leucémie.

Six ans. Le même âge que Joey, songea Kaylee, le cœur serré.

— Est-ce qu'elle l'a aidée ?

— Elle a décidé de prendre quelques renseignements auparavant. Figurez-vous que cette femme n'avait jamais eu d'enfant.

Kaylee étouffa une exclamation d'indignation. De telles manœuvres étaient impardonnables.

— C'est une bonne chose que Sofia ne distribue pas son argent à tous ceux qui le lui réclament, approuva-t-elle.

— Elle en distribue bien assez comme ça, commenta

Tony. Il ne durera pas longtemps si elle continue à ce rythme-là. Elle a tout de même quarante et un ans, on pourrait penser qu'elle a eu le temps d'apprendre à quel point c'est important d'avoir une sécurité financière. Surtout après toutes ces années…

— Que voulez-vous dire ?

Il baissa les yeux sur son verre, comme s'il regrettait d'en avoir trop dit. Néanmoins, il reprit au bout d'un instant :

— Je vous ai déjà parlé de mon père. Jusqu'à ce que je sois assez grand pour donner un coup de main, c'est Sofia seule qui a subvenu aux besoins de notre famille. Elle était serveuse avant de devenir chef. Vous savez aussi bien que moi qu'un salaire de serveuse n'est ni régulier ni très élevé.

Kaylee garda le silence, retournant dans sa tête cette nouvelle information. Tony lui disait clairement qu'il était venu à McIntosh pour s'assurer que personne ne tirerait profit de la libéralité de sa belle-mère. Qu'elle-même n'en tirerait pas profit.

— Je suis là, annonça la voix aiguë de Joey dans le dos de Kaylee.

Elle tourna la tête, surprise de ne pas l'avoir entendu arriver.

— On y va ? fit-il en s'emparant de sa main et de celle de Tony.

Leurs boissons terminées, Tony et elle se levèrent. Kaylee lui sourit et il lui sourit en retour. Alors, de nouveau, un tressaillement la parcourut.

Hélas, leur situation rendait toute liaison entre eux

impossible. Même s'il n'avait pas été question d'une petite amie à Seattle, un fossé de méfiance les séparait, et rien ne permettait d'affirmer qu'il serait un jour comblé. Surtout si Sofia s'obstinait à refuser le test ADN. Dans l'état actuel des choses, elle ne pouvait attendre de Tony qu'un acte de foi. Or, à en juger par la rancune qu'il continuait de nourrir contre son père, Tony semblait avoir perdu toute foi en l'être humain, quel qu'il soit, et depuis longtemps. Il lui fallait des preuves.

Tony se retourna pour la énième fois sur le matelas trop mou, envoya un coup de poing dans l'oreiller trop rembourré et tenta de se concentrer sur les chiffres verts du réveil sur la table de nuit.

Il était presque 2 heures et il n'avait toujours pas dormi. Il savait ce qui le tenait éveillé. Kaylee. Elle était couchée deux étages plus bas, au rez-de-jardin. Il ne pouvait pas l'entendre, mais il sentait sa présence comme si elle avait été là, dans son propre lit.

Quelque chose avait changé entre eux cet après-midi alors qu'ils étaient au Five and Dime — et que le diable l'emporte s'il ne mourait pas d'explorer cet étrange sentiment, quel qu'il soit ! Il savait pourtant qu'il ne pourrait pas faire totalement confiance à Kaylee avant d'avoir reçu les résultats du test ADN, la semaine suivante, mais cette incertitude ne semblait pas suffire à refréner son désir.

Il alluma la lampe, s'assit et chercha en vain sur sa table

de nuit, puis par terre, le policier qu'il avait commencé la veille. Bon sang, il avait dû le laisser dans le séjour.

Ayant enfilé un jean par-dessus son caleçon, il descendit silencieusement l'escalier plongé dans l'obscurité. Une lumière, cependant, brillait au rez-de-chaussée. Quelqu'un d'autre n'avait pas trouvé le sommeil. Son cœur se mit à battre plus fort. Etait-ce Kaylee ?

Il descendit les dernières marches plein d'un sentiment d'impatience, puis hésita à pousser la porte de la cuisine de peur de la trouver vide. Mais Kaylee était là, assise à la table, devant un bol de glace.

Ses cheveux étaient répandus sur ses épaules et il la trouva si désirable qu'il en serra les poings.

— Prise sur le fait, dit-il en entrant sur un ton qu'il s'efforça de rendre léger.

Elle tourna vivement la tête vers lui. Son expression trahissait une telle culpabilité qu'il eut du mal à ne pas éclater de rire.

— Ce n'est pas ce que vous croyez, je ne fais pas ça toutes les nuits, se défendit-elle maladroitement. Je vous assure.

— Détendez-vous, dit-il en se dirigeant vers le congélateur.

Il en sortit le bac de glace, déjà bien entamé, s'en servit une portion généreuse et alla s'asseoir en face de Kaylee.

— Moi aussi, je considère que manger de la glace est le meilleur remède contre l'insomnie. Le deuxième meilleur remède, en fait.

— Et quel est le premier ? s'enquit-elle.

— Faire l'amour passionnément.

Evitant de le regarder, elle prit une cuillère de glace et la porta à sa bouche. L'avaler sembla lui prendre une éternité. Tony mangea lui-même un peu de glace et attendit.

— Vous vous rappelez ce que je vous ai dit au drugstore ? que Joey n'avait pas de père ? demanda-t-elle en coulant un regard vers lui par-dessus son bol. Ce n'était pas tout à fait vrai.

— Je m'en doutais un peu.

Elle garda le silence, comme si elle lui avait dit tout ce qu'il y avait à dire. Tony aurait voulu la presser de continuer, mais il se retint. Il ne pouvait pas l'obliger à se confier à lui.

— Il s'appelle Rusty Collier, dit-elle finalement. Je l'ai rencontré quelques mois après la mort de ma mère.

Elle se tut de nouveau, mais cette fois, il l'encouragea à continuer :

— Vous aviez dix-neuf ans, à ce moment-là, c'est bien ça ?

Elle reposa sa cuillère.

— Dix-huit. J'étais assez perturbée. Ma mère et moi n'entretenions pas les meilleurs rapports. Elle ne cessait de me dire ce que je devais faire et je ne le supportais pas.

— C'est très classique, vous savez. Les relations mère-fille sont toujours difficiles à l'adolescence.

— Peut-être. Mais, dans notre cas, le conflit ne s'est jamais dénoué.

Elle soupira. Son visage était la tristesse même.

— Le matin du jour où elle est morte, nous avons eu une terrible dispute. Je ne me rappelle plus à quel propos, mais je n'oublierai jamais les derniers mots que je lui ai criés avant de claquer la porte de la maison.

Elle ferma les yeux, serrant très fort ses paupières, comme si elle essayait de refouler ses souvenirs. Lorsqu'elle les rouvrit et qu'elle regarda Tony, elle semblait au supplice.

— Je lui ai dit que je la haïssais, que je ne voulais plus la voir de ma vie, dit-elle. Et je ne l'ai jamais revue.

Kaylee couvrit son visage de ses mains.

— Je n'ai jamais dit ça à personne. J'ai tellement honte de ce que j'ai fait. Je ne sais même pas comment j'ai pu vous le dire.

Le désir physique qu'il avait éprouvé pour elle en entrant dans la pièce s'était estompé, remplacé par une sollicitude inquiète à son égard. Il tendit le bras et écarta doucement les mains de Kaylee de son visage.

— Elle était votre mère, Kaylee. Elle savait que vous ne pensiez pas ce que vous disiez.

— Je ne pourrai jamais en être sûre, dit-elle, les lèvres tremblantes. Je croyais que nous avions le temps.

Une larme roula le long de sa joue.

— J'étais une épave, après sa mort. Puis j'ai rencontré Rusty, et, stupidement, sauter sur sa moto et partir pour la Floride en abandonnant le lycée m'a paru être une bonne idée.

Il pressa ses mains sous la sienne.

— Vous n'aviez que dix-huit ans, dit-il.

— J'étais complètement idiote. Rusty avait déjà un

casier judiciaire quand je l'ai rencontré, bien que je ne l'aie su que plus tard. Nous n'étions en Floride que depuis quelques jours quand la police l'a arrêté. Il conduisait une moto volée. Par chance, je n'étais pas avec lui.

— C'est pour cette raison qu'il est allé en prison ? pour avoir volé une moto ?

— Et aussi pour port d'arme illégal. Quand je repense à tout ça, je me dis que j'ai eu beaucoup de chance qu'il soit pris. Autrement, il aurait peut-être cru qu'il avait le droit de s'incruster dans ma vie.

— Parce que vous étiez enceinte ?

— Oui. Un autre coup de chance. Quoique je n'aie pas vu les choses sous cet angle à l'époque.

Ses yeux étaient noyés de larmes, mais aucune ne roulait plus sur ses joues à présent.

— Quand j'ai découvert que j'étais enceinte, j'ai pleuré pendant deux jours entiers. Puis je me suis décidée à aller voir une assistante sociale qui m'a dirigée vers un foyer d'accueil pour mères célibataires. J'avais alors la ferme intention de confier mon bébé à l'adoption.

— Pourquoi ne l'avez-vous pas fait ?

— J'ai rencontré Dawn. Elle a émis l'idée que nous pourrions garder nos bébés si nous nous entraidions.

Un sourire éclaira son visage.

— Ça a été la meilleure décision que j'aie jamais prise. Je ne peux même pas regretter d'avoir un jour rencontré Rusty car s'il n'avait pas croisé ma route, je n'aurais pas Joey aujourd'hui.

— Est-ce que Rusty sait qu'il a un fils ?

— Oh, oui, soupira-t-elle. C'est la raison pour laquelle

je n'ai pas réussi à m'endormir. Et une des raisons pour lesquelles j'ai quitté la Floride. Je venais d'apprendre que la justice allait se prononcer sur son éventuelle libération conditionnelle. Je craignais qu'il ne cherche à nous retrouver s'il l'obtenait.

— Est-ce que vous avez essayé de joindre la Commission de probation pour savoir s'il avait été libéré ?

— Non. Je préfère penser qu'il est encore derrière les barreaux.

— Vous pourriez avoir à l'affronter un jour.

Elle secoua la tête avec véhémence, retirant des mains de sous la sienne.

— Il vaut mieux pour un enfant ne pas avoir de père plutôt que d'en avoir un comme Rusty.

— Joe pourrait voir les choses autrement.

— Joe a six ans. Il n'est pas assez grand pour savoir ce qui est bon pour lui. C'est à moi de décider.

Il s'apprêtait à mettre en avant le droit que chaque enfant a de connaître ses origines, mais elle ne lui en laissa pas l'occasion.

— A vous, maintenant, dit-elle. Pourquoi n'avez-vous pas réussi à vous endormir ?

De nouveau, elle changeait de sujet, exactement comme elle l'avait fait au Five and Dime. Il réfléchissait à ce que cela signifiait quand elle lui tapota le front du dos de sa cuillère.

— Ne savez-vous pas comment ça marche ? Si je vous livre mes secrets, vous êtes censé me confier les vôtres, dit-elle d'un ton qui se voulait léger.

— Ah, c'est ce que je suis censé faire ?

— Mmm. C'est une autre version du « montre-moi les tiennes, je te montrerai les miennes », sauf que là, c'est « je te dis les miens, dis-moi les tiens. »

Elle jouait avec lui, ce qui l'aurait amusé s'il ne l'avait pas soupçonnée d'essayer de se soustraire à ses questions. Néanmoins, il la laissa faire. Elle s'était ouverte à lui plus qu'elle ne l'avait jamais fait jusque-là. Il ne la presserait pas. Il y aurait bien d'autres occasions de parler de Rusty Collier.

— Très bien, dit-il, décidant de dire la vérité. Je ne dormais pas à cause d'Ellen.

La cuillère de glace qu'elle était sur le point de porter à ses lèvres retomba dans le bol. Les traits soudain figés, elle demanda :

— Ellen ? Votre petite amie ?

— Oui, fit-il, observant sa réaction. Mais Ellen n'est plus ma petite amie. Elle a fait sien le dicton : loin des yeux, loin du cœur. Elle estime que puisque je suis ici à McIntosh et qu'elle est à Seattle, elle a le droit de sortir avec d'autres hommes.

L'expression de Kaylee était indéchiffrable.

— Donc, vous ne dormez pas parce que vous ne supportez pas l'idée qu'elle sorte avec d'autres ?

Une supposition logique, mais tout à fait erronée. L'idée qu'Ellen sortait avec d'autres ne le dérangeait pas le moins du monde.

— Non, ce n'est pas ça. Je ne pouvais pas dormir parce que je ne vous ai pas dit qu'elle et moi avions rompu.

Il fit une pause.

— Ni quand nous avions rompu.

— Et quand avez-vous rompu ? demanda-t-elle, troublée malgré elle.

— Avant que vous et moi allions pique-niquer au verger Olney.

A la tension de ses épaules, Tony vit qu'elle comprenait ce que cela impliquait. Le souvenir du baiser qu'ils avaient échangé flotta entre eux. Le baiser auquel elle avait mis un terme parce qu'elle croyait qu'il était engagé avec quelqu'un.

— Pourquoi ne m'avez-vous rien dit ?

— Il fallait que je vous donne une raison pour que vous arrêtiez de m'embrasser.

— J'avais bien d'autres raisons d'arrêter, rétorqua-t-elle d'un ton brusque. Rappelez-vous que, jusqu'à très récemment, vous ne vous êtes pas montré très agréable avec moi. Vous ne me faites toujours pas complètement confiance. Vous retournerez sans doute très bientôt à Seattle. Et...

Elle s'interrompit. Quelques fines rides apparurent entre ses sourcils.

— Et je ne comprends pas. Pourquoi alors n'avez-vous pas arrêté vous-même ?

Il déglutit, croisa son regard, et mis son cœur à nu :

— Je crois que je n'aurais pas pu.

Dehors, le vent soufflait. L'horloge de la cuisine égrenait ses secondes. Mais tous ces bruits étaient passés au second plan de leur conscience. L'air était devenu palpable. Il était assez proche d'elle pour la toucher. Si l'un ou l'autre avançait de quelques centimètres, leurs lèvres se rencontreraient.

Pourtant, il y avait tant de raisons de ne pas l'embrasser. Ainsi, même si Tony éprouvait de plus en plus de difficultés à croire que Kaylee cherchait à abuser sa belle-mère, il n'avait toujours pas la preuve qu'elle n'usurpait pas le nom de Constanzia.

Et même si Ellen ne faisait plus partie du tableau... De toute façon, il avait sa vie à Seattle, pas ici. Il avait travaillé dur pour établir son existence loin de McIntosh, et envisager d'y revenir le rendait malade.

Il regarda Kaylee, et la surprit précisément au moment où elle se mordillait les lèvres. C'était un geste si sensuel que tous les raisonnements de Tony s'envolèrent. Il ne sut plus qu'une chose : il brûlait d'embrasser cette femme.

Il se pencha vers elle, passa une main derrière son cou, attira à lui son visage, ne rencontra aucune résistance. Alors, il lui effleura la bouche, se promettant d'être doux et peu exigeant — mais les lèvres de Kaylee étaient si veloutées, la main qu'elle avait posée sur sa joue si chaude, qu'il ne put retenir sa fougue.

Passionnément, il l'invita de la langue à entrouvrir les lèvres. Elle l'accueillit, ils approfondirent leur baiser et leurs langues se caressèrent. Tony se consumait de désir, son cœur battait à se rompre, la confusion se faisait dans son esprit. Lui qui s'était tellement efforcé de brider cette attirance pour Kaylee, il ne pouvait plus rien contre la passion qui se déversait à présent telle l'eau d'un barrage rompu.

Il ne la voulait pas seulement dans ses bras. Il la voulait dans son lit, nue, pour l'aimer toute la nuit.

Un éclat de lumière attira pourtant son attention.

Quelqu'un venait d'éclairer l'escalier. Au prix d'un suprême effort, Tony quitta les lèvres Kaylee. Elle le dévisagea, déconcertée.

— Tony, pourquoi…

Il posa deux doigts sur sa bouche.

— Chut, quelqu'un vient, murmura-t-il.

Elle s'écarta, encore tremblante, et lissa ses cheveux en arrière d'une main incertaine. Ce qu'elle venait de faire se voyait certainement sur son visage, dans ses yeux, sur sa bouche, songea-t-elle, affolée.

De son côté, Tony se recomposa une contenance — pour autant que cela soit possible —, et tourna la tête vers la porte au moment même où Sofia entrait dans la pièce. Ses cheveux rebiquaient d'étrange façon et son regard, cerné d'ombres bleutées, semblait si voilé qu'il douta qu'elle puisse s'apercevoir de ce qui venait de se passer.

— Je suppose que vous n'arriviez pas à dormir vous non plus ? dit-elle d'une voix lasse.

Elle cligna des yeux une ou deux fois, puis jetant un coup d'œil à leurs bols :

— De la glace. Pourquoi pas ? J'en prendrais bien un peu moi aussi.

Tony échangea un regard gêné avec Kaylee tandis que Sofia allait ouvrir le congélateur. Il savait que sa belle-mère achetait de la glace de temps en temps, mais il ne se rappelait pas l'avoir vue en manger. Kaylee semblait également perplexe. Sa respiration était encore un peu irrégulière, mais elle paraissait plus maîtresse d'elle-même qu'une minute auparavant.

Sofia s'assit avec eux et prit une grosse cuillerée de glace au chocolat.

— Tu vas bien ? lui demanda Tony.

— Pas vraiment, répondit-elle, avant d'avaler une autre bouchée de glace.

— Tu crains que la mère de Kimmy ne fasse des ennuis à Kaylee parce que tu as refusé de financer l'excursion à Cedar Point ? demanda-t-il. Il ne faut pas, tu sais. Tu as eu raison de ne pas céder.

— Je sais, dit Sofia. Et je sais qu'Anne est quelqu'un de bien. Elle ne se laissera pas intimider par les menaces de cette femme.

— Qu'est-ce qui ne va pas alors ? insista-t-il, mais sa belle-mère ne répondit pas.

Kaylee rapprocha sa chaise de celle de Sofia.

— Tony m'expliquait tout à l'heure quel bien cela faisait de parler de ce qui vous empêche de dormir. Et vous savez quoi ? c'est vrai.

Sofia ne parut pas convaincue. Elle se frotta le front comme si elle avait mal à la tête.

— Même si ce qui vous empêche de dormir est quelque chose de tout à fait stupide ?

— Ça ne peut pas être stupide si cela t'empêche de dormir, dit Tony.

Le regard de Sofia alla de Kaylee à Tony.

— J'ai appelé Art ce matin pour l'inviter à dîner avec moi ce week-end. Il a dit non.

Tony détestait voir cette tristesse dans ses yeux, aussi dit-il la première chose qui lui vint à l'esprit.

— Il était peut-être déjà pris.

— C'est ce que j'ai pensé, alors je lui ai proposé le week-end suivant.

Elle poussa un profond soupir.

— Il a décliné aussi. Il a dit qu'il ne pensait pas que c'était une bonne idée de nous voir autrement qu'en société.

— Mais ça n'a pas de sens, se récria Kaylee.

— Ça en a si vous vous trompez sur ses sentiments pour moi, dit Sofia.

Ayant terminé sa glace en un temps record, elle se leva.

— Tout cela est stupide. Oubliez ce que je vous ai dit.

— Ce n'est pas stupide, protesta Kaylee.

— Croyez-moi, ça l'est. Mes problèmes sont insignifiants comparés à ceux des gens qui m'écrivent tous les jours. Si Art pense que nous n'avons rien à faire ensemble, c'est qu'il en est probablement ainsi. Sans doute avais-je besoin d'un avertissement.

Sans ajouter un mot, elle pivota et quitta la cuisine. Tony se tourna vers Kaylee. Elle lui semblait toujours aussi désirable, mais certains mots que Sofia avait prononcés avaient trouvé un écho en lui : « ... nous n'avons rien à faire ensemble... un avertissement... » La soudaine irruption de Sofia dans la cuisine était-elle un avertissement pour lui ?

Le silence s'étira entre eux sans qu'aucun d'eux ne fasse un geste vers l'autre.

— Au sujet de ce baiser, finit par dire Kaylee. Je n'aurais jamais dû laisser cela arriver.

Il avait été sur le point de dire quelque chose d'assez similaire et cependant ses mots le poignardèrent.

— Comme vous l'avez déjà dit, poursuivit-elle, nous avons plus d'une raison de ne pas nous engager dans une relation sentimentale.

Elle se leva, alla mettre son bol dans le lave-vaisselle et sortit de la pièce à son tour.

Et Tony, alors qu'il écoutait décroître le bruit de ses pas dans l'escalier du sous-sol, se sentit tout autant rejeté par elle que Sofia s'était sentie rejetée par Art.

Chapitre 13

Kaylee parcourait des yeux un rayon de livres dans la section romans de la charmante petite bibliothèque de McIntosh, à la recherche d'un livre qui le soir venu l'empêcherait de penser à l'attirance grandissante qu'elle éprouvait pour Tony Donatelli.

Elle avait laissé Joe-Joe dans la salle réservée aux enfants où il dévorait un album dont le héros était un lézard géant mutant traumatisé par la réaction de peur qu'il provoquait chez les gens qui croisaient sa route.

L'enthousiasme de son fils pour tout ce qui concernait de près ou de loin les poissons, les oiseaux ou les mammifères avait ravi les enfants de la bibliothécaire qui avaient promis de garder un œil sur lui pendant qu'elle cherchait un livre pour elle-même.

Elle tira un livre du rayon et lut la quatrième de couverture. Secrets enfouis, inconnu troublant, attirance irrésistible…

Elle remit aussitôt l'ouvrage en place. Ce n'était pas celui-là qui la détournerait de ses pensées importunes.

Le fait que Tony lui ait avoué qu'il l'avait délibérément

laissée croire qu'il n'était pas libre aurait dû la retenir de l'embrasser. Au lieu de quoi, il avait fallu l'arrivée inopinée de Sofia dans la cuisine pour qu'elle s'écarte enfin de lui.

Etant parvenue à la lettre K à l'extrémité de l'étagère, sans rien trouver d'intéressant, elle en fit le tour pour passer aux auteurs de L à Z, et faillit heurter de plein fouet un autre lecteur.

— Excusez-moi, dit-elle par réflexe, avant de réaliser qu'elle connaissait celui à qui elle s'adressait.

C'était Art Sandusky, l'homme qui était en train de briser le cœur de Sofia. Il avait deux livres entre les mains, mais Kaylee n'était pas d'humeur à porter à son bénéfice le fait qu'il semblait être un lecteur assidu.

— C'est moi qui devrais m'excuser, dit-il avec un sourire aimable. J'étais si absorbé dans la lecture du résumé de ce livre que je ne regardais pas devant moi. Vous me pardonnez ?

Elle était si furieuse contre lui à cause de ce qu'il avait fait à Sofia qu'elle n'avait aucune envie d'accepter ses excuses, mais c'eût été réellement grossier de sa part.

— Bien sûr, dit-elle brièvement.

Toutefois, Art ne parut pas saisir qu'elle lui signifiait ainsi le peu d'inclination qu'elle éprouvait à s'attarder.

— J'ai vu votre fils en traversant la salle des enfants, dit-il. Il ne lève pas le nez de son livre. Vous devez être une formidable maman pour lui avoir ainsi donné le goût de lire.

Elle hocha vaguement la tête, fit un pas de côté pour le contourner, puis s'arrêta.

— La dernière fois que nous nous sommes vus, c'était chez Nunzio, avec Sofia et Tony, vous vous souvenez ?

— Bien sûr que je m'en souviens, répondit-il, manifestement décontenancé.

— Alliez-vous me demander des nouvelles de Sofia ?

Elle vit à son expression qu'il n'en avait pas eu l'intention, cependant, il posa la question :

— Comme va-t-elle ?

— Pas bien, dit Kaylee.

Puis elle ajouta :

— Allez-vous me demander pourquoi ?

— Quelque chose me dit que vous allez me l'apprendre de toute façon, répondit-il en soupirant.

Il avait raison. Elle n'aurait pas pu se taire plus longtemps.

— Elle est bouleversée. Et c'est à cause de vous.

La bouche d'Art se durcit.

— Pardonnez-moi de vous dire ça, mais tout ceci ne vous regarde pas.

Kaylee le savait, comme elle savait qu'elle avait outrepassé les droits de l'affection en arrangeant cette rencontre soi-disant fortuite chez Nunzio. Elle n'aurait su dire, pourtant, pour quelle raison elle se montrait aussi insistante. Elle était souvent directe et spontanée, mais jamais elle n'avait pensé qu'il était dans sa nature de se mêler des affaires des autres. Elle savait seulement qu'elle voulait faire quelque chose de positif pour Sofia, ce qu'elle n'avait jamais réussi à faire pour la mère qui l'avait élevée.

— Sofia est malheureuse, et je me sens concernée.

Il soupira de nouveau.

— Ecoutez, dit-il, je suis réellement désolé que Sofia soit aussi bouleversée. Mais croyez-moi, à long terme, ce sera beaucoup mieux pour elle que j'aie rompu cette relation avant même qu'elle n'ait commencé.

— Pourquoi mieux ? demanda Kaylee. Je sais que vous l'aimez, n'essayez pas de prétendre le contraire.

Il fronça les sourcils.

— Si je vous le dis, cesserez-vous de tenter de nous rapprocher ?

— Oui, promit-elle.

Avant d'ajouter :

— A moins évidemment que vos raisons soient absurdes.

Il secoua la tête, esquissa un faible sourire.

— Oh, non, elles sont loin de l'être. Vous avez raison, j'aime Sofia. Mais nous ne faisons pas partie du même monde.

— Ce n'est pas vrai. Je vous ai vus ensemble. Vous venez de milieux similaires. Vous êtes divorcé et Sofia est veuve. Vous vivez dans la même ville. Vous êtes parfaits l'un pour l'autre.

— C'était peut-être vrai avant, mais plus maintenant.

— Avant quoi ?

— Avant qu'elle ne devienne riche.

Ses épaules s'affaissèrent.

— Je sais ce qui va se passer, Kaylee. J'ai eu une femme autrefois et elle m'a quittée. Dans un an, Sofia ne vivra même plus à McIntosh.

— Pour un homme intelligent, je vous trouve incroyablement stupide.

— Pardon ? fit-il, les yeux écarquillés.

— Avez-vous demandé à Sofia si elle avait l'intention de déménager ?

— Non, mais je sais que l'argent transforme les gens.

— L'avez vous un tant soit peu observée ces derniers temps ? s'exclama-t-elle en levant les mains dans un geste d'exaspération qu'elle avait emprunté à Sofia. L'argent ne revêt aucune espèce d'importance pour elle. Ce qui compte aux yeux de Sofia, ce sont les gens. C'est vous.

Il ne parut savoir que répondre à cela. Peut-être n'allait-il pas répondre du tout. Elle n'en sut rien car à cet instant quelqu'un lui tapa sur l'épaule.

Charlie Marinovich se tenait derrière elle, le visage radieux.

— Kaylee ! Je vous ai vue entrer à la bibliothèque et je n'ai pas pu m'empêcher de venir vous dire bonjour.

Le bureau du journal où travaillait Charlie était situé juste en face de la bibliothèque et ses larges baies vitrées plongeaient droit sur le petit parking.

— C'est gentil à vous, Charlie, dit-elle avant de se tourner vers Art. Vous connaissez Art Sandusky ?

— Bien sûr. Art est l'un de nos plus fidèles annonceurs. N'est-ce pas Art ?

— Euh… oui. Si vous voulez bien m'excuser, je vais vous laisser. Le travail m'attend.

Kaylee aurait bien aimé pouvoir le retenir ; non parce qu'elle se sentait particulièrement bien disposée à son égard, mais parce qu'elle se doutait de la raison pour laquelle Charlie était venue la saluer.

Depuis qu'il lui avait demandé son numéro de téléphone, le journaliste ne l'avait pas encore appelée, mais il était venu déjeuner plusieurs fois chez Nunzio. Ils avaient bavardé, mais chaque fois que la conversation avait pris un tour trop personnel, elle avait fait machine arrière.

— Je dois vous avouer que j'avais une arrière-pensée en venant ici, dit Charlie quand Art fut parti.

Il se tenait près d'elle, trop près à son goût. Elle perçut une odeur d'eau de Cologne, plutôt agréable, mais qui ne lui plaisait pas autant que l'odeur de savon de Tony.

Tony. L'homme à cause de qui elle était venue chercher des livres à la bibliothèque, afin d'occuper son esprit à autre chose que divaguer à son propos.

— Je me demandais si vous aimeriez aller voir un film avec moi ce soir. Je suis un vrai fan de science-fiction, et la première version de *La Planète des Singes* est à l'affiche au Apple Valley cette semaine.

Son premier mouvement fut de refuser. Elle n'aimait pas beaucoup la science-fiction, pas plus que les acteurs déguisés en singes, et le seul homme avait qui elle avait envie de passer la soirée était Tony — à qui elle ne devait pas penser.

Mais quel mal pouvait-il y avoir à aller au cinéma

avec Charlie ? Elle lut l'espoir sur son visage et craignit qu'il ne se fasse des idées si elle ne se montrait pas claire dès le départ.

— J'aimerais beaucoup, dit-elle, mais seulement si nous y allons en bons amis et que vous me laissez payer ma place.

Il parut déçu, puis se reprit et sourit.

— D'accord. Mais à une condition.

Elle se raidit, ne sachant trop à quoi s'attendre.

— Vous connaissez la jeune femme qui s'occupe de la caisse chez Sandusky ?

Kaylee hocha la tête, perplexe. Elle voyait très bien de qui il parlait.

— Elle s'appelle Jill, et j'aimerais beaucoup que vous me conseilliez sur la manière de m'y prendre avec elle pour qu'elle accepte de sortir avec moi. Et pas seulement en amis.

Kaylee rit, infiniment soulagée par ce qu'il venait de dire.

— C'est d'accord, dit-elle. Mais il faut que vous sachiez que je ne suis pas experte en ce genre de choses.

— Formidable. Je passe vous prendre vers 18 h 45.

Kaylee se sentait d'humeur plus légère lorsqu'elle alla rechercher Joe-Joe dans la salle des enfants. Contrairement à Art, elle n'avait brisé le cœur de personne. Restait à savoir si Tony, par sa seule existence, allait briser le sien.

A 18 h 50 ce même soir, Tony entra dans la salle de séjour où Sofia et Joe, pelotonnés dans le canapé, étaient en train de regarder un dessin animé.

Sofia leva les yeux avec surprise.

— Qu'est-ce que tu fais là si tôt ? Je croyais que tu sortais avec Will ce soir.

— Chut, Sofia, dit Joe. C'est le moment le plus intéressant. Le papa lion va sauver ses lionceaux.

Sans quitter l'écran des yeux, Joe prit une grosse poignée de pop-corn dans le saladier posé sur la table basse et la fit disparaître dans sa bouche.

Sofia mit un doigt sur ses lèvres, se leva et éloigna Tony du coin télévision.

— Maintenant, dis-moi ce qui se passe, dit-elle quand ils furent à l'entrée de la pièce.

— Nous avons dîné ensemble, puis Will a rencontré une de ses anciennes petites amies. Je me suis senti de trop.

— Tu veux regarder la télévision avec nous ? proposa Sofia.

Sur l'écran, les méchantes hyènes racontaient en chantant comment elles allaient s'emparer des lionceaux et les dévorer. Un mois plus tôt, Tony aurait fui. Mais à présent, une soirée à la maison avec Sofia, Joe et Kaylee lui paraissait vraiment tentante. Il savait que cette dernière était là parce que sa voiture, désormais réparée, était garée devant la maison.

— Où est Kaylee ? demanda-t-il d'un ton léger.

— Charlie Marinovich est passé la prendre il y a dix minutes.

Son sang ne fit qu'un tour.

— Ils avaient rendez-vous ?

— Ne sois pas si surpris, Tony. Kaylee est une jeune femme pleine de vie, et ravissante. Ce n'est pas parce que tu n'es pas assez malin pour l'inviter que les autres hommes sont comme toi.

— Elle ne m'intéresse peut-être pas de cette façon, dit Tony, incapable de nier en bloc tout intérêt pour Kaylee.

— Si elle ne t'intéressait pas du tout, tu le dirais, remarqua Sofia d'un ton avantageux, prouvant ainsi qu'elle le connaissait par cœur.

Il était inutile de protester, aussi ne le fit-il pas.

— Où sont-ils allés ? interrogea-t-il.

— Je ne sais pas. Au restaurant ou au cinéma, je suppose.

— Sofia, appela Joe. Il va se passer quelque chose d'horrible. Si je ne te tiens pas la main, tu vas avoir peur.

Tony regarda l'enfant. Il s'était enfoncé dans les coussins du canapé, comme s'il voulait se tenir le plus loin possible de l'écran. Son petit visage était plein d'appréhension.

— Il faut que j'y aille, dit-elle, observant l'enfant qui fixait l'écran. Ou je vais manquer l'occasion de me faire rassurer par Joey.

Elle retourna s'asseoir à côté de lui et passa un bras autour de ses épaules.

— Tu viens, Tony ?

Tony préférait s'éclipser. Il avait pris une décision

dès qu'il avait découvert que Kaylee était sortie avec Charlie Marinovich.

— Oh, je crois que ce sera pour une autre fois, répondit-il. J'ai quelque chose à faire.

Dix minutes plus tard, après avoir constaté que Kaylee et Charlie ne se trouvaient pas chez Nunzio, Tony étudiait les affiches du Apple Valley Cinema, qui était le second lieu à McIntosh où se donnaient rendez-vous les amoureux, malgré une programmation qui, depuis toujours, privilégiait les vieux films.

Des deux films à l'affiche, seul *La Planète des Singes* offrait une séance à 19 h 30. Charlie était passé prendre Kaylee vers 18 h 45, ce qui semblait cadrer. Tony s'approcha de la caisse, acheta un billet et pénétra à l'intérieur du cinéma. C'est seulement à ce moment-là qu'il s'arrêta pour se demander ce qu'il espérait d'une rencontre « accidentelle ».

Son premier objectif était de tuer dans l'œuf une éventuelle idylle entre Kaylee et Charlie, mais il n'avait pas songé à ce qui était censé se passer ensuite. Rien n'avait changé entre Kaylee et lui depuis qu'ils s'étaient embrassés dans la cuisine de Sofia. Rien, sinon qu'il la désirait un peu plus chaque jour.

La séance avait commencé dix minutes plus tôt aussi le hall était-il désert, à l'exception d'une ou deux personnes qui achetaient du pop-corn. Les lumières seraient éteintes dans la salle si bien qu'il ne pourrait pas voir si Kaylee et Charlie faisaient partie des spectateurs.

Il hésita. Somme toute, son idée n'était pas peut-être pas si bonne que ça. Que dirait-il s'il se trouvait nez

à nez avec eux ? « Tiens ! Vous ici ! » « Hé, Kaylee !
Laissez donc tomber votre rendez-vous et venez avec
moi. » Ridicule.

— Tony ! Que faites-vous ici ?

Cela semblait impossible, mais c'était bien la voix de
Kaylee. Il tourna la tête et la vit arriver des toilettes,
élancée dans son pantalon noir et son chemisier rose pâle.
Elle s'était habillée pour sortir. Elle avait un rendez-
vous. Un rendez-vous dont Tony n'avait aucun droit
de se mêler, quels que soient ses sentiments à l'égard de
Charlie Marinovich.

— J'ai eu envie de voir un film. Comme vous, dit-il
d'un ton désinvolte.

Elle jeta un coup d'œil à gauche, puis à droite.

— Tout seul ?

— Oui. Will et moi avions prévu quelque chose, mais
c'est tombé à l'eau.

Il enfonça les mains dans ses poches, essayant de
prendre un air innocent.

— Et vous ? Vous êtes seule ?

Elle hésita avant de répondre, ou du moins c'est ce
qu'il lui sembla.

— Je suis avec Charlie Marinovich.

Réalisant qu'elle attendait une réaction de sa part,
il feignit l'étonnement, puis, s'efforçant d'affecter
un détachement qu'il était loin d'éprouver, l'invita à
rejoindre Charlie car le film avait probablement déjà
commencé.

— Je ne crois pas, dit-elle. Les bandes-annonces sont
de plus en plus longues.

Cependant elle le précéda dans la salle obscure. Chacun des pas qui la rapprochait de Charlie enfonçait un peu plus profondément le couteau dans la plaie.

Mais elle tourna tout à coup la tête vers lui et proposa par-dessus son épaule :

— Voulez-vous vous asseoir avec nous ?

— Charlie n'aimerait pas ça, dit-il après avoir péniblement ravalé le « oui » qui lui brûlait les lèvres.

— Ça ne le dérangera pas, chuchota-t-elle. Il sait à quoi s'en tenir.

Tony aurait donné cher pour savoir ce qu'elle entendait par là, mais une dame âgée assise dans le fond de la salle leur lança un « chut » agacé.

— Suivez-moi, souffla Kaylee.

Elle n'eut pas à le répéter. Il s'enfila à sa suite dans une rangée de fauteuils, adressant un signe de tête à un Charlie surpris tandis que sur l'écran, un vaisseau plongeait dans une grande étendue d'eau sur une planète inconnue.

Après quoi, il s'assit à côté de Kaylee et passa les deux heures suivantes à feindre d'être absorbé par l'histoire d'une société de singes tout en essayant de faire taire son attirance pour Kaylee. En pure perte.

Trente minutes seulement après que Joey se fut endormi, Sofia se retrouvait à côté de son lit à le regarder. Elle avait essayé de tenir une heure avant de retourner le voir, mais n'avait pas réussi.

Il dormait avec le même abandon qu'il montrait en

toute chose. Il était découvert, ses bras jetés au-dessus de sa tête, son petit visage d'enfant était complètement détendu. Peut-être était-il en train de rêver du petit lionceau qui était devenu roi.

Un flot d'amour la submergea, si puissant qu'il faillit la faire chanceler.

La vie ne valait que par les relations que l'on tissait avec autrui, et l'amour était le ciment qui reliait les hommes entre eux. Elle l'avait toujours su. Et parce qu'elle le savait déjà vingt-quatre ans auparavant, elle aurait dû garder Constanzia auprès d'elle. Quel qu'en soit le prix.

Ayant jeté un dernier regard sur l'enfant endormi, elle referma doucement la porte. Elle ne pouvait rien changer au passé, mais elle pouvait s'accrocher au présent.

Elle ferait n'importe quoi pour garder Kaylee et Joey. Ce qui ne serait peut-être pas si difficile, après tout. Tony ne paraissait plus voir d'objections à la présence de Kaylee. Etait-il en train de s'avouer qu'il était tombé, tout comme elle, sous le charme de la jeune femme ?

Elle descendit l'escalier sans faire de bruit. Sa vie, songeait-elle, aurait été parfaite si seulement Art Sandusky avait accepté d'en faire partie.

Soupirant, elle ouvrit la porte d'entrée et sortit sur le porche pour goûter la douceur d'un des premiers soirs de juin. Arrivée à la rambarde, elle se figea sur place. Un homme remontait l'allée de la maison. Sa silhouette et sa démarche lui étaient assez familières pour que son cœur s'arrête de battre.

C'était Art.

L'espace d'un instant, elle pensa que c'était un tour de

son imagination, puis elle entendit sa merveilleuse voix basse et lente et elle sut qu'elle ne rêvait pas.

— Bonsoir, Sofia.

Elle fit un pas en arrière. Elle l'avait invité à dîner précisément pour ce soir-là, mais il avait refusé.

Elle sentit alors qu'elle s'était mise à trembler, mais elle ne savait pas si c'était de colère ou d'émoi. Il était plus facile de penser qu'elle était en colère. Elle croisa les bras sur sa poitrine dans un geste de repli.

— L'invitation à dîner est périmée, Art, dit-elle avec un sang-froid dont elle ne se serait pas cru capable. Et je ne me sens guère l'envie de vous préparer un petit en-cas du soir.

Il s'arrêta au pied des marches, l'air réellement blessé. Et bien sûr, bête comme elle l'était, elle s'en voulut aussitôt de son accès d'agressivité.

— J'ai bien mérité ça, dit-il.

— Qu'est-ce que vous faites ici ? demanda-t-elle, essayant de résister à la compassion qu'elle ressentait envers lui, malgré elle.

— Eh bien… je crois que je suis venu pour… euh, disons, éclaircir certaines choses, répondit-il.

Elle attendit, déroutée par son arrivée, inquiète de ce qu'il allait dire.

— Quand Anthony était vivant, il parlait toujours de ce manoir qu'il ferait construire lorsqu'il aurait fait fortune. Il n'a jamais précisé à quel endroit, mais j'avais l'impression que ce n'était pas à McIntosh.

Anthony. Pourquoi diable parlait-il d'Anthony ? Elle avait aimé son mari, mais ce chapitre de sa vie était clos.

Et elle désirait maintenant en commencer un nouveau, avec Art, si seulement il pouvait se décider.

— Je ne suis pas sûre de vous suivre. Anthony n'a jamais fait fortune, vous le savez très bien, lui fit-elle remarquer.

— C'est vrai, dit Art. Mais vous, si, Sofia.

— Et qu'est-ce que ceci a à voir avec la construction d'un manoir ?

— Je crains de ne pas très bien m'exprimer, dit Art en passant une main dans ses cheveux, visiblement très nerveux. Vous savez sans doute que ma femme m'a quitté. Ce que vous ne savez pas, c'est qu'elle m'a quitté pour devenir hôtesse de l'air. Elle disait que les voyages l'intéressaient toujours plus que moi.

— Alors, c'est qu'elle ne vous méritait pas, répliqua Sofia avant de se rappeler qu'elle avait décidé de ne pas se départir d'une certaine froideur.

Elle s'éclaircit la gorge et demanda :

— Quel rapport cela a-t-il avec moi ?

Il fit un mouvement de la tête vers les rues avoisinantes.

— Cette ville n'est pas un endroit pour une multimillionnaire. Anthony le savait. Je pense que ce n'est qu'une question de temps avant que vous ne vous en rendiez compte à votre tour.

— Est-ce une façon détournée de me demander si j'ai l'intention de quitter McIntosh ?

— Je suppose que oui.

Il pinça les lèvres, l'air peiné.

— Personne ne pourrait vous en blâmer, reprit-il.

Vous allez nécessairement vous fatiguer de cette petite ville, étant donné les circonstances. Tout a changé pour vous…

Il était toujours à la même place, au pied des marches. Une légère couverture nuageuse voilait la luminosité des étoiles ce soir et Sofia avait du mal à déchiffrer l'expression d'Art.

Elle descendit résolument les quatre marches et se planta devant lui, avec la ferme intention de se faire bien comprendre.

— Je vais vous dire ce qui n'a pas changé, Art Sandusky. Moi. Moi, je n'ai pas changé.

— Mais tout cet argent, forcément…

— Tout l'argent du monde ne me changerait pas, affirma-t-elle. J'ai entendu trop d'histoires à propos de gens que l'argent avait rendus mesquins, ou même fous. Je veille à ce que cela ne m'arrive pas.

— Mais le manoir…

— Etait le rêve de mon mari, pas le mien. Devenir riche était sa préoccupation à lui.

Elle appuya son index sur l'estomac d'Art.

— Comment avez-vous pu penser autant de choses stupides à mon sujet ?

Les coins des yeux d'Art se plissèrent, ce qui hérissa Sofia. Elle était sérieuse, et il s'amusait.

— Qu'y a-t-il de si drôle ? demanda-t-elle.

— La pomme ne tombe jamais loin de l'arbre, dit-il en souriant. J'ai rencontré Kaylee ce matin à la bibliothèque.

Sofia étouffa un juron. Vu la manière dont Kaylee les

avait manipulés pour arranger une rencontre entre eux, l'autre soir chez Nunzio, elle craignait le pire.

— Elle m'a dit que pour un homme intelligent, je pouvais me montrer particulièrement stupide.

— Elle a raison, et elle ne me connaît pas depuis très longtemps. Vous, vous me connaissez depuis quinze ans.

— C'est vrai, dit-il doucement, mais il n'y a que deux ans que je vous aime.

Sofia s'immobilisa. Le silence était tel soudain qu'elle percevait le bruit de sa propre respiration. Pourtant, elle n'était pas sûre d'avoir bien compris ce qu'Art venait de dire.

Il ferma les yeux et elle regarda son torse se soulever, puis s'abaisser comme il expirait.

— Je crois que je n'aurais pas dû dire ça, dit-il.

— Vous ne le pensiez pas ?

— Bien sûr que si...

Avant qu'il ait pu achever sa phrase, elle se jeta à son cou et l'embrassa. Tout son corps frissonna, comme la première fois.

Art referma ses bras autour de sa taille et lui rendit son baiser. Et à cet instant, Sofia sut qu'elle était la femme la plus heureuse au monde. Pas parce qu'elle avait choisi le billet qui portait les six bons numéros, mais parce que, pour la seconde fois de sa vie, elle aimait un homme bon qui l'aimait en retour, réalisant ainsi le seul rêve qui ait jamais compté pour elle.

C'était curieux, la façon dont les choses tournaient, parfois, songeait Kaylee dans la voiture comme Tony les ramenait chez Sofia.

En sortant du cinéma, ils étaient tombés sur Jill, la jolie caissière blonde qui travaillait chez Art. Saisissant l'occasion, Kaylee avait aussitôt suggéré qu'ils aillent tous les quatre boire un dernier verre dans le seul café de McIntosh ouvert le soir.

Il s'avéra que Jill adorait la science-fiction et qu'elle avait préféré aller seule au cinéma plutôt que manquer *La Planète des Singes*. Elle s'était merveilleusement entendue avec Charlie. Et celui-ci n'avait pas paru ennuyé — avait-il seulement remarqué ? — que Kaylee accepte la proposition de Tony qui lui offrait de la ramener à la maison.

Tout était rentré dans l'ordre. Charlie et elle avaient commencé la soirée ensemble, mais ils la terminaient avec la personne avec qui ils avaient toujours eu envie d'être.

Kaylee jeta un regard en coulisse au beau profil viril de Tony. Il était grand temps quelle s'avoue à elle-même à quel point son attirance pour lui était devenue puissante. La combattre lui devenait chaque jour plus difficile.

— C'est gentil d'avoir proposé de me ramener à… chez Sofia.

Elle avait failli dire « à la maison », mais avait réalisé à temps combien il était dangereux de penser à la maison de Sofia comme à la sienne. Tony, par bonheur, ne semblait pas avoir remarqué son imperceptible hésitation.

— Ça me fait plaisir, dit-il. A vrai dire, je me suis

demandé si je devais vous le proposer, mais vous paraissiez beaucoup tenir à laisser Jill et Charlie seuls ensemble.

— Oui, en effet. C'est parce que Charlie, avant notre sortie de ce soir, m'avait dit en confidence que Jill lui plaisait beaucoup. Et c'était avant qu'il découvre qu'elle était aussi fan de science-fiction que lui !

— Ce n'était donc pas vraiment un rendez-vous que vous aviez avec Charlie ?

— Non, juste une sortie au cinéma entre bons amis.

— Le côté « bons amis » vient de vous ou de Charlie ?

Il se donnait visiblement beaucoup de mal pour paraître désinvolte, mais n'y parvenait pas tout à fait. Kaylee se rendait parfaitement compte que les réponses qu'elle faisait à ses questions ne lui étaient pas indifférentes. A moins qu'elle ne prît ses désirs pour des réalités.

— De moi, dit-elle.

Elle crut déceler l'ombre d'un sourire sur son visage, mais il faisait trop sombre pour qu'elle en soit certaine.

— Et puisque nous en sommes aux questions franches, poursuivit-elle, j'en ai une pour vous. Est-ce vraiment par hasard que vous nous avez rencontrés, Charlie et moi, ce soir ?

Pendant qu'elle attendait sa réponse, Kaylee reporta son regard sur le décor désormais familier du jardin de Sofia devant lequel ils arrivaient. Mais quelque chose de très singulier arrêta son œil. Dans le clair de lune, juste devant la maison, se découpait la silhouette de deux personnes qui s'embrassaient comme si la nuit ne devait jamais finir.

— Arrêtez-vous ! cria-t-elle à Tony. Tout de suite !

Tony freina et s'arrêta sur le bas-côté. La rue était déserte, aucune voiture devant eux, ni derrière.

— Voulez-vous me dire pourquoi vous m'avez fait peur à ce point ?

— Regardez par là, dit-elle d'une voix pleine d'excitation en pointant son doigt dans la direction de la maison de Sofia. C'est Sofia et Art.

Puis elle ajouta dans un murmure :

— Je ne peux pas croire qu'il m'ait écoutée.

— Vous avez dit à Art d'embrasser ma belle-mère ?

— Mais non, voyons. J'ai rencontré Art à la bibliothèque ce matin, et j'ai réussi à lui faire dire pourquoi il évitait Sofia. En fait, il craignait qu'elle ne s'apprête à quitter McIntosh à cause de tout cet argent qu'elle a gagné. Je lui ai dit d'ouvrir les yeux et d'aller lui poser la question, tout simplement.

Tony laissa échapper un soupir d'incrédulité. Mais ensuite, il sourit.

— Vous êtes plutôt douée quand il s'agit de jouer les entremetteuses, n'est-ce pas ?

— On dirait que je ne me débrouille pas trop mal, en effet, repartit-elle. Vous comprenez à présent pourquoi je vous ai empêché de vous engager dans l'allée ?

— Il faudra pourtant que nous finissions par rentrer.

— Oui, mais pas tout de suite.

— Soit. Mais que fait-on ?

Elle indiqua d'un geste la maison des voisins en disant :

— Reculez dans l'allée des Stewart et faites demi-tour. On repart.

Il fit ce qu'elle demandait, sans ajouter un mot jusqu'à ce qu'ils aient atteint le croisement au bout de la rue.

— Et maintenant ? demanda-t-il. Je ne sais pas si vous avez remarqué, mais la vie nocturne est plutôt réduite, à McIntosh. Où voulez-vous aller ?

Kaylee n'eut pas à réfléchir longtemps. Peut-être même avait-elle cette destination quelque part dans un coin de son esprit depuis le moment où Tony et elle avaient quitté le bar ensemble. Car c'était le seul lieu où ils pourraient être vraiment seuls.

— Au verger Olney, répondit-elle.

Chapitre 14

Tony déplia le grand jeté de coton qu'il avait trouvé dans le placard de la cuisine de Sofia, l'arrangea sur l'herbe, attendit que Kaylee s'assît, puis la regarda.

Le clair de lune baignait son visage d'une lumière opaline qui soulignait les courbes de son nez et de ses joues, dessinant le profil parfait de quelque déesse lunaire.

— Vous êtes plein de surprises, Tony Donatelli, dit-elle. J'avais eu l'impression que vous n'étiez pas très emballé par cette idée de pique-nique sous les pommiers, l'autre jour, et cependant, vous avez mis cette couverture dans le coffre de votre voiture.

Il s'assit à côté d'elle, s'avouant enfin qu'il n'existait nul autre endroit où il aurait eu envie d'être à cet instant, et personne avec qui il aurait préféré être.

— Je préfère ne pas être pris au dépourvu.

Elle sourit, ouvrit une des petites bouteilles d'eau qu'ils avaient achetées en passant au 7-Eleven, et la fit rebondir légèrement contre celle de Tony. Ses yeux brillaient, pareils à des étoiles.

— A Sofia et Art, dit-elle. Puisse-t-il réaliser que l'argent est sans importance pour Sofia !

La lune la caressa de nouveau. Avec ses cheveux répandus dans son dos, cet air de bonheur sur le visage, elle ne lui avait jamais paru plus belle.

Elle renversa sa tête en arrière pour boire, exposant la ligne gracieuse de son cou. Aucun de ses gestes n'était volontairement provocant. Elle ne battait pas des cils, ne prenait pas de poses suggestives, ni ne lui adressait de sourires enjôleurs. Kaylee était simplement elle-même, mais tout en elle lui donnait le vertige.

— Nous aurions dû apporter du vin ou de la bière, dit-il. Un toast a davantage de poids lorsqu'on le porte avec un verre d'alcool.

— Je ne suis pas de cet avis. Je pense que le plus important lorsque l'on forme un vœu pour quelqu'un, c'est que celui-ci soit sincère.

Tony eut soudain l'impression que ses yeux se dessillaient. Comment avait-il pu la croire coupable de vouloir escroquer sa belle-mère ? Elle avait la bonté et la pureté d'un ange.

Ses pensées à lui étaient loin d'être aussi pures. Il se trouvait pour ainsi dire dans un état d'excitation constante depuis la séance de cinéma. Et la tension qu'il ressentait dans tout son corps était maintenant à son comble.

Elle se coucha sur le dos et observa les étoiles. Les pommiers ne portaient plus de fleurs et la température était déjà très douce pour un début de juin. Ni l'un ni l'autre n'avaient besoin d'une veste ou d'un pull.

— Tout me plaît, à McIntosh, dit-elle après un long

silence. Mais ce verger est l'endroit que je préfère entre tous.

Tony n'avait jamais rien trouvé de particulier à ce verger. Lorsqu'il y faisait la cueillette, adolescent, il ne rêvait que de quitter McIntosh pour ne jamais y revenir.

Il s'allongea à côté de Kaylee, passant du spectacle de son admirable visage à celui des étoiles dans le ciel. Celles-ci semblaient se faire des clins d'œil, comme si elle se moquaient de lui.

— Vous n'avez pas répondu à ma question, dit Kaylee.

Il reporta son attention sur elle.

— Quelle question ?

— Etes-vous réellement tombé sur nous par hasard, tout à l'heure, au cinéma ?

Il aurait pu esquiver la question, se montrer évasif. Dire que lorsque ses projets avec Will étaient tombés à l'eau, il n'avait pas su quoi faire de lui-même et qu'il était allé au cinéma sur une impulsion…

Mais quelque chose, cette nuit, appelait la vérité.

Les étoiles peut-être, qui avaient transformé le verger en un coin de paradis, ou la texture veloutée de la nuit, qui avait donné à leur eau en bouteille la saveur d'un vin fin.

Mais, dans son cœur, Tony savait que ce n'étaient ni les étoiles ni la nuit.

C'était cette femme. Kaylee.

Il s'appuya sur un coude et la regarda dans les yeux.

— Ce n'était pas une coïncidence, admit-il en tendant le bras pour toucher sa joue. Quand Sofia m'a dit que vous étiez sortie avec Charlie, j'ai soudain éprouvé une telle jalousie que je n'ai pensé qu'à une chose, vous retrouver.

— De la jalousie ? Mais pourquoi ? demanda-t-elle en ouvrant de grands yeux.

— Vous savez pourquoi, dit-il en se penchant vers elle.

Parce qu'il l'avait déjà embrassée, il s'était cru préparé à la violence de l'émotion qui allait surgir de ce baiser, mais il ne l'était pas.

Peut-être était-ce parce que les barrières qu'il s'était donné tant de mal à ériger entre eux s'étaient écroulées. Il n'y avait plus ni petite amie pour les séparer, ni doute obsédant pour tourmenter son esprit.

Kaylee était tout ce qu'une femme devait être. Douce, attentive, généreuse, mais aussi dotée d'une volonté de fer.

Il ne connaissait qu'une seule femme qui possédait toutes ces qualités : Sofia.

Ils s'embrassaient à présent à pleine bouche, leurs corps pressés l'un contre l'autre. S'ils s'étaient trouvés chez Sofia, ils auraient dû s'arrêter, mais là, dans le verger, la nuit leur offrait son intimité.

— J'ai envie de te faire l'amour, chuchota-t-il contre ses lèvres. Mais si tu me le demandes, j'arrête tout de suite et nous rentrons.

Pour toute réponse, elle noua les bras autour de son cou, écrasant ses lèvres sur les siennes. Tony sut alors, avec une joyeuse certitude, qu'ils ne rentreraient pas chez sa belle-mère avant plusieurs heures.

Et avec la même conviction, que la femme qu'il tenait dans ses bras était la fille de sa belle-mère.

Angela Crane avait les mains tellement moites qu'elle laissa échapper le combiné du téléphone.

La tonalité continua de résonner faiblement sur la moquette à côté de son fauteuil. Elle se pencha par-dessus l'accoudoir pour l'attraper, réveillant une douleur au dos, tandis que sa main pleine d'arthrite se tendait vers le téléphone.

C'était moche de vieillir.

Mais si son corps la trahissait, sa tête, elle, fonctionnait toujours aussi bien. Mieux peut-être, car les choses lui apparaissaient plus clairement aujourd'hui qu'elles ne l'avaient jamais fait.

A quoi servait de devenir sage en vieillissant ? Combien plus utile lui aurait été cette sagesse des années auparavant quand Sofia l'avait suppliée de la laisser garder son bébé.

Angela ne pouvait pas revenir en arrière, mais elle ne pouvait pas non plus continuer à mentir. Même si cela signifiait qu'elle allait perdre de nouveau l'amour de Sofia.

Aucun argument ne pouvait justifier qu'elle garde le silence aujourd'hui, quand un seul coup de fil suffirait à trancher la question qu'elle se posait en boucle depuis la visite que lui avait faite Tony : Kaylee et Constanzia n'étaient-elles qu'une seule et même personne ?

Contrairement à ce qu'elle avait prétendu, sa mémoire

ne lui faisait pas défaut. Elle se rappelait le nom du médecin qui avait accouché Sofia. Une de ses amies le lui avait recommandé, après quoi Angela avait conclu un accord avec le médecin.

Elle avait décidé que Sofia confierait son bébé à l'adoption à deux conditions. La première était que l'enfant soit adoptée par des parents aimants. La deuxième... la deuxième torturait sa conscience depuis des années.

Croyant sincèrement que le mieux pour Sofia était de couper complètement les liens avec son enfant, Angela avait demandé au médecin de faire en sorte que Sofia ne puisse jamais retrouver sa trace.

Le médecin avait accepté de falsifier le certificat de naissance d'origine, le nom de Sofia n'était par conséquent jamais apparu. A sa place, il avait inscrit le nom du couple adoptant, lequel n'avait donc probablement fait aucune des démarches de la procédure légale d'adoption.

A l'époque, Angela avait pensé que cet arrangement, bien qu'irrégulier, était dans l'intérêt de sa fille. Mais elle était alors loin d'être aussi avisée qu'elle l'était aujourd'hui.

Elle essuya ses paumes sur son pantalon et composa lentement le numéro qu'elle avait obtenu auprès du service de renseignements.

Elle savait que le Dr Robert Minelli ne répondrait pas. Elle avait lu son nom sous la rubrique nécrologique cinq ans auparavant et savait qu'il était mort d'une crise cardiaque. Mais le médecin n'avait pas emporté le secret de Constanzia dans sa tombe.

Car Angela se souvenait parfaitement avoir entendu

le Dr Minelli dire qu'elle pouvait être certaine que le bébé serait accueilli par un couple aimant parce que c'était sa propre femme qui s'était occupée de « l'arrangement ». Et la femme du médecin, aujourd'hui veuve, était toujours vivante.

Elle acheva de composer le numéro et attendit.

— Allô, dit une voix féminine.

Angela articula avec difficulté :

— Pourrais-je parler à Mme Minelli, s'il vous plaît ?

— C'est elle-même. Puis-je savoir qui la demande ?

La voix assurée était manifestement celle d'une femme cultivée, ce qui ne fit qu'accentuer le malaise d'Angela. Cependant, elle réussit à répondre :

— Angela Crane. J'ai une fille qui s'appelle Sofia. Votre mari l'a accouchée il y a vingt-cinq ans.

Il y eut un silence, puis la même voix autoritaire reprit :

— Mon mari était obstétricien, madame Crane. Il a mis au monde des centaines de bébés.

— Il a falsifié le certificat de naissance du bébé de ma fille. Le couple qui l'a reçu n'a pas eu à faire les démarches légales d'adoption. Votre mari m'avait dit à l'époque que c'était vous qui aviez choisi ce couple.

Un silence s'étira. Si longuement qu'Angela craignit que la veuve du docteur eût raccroché.

— Madame Minelli ? demanda-t-elle avec nervosité. Vous êtes toujours là ?

Pas de réponse. Mais Angela pouvait entendre la respiration irrégulière de son interlocutrice à l'autre bout du fil. Elle semblait paniquée. Une autre dizaine de secondes, angoissantes, s'écoulèrent avant que Mme Minelli demande d'une voix beaucoup moins assurée que quelques instants plus tôt :

— Pourquoi m'appelez-vous ?

— Je veux savoir ce qui est arrivé au bébé de ma fille.

Angela ne pouvait se résoudre à appeler le bébé de Sofia sa petite-fille. Elle s'était elle-même déchue de ce droit vingt-cinq ans plus tôt.

— Votre fille, est-ce cette femme de McIntosh qui a gagné à la loterie et qui a lancé un appel à la télévision disant qu'elle recherchait l'enfant qu'elle avait eue lorsqu'elle était jeune fille ? Dites-moi, continua-t-elle avant qu'Angela ait pu répondre, est-ce que quelqu'un s'est présenté ?

— Une jeune femme du nom de Kaylee Carter, dit Angela. C'est la raison de mon appel. J'ai besoin de savoir si Kaylee pourrait être la fille de Sofia, Constanzia.

— Non, ce n'est pas elle, déclara la veuve du médecin d'un ton sans appel. La personne que vous appelez Constanzia termine actuellement sa deuxième année d'internat à l'hôpital de San Diego.

Le cœur d'Angela s'accéléra. Ses mains devinrent moites. Durant quelques secondes, elle fut incapable d'articuler un mot.

— Mais… comment savez-vous ça ? parvint-elle finalement à demander.

Après un bref silence, qui parut à Sofia une éternité, l'autre femme répondit :

— Je le sais parce que c'est mon mari et moi-même qui avons adopté le bébé de votre fille, madame Crane.

Tony se considérait comme un homme plutôt conservateur. Ses cheveux étaient courts, il portait des vêtements classiques et conduisait une voiture réputée sûre. Son argent était placé sur des comptes aux rendements plafonnés mais garantis. Personne de sa connaissance n'aurait dit de lui qu'il était irréfléchi ou imprudent, et c'était la raison pour laquelle il ne pouvait pas être amoureux de Kaylee Carter. Il la connaissait depuis moins d'un mois, lui accordait sa confiance depuis moins d'une journée.

Ce qu'il ressentait pour elle ne pouvait donc pas être de l'amour, mais c'était davantage que du désir. Autrement, il aurait été en train de se concentrer sur son projet de jeu au lieu de s'inquiéter de ce qu'aimer Kaylee changerait dans sa vie.

Trois petits coups frappés à sa porte le firent pivoter sur sa chaise.

— Bonjour, Tony.

Sa belle-mère se tenait sur le seuil de la chambre, élégamment vêtue d'un ensemble pantalon marron qu'elle avait acheté peu après avoir gagné à la loterie.

— J'ai bien peur d'avoir dormi trop longtemps. Est-ce que Kaylee et Joey sont déjà partis ?

— Il y a une demi-heure, répondit-il en l'examinant plus attentivement.

La couleur marron de ses vêtements associée à ses

cheveux sombres aurait pu la faire paraître terne, mais elle avait un teint resplendissant, qu'elle avait rehaussé d'un peu de blush et de rouge à lèvres.

— Tu as l'air contente, remarqua-t-il. Il y a une raison particulière ?

Elle traversa la pièce, se pencha légèrement sur lui et lui caressa la joue comme lorsqu'il était enfant.

— Si toi et Kaylee pensez que je ne vous ai pas vus hier soir faire demi-tour dans l'allée des Stewart, vous vous trompez.

— Ah ! nous sommes découverts ! fit-il en riant.

— Oui, mais je ne suis pas du tout fâchée que vous vous soyez éclipsés. Art m'a dit que Kaylee lui avait parlé.

— Lui avait fait entendre raison, veux-tu dire.

Il lui sourit, sincèrement heureux pour elle.

— Est-ce que tu t'es mise sur ton trente et un parce que tu as rendez-vous avec lui ?

— Mmm, nous passons la journée ensemble. Art devait aller voir un fournisseur à Cincinnati et il m'a proposé de m'emmener. J'ai dit oui bien sûr. Je serai probablement de retour assez tard ce soir, mais j'ai prévu le nécessaire au cas où nous devrions dormir là-bas.

A en juger par la rougeur de ses joues, Tony pensa qu'il y avait de bonnes chances pour que tous deux estiment plus sage de passer une nuit sur place.

— Tu pars tout de suite ?

— Oui, mais Art et moi ne nous mettrons pas en route avant quelques heures. Je vais m'arrêter au restaurant pour voir Kaylee, puis j'ai rendez-vous avec Will.

— Will ? Je l'ai vu hier soir, il ne m'a pas dit qu'il devait te voir aujourd'hui.

— C'est parce que je viens juste de l'appeler. J'ai décidé d'acheter une maison à Kaylee. Pour dire la vérité, j'adorerais qu'elle et Joey continuent de vivre ici, mais je sais que ce sera mieux pour eux deux d'avoir leur propre maison.

Tony sentit ses cheveux se dresser sur sa tête.

— Est-ce que c'est Kaylee qui te l'a demandé ?

— Oh non. Elle n'avait pas besoin de le faire. J'ai vite deviné, à certains petits détails, que posséder une maison était un de ses rêves. Mais tu ne dois rien lui dire, n'est-ce pas ? Je veux que ce soit une surprise.

— Une surprise tout à fait extravagante, marmonna-t-il.

— Je peux me permettre de me montrer généreuse avec les gens que j'aime ; je viens de gagner une fortune, rappelle-toi.

Elle se pencha de nouveau vers lui et l'embrassa sur le front.

— J'y vais, à ce soir. Ou à demain…

Lorsqu'elle fut partie, Tony s'adossa au dossier de sa chaise, se demandant pourquoi il n'avait pas essayé de dissuader Sofia de rencontrer Will. Mais quel argument aurait-il pu avancer ? Sofia avait accepté Kaylee comme sa fille et Joey comme son petit-fils. Et, après tout, lui aussi. Les résultats du laboratoire, qu'il n'avait pas encore reçus, ne lui semblaient plus être à présent qu'une formalité. Il croyait que Kaylee était la fille de

Sofia, aussi n'aurait-il pas dû s'inquiéter de ce que Sofia dépensait autant d'argent pour elle.

Ce n'était pas comme si Kaylee avait demandé à Sofia de lui acheter une maison.

Une conversation qu'il avait eue avec Sofia au sujet de son père lui revint soudain à la mémoire. Elle avait défendu le fait qu'il était la plupart du temps sans travail en disant qu'Anthony ne lui avait jamais demandé de pourvoir seule aux besoins de la famille. C'était elle qui s'était offerte à travailler à plein temps parce qu'elle savait qu'il voulait travailler à ses inventions.

Nul doute qu'Anthony Donatelli le lui ait clairement fait comprendre. Mais les remarques que Kaylee avait pu faire avaient certainement été innocentes. La jeune femme avait une candeur qui lui rappelait son père, mais l'apparente ingénuité de celui-ci dissimulait une âme de manipulateur. Kaylee en revanche, en tout cas celle qu'il avait appris à connaître, n'aurait jamais manœuvré sournoisement Sofia pour obtenir d'elle qu'elle lui offre une maison.

Satisfait de son raisonnement, Tony se concentra de nouveau sur la page qu'il était en train de créer : il s'agissait de représenter le milieu naturel d'un crocodile, en pleine forêt tropicale. Il était si absorbé par son travail qu'il n'aurait su dire combien de temps s'était écoulé quand le téléphone sonna. Il décrocha distraitement.

— Tony ? Angela à l'appareil. Il faut que je parle à Sofia.

Elle parlait si vite que ses mots s'entrechoquaient.

Il jeta un coup d'œil au réveil posé sur la table de nuit

et se rendit compte qu'il était presque midi. Sofia devait être partie pour Cincinnati.

— Elle n'est pas là et elle ne sera pas de retour avant ce soir. Peut-être seulement demain. Est-ce que je peux faire quelque chose pour vous, Angela ?

— Je dois absolument parler à ma fille, répéta-t-elle sur un ton si anxieux que Tony lui communiqua le numéro de portable de Sofia.

Quelques secondes plus tard, il entendit résonner une faible sonnerie, dont il finit par trouver la provenance dans la cuisine. Sofia avait oublié son portable sur le comptoir.

— Je ne peux pas le croire ! s'exclama Angela, manifestement bouleversée, lorsqu'il eut décroché et lui eut expliqué ce qui s'était passé. C'était déjà si difficile pour moi de me décider à l'appeler. Je ne sais pas si j'en trouverai de nouveau le courage demain.

— Vous me faites peur, Angela, dit Tony. De quoi s'agit-il ?

Après un silence pesant, elle lâcha :

— C'est au sujet de Constanzia.

Elle poursuivit en lui expliquant, de manière assez confuse, comment elle s'était arrangée pour que le bébé de Sofia soit adopté en dehors de toute filière légale afin que celle-ci ne puisse jamais renouer contact sa fille.

Tony dut serrer les dents pour ne pas lui faire part de l'indignation qu'il ressentait. Angela avait fait une chose terrible, mais personne n'y pouvait plus rien, à présent. Et puis, il croyait deviner qu'aucun des reproches qu'il aurait pu lui faire n'aurait été plus sévère que ceux qu'elle s'adressait déjà.

Toutefois, son aveu éclaircissait quelques mystères.

— Le fait qu'il n'y ait pas eu d'adoption légale, dit-il pensant à voix haute, explique pourquoi les parents de Kaylee ne lui ont jamais dit qu'elle n'était pas leur fille biologique.

— Kaylee n'est pas le principal motif de mon appel, dit Angela.

— Bien sûr. Vous voulez parler à Sofia et lui faire part de ce que vous avez découvert. Vous allez probablement apporter de nombreuses réponses aux questions qu'elle s'est toujours posées.

— Vous ne comprenez pas.

Angela paraissait de plus en plus agitée. Tony sentit ses doigts se crisper tandis qu'il attendait la suite.

— Kaylee n'est pas la fille de Sofia. Sa fille s'appelle Stephanie Minelli.

Chapitre 15

En sortant de son travail, Kaylee vit Tony qui l'attendait, debout à côté de sa voiture, grand et superbe comme à son habitude.

Ignorant la plus élémentaire sagesse — laquelle lui disait qu'il était bien trop tôt pour tomber amoureuse —, son cœur battit plus fort tant elle était heureuse.

Elle se hâta de rejoindre Tony, d'un pas aussi léger que son humeur.

— Quelle bonne surprise, dit-elle quand elle fut à deux mètres de lui. Je ne pensais pas te voir avant…

S'apercevant soudain qu'il ne lui rendait pas son sourire, elle n'acheva pas sa phrase. Il était appuyé contre l'aile de la voiture, les bras croisés, le regard sombre.

Un poids s'abattit sur elle en même temps qu'une sensation de froid l'envahissait malgré le doux soleil de l'après-midi.

— Qu'y a-t-il ? demanda-t-elle, inquiète. Quelque chose est arrivé à Joey ? ou à Sofia ?

— Joey et Sofia vont bien.

Il se redressa, sa haute taille semblant mettre encore plus de distance entre eux.

— J'ai à te parler, reprit-il. Et il faut que je le fasse avant que tu n'ailles chercher Joey.

Il était distant. Ce n'était pas l'homme qui lui avait fait l'amour la nuit précédente. Les épaules crispées, elle lui indiqua un banc de l'autre côté de la rue.

Son cœur battait fort tandis qu'ils traversaient la route en silence. Le banc se trouvait à côté d'un buisson d'azalées, à l'ombre d'un cornouiller. Quelques semaines auparavant, les azalées avaient été chargées de fleurs pourpres et l'arbre d'une multitude de corolles blanches, mais les fleurs étaient flétries à présent.

Leur relation aussi était différente. Elle ne savait pas ce qui s'était produit entre la veille et maintenant, mais quelque chose avait changé.

Une fois qu'ils furent assis tous les deux, il ne la fit pas attendre. Il posa sur elle un regard froid et dit :

— Je sais que tu n'es pas Constanzia.

Elle avait lu quelque part que les mots n'avaient pas le pouvoir de faire cesser de battre un cœur, mais ce n'était pas vrai. Le sien s'arrêta. Et lorsqu'il recommença, ses battements étaient lents, irréguliers, douloureux.

— Le vrai nom de Constanzia est Stephanie Minelli, poursuivit-il. Elle a grandi dans le nord de l'Ohio et elle est actuellement en deuxième année d'internat à l'hôpital de San Diego.

Kaylee essaya d'assimiler l'information. Si ce que Tony disait était vrai, Sofia n'était pas sa mère.

Elle secoua la tête. Ça ne pouvait pas être vrai. Sofia

faisait comme partie d'elle-même. Elle avait éprouvé ce sentiment dès leur première rencontre ; peut-être même dès le jour où elle l'avait vue à la télévision.

— Pourquoi dis-tu cela ?

— J'ai reçu un appel de la mère de Sofia ce matin. Je me contenterai de dire qu'elle peut le prouver. Tu n'es pas la fille de Sofia.

Une douleur atroce lui déchira la poitrine, aussi réelle que si on lui avait enfoncé un poignard dans le cœur. Des larmes brûlantes s'accumulaient derrière ses paupières et ses épaules tressautaient à cause de l'effort qu'elle faisait pour les retenir.

Elle avait déjà perdu une mère. C'était un peu différent, ou ça aurait dû l'être, en tout cas, car Sofia était vivante, mais Kaylee avait l'impression qu'elle perdait sa mère une seconde fois.

Elle avait besoin d'un refuge, de quelqu'un qui la prendrait dans ses bras et lui tapoterait doucement le dos tandis qu'elle pleurerait tout son soûl. Elle avait besoin de Tony.

Mais il lui apparut tout à coup que Tony ne lui avait pas offert un seul mot de réconfort. Elle leva les yeux vers lui. Il l'observait froidement.

— Que sais-tu de la maison que ma belle-mère projette de t'acheter ? demanda-t-il d'une voix glaciale.

Elle s'efforça de donner un sens à ses paroles, se demandant pourquoi il lui posait cette question bizarre alors qu'elle était en train de traverser l'un des pires moments de sa vie. Une maison, avait-il dit ? Elle secoua la tête de droite et de gauche et dit finalement :

— Je ne suis pas au courant.

— Tu démens donc avoir dit à Sofia que tu rêvais d'avoir une maison à toi ?

Avait-elle dit ça ? peut-être. Dawn et elle en avaient parlé jusqu'à la nausée lorsqu'elles vivaient ensemble dans leur petit appartement encombré.

— Je l'ai peut-être dit, répondit-elle. Mais jamais dans l'espoir que Sofia m'en achète une.

Son esprit était sorti de la confusion et elle comprit soudain ce que la question de Tony sous-entendait.

— Mon Dieu ! Tu crois que j'ai essayé de manipuler Sofia ? Pour une simple maison ?

Il haussa les épaules, mais son attitude dénotait tout sauf de l'indifférence.

— Ce n'est pas ce que tu as fait ?

Si la nuit précédente avait signifié autant pour lui que pour elle, il ne lui aurait pas posé cette question. Il aurait eu assez confiance en elle pour la croire sans qu'elle ait besoin de se justifier.

— Tu dois admettre que la coïncidence a de quoi rendre suspicieux, dit-il comme elle ne répondait pas.

Kaylee sentit que ses pensées s'accéléraient. Il n'insinuait pas seulement qu'elle avait manœuvré Sofia pour que celle-ci lui achète une maison, il l'accusait d'avoir toujours su qu'elle n'était pas Constanzia.

Elle qui avait pensé que Tony et elle avaient partagé, la veille, une intimité qui allait bien au-delà de l'entente physique, qui avait cru qu'il avait lu en elle comme dans un livre ouvert. Comment avait-elle pu se tromper à ce point ?

Elle cligna des paupières pour refouler ses larmes et se leva.

— Nous n'avons pas fini de parler, dit-il.

— Oh si, nous en avons terminé ! répliqua-t-elle, avant de s'en aller plus en colère qu'elle ne l'avait jamais été de toute sa vie — bien qu'une partie d'elle-même pressentît que Tony prenait de la distance vis-à-vis d'elle parce que ce qui s'était passé entre eux la veille l'effrayait.

Le désespoir la submergeait. En l'espace de quelques minutes, elle avait perdu une mère et l'homme qu'elle commençait à aimer.

Elle essuya une larme, furieuse contre elle-même de l'avoir laissée couler, furieuse contre Tony d'en être la cause, sortit un mouchoir en papier de son sac et se moucha. Elle ne pouvait pas s'effondrer. Elle avait un fils à aller chercher à la garderie et des valises à faire.

Ce n'était peut-être pas bien de partir sans dire au revoir à Sofia, mais elle ne pouvait pas rester plus longtemps dans cette maison, pas après ce que Tony lui avait dit.

Plus tard, alors qu'elle roulait vers le sud dans sa voiture bourrée à craquer, son fils en larmes assis à l'arrière, elle réalisa qu'elle quittait le seul endroit où elle s'était jamais sentie chez elle, et mesura toute l'ironie de la situation.

Elle ne vivrait jamais à McIntosh, et encore moins avec Tony.

— Je suis rentrée.

Les mots que Tony avaient redouté d'entendre

résonnèrent dans l'escalier jusqu'à la chambre d'amis où Tony travaillait à son logiciel sur un problème qui paraissait dérisoire comparé à celui auquel il devait à présent faire face.

On était samedi après-midi, plus de vingt-quatre heures après que Sofia avait quitté McIntosh pour Cincinnati et presque autant que Kaylee était partie avec Joey et tous leurs bagages.

Tony se leva en s'armant de courage et descendit affronter sa belle-mère.

Il la trouva dans le hall en train d'embrasser Art qui avait dû porter sa valise jusque-là. A les voir, ni l'un ni l'autre n'étaient prêts à se quitter, même pour un moment.

Tony avait ressenti la même chose lorsqu'il était avec Kaylee. Il écarta résolument cette pensée et s'éclaircit la gorge.

Art et Sofia se séparèrent avec une réticence visible et se tournèrent vers lui, aucun des deux n'ayant le moins du monde l'air embarrassé. Sofia ne lui avait pas paru aussi heureuse depuis des années. Elle resplendissait littéralement. Et Art arborait un sourire radieux.

— Vous avez fait bon voyage ? demanda-t-il sans nécessité.

— Merveilleux, répondit Sofia en l'embrassant sur la joue.

— Merveilleux, répéta Art avant de lui serrer la main de cette poigne ferme dont Tony avait toujours trouvé qu'elle parlait en sa faveur. Mais je dois retourner au magasin maintenant, continua-t-il en se tournant vers Sofia, manifestement peu désireux de s'en aller.

Il l'embrassa pour lui dire au revoir et ce qui aurait dû être un petit baiser rapide se prolongea plusieurs secondes.

Lorsqu'il fut parti, Tony ramassa la valise de sa belle-mère et la porta à l'étage. Sofia le suivit dans sa chambre.

— Où sont Kaylee et Joey ? s'enquit-elle tout naturellement tandis qu'il déposait sa valise sur son lit. Il y a souvent du monde chez Nunzio le samedi, mais elle est rentrée à cette heure-ci, d'ordinaire.

Voilà, ça y était. Le moment tant redouté était arrivé.

— Ils sont partis, Sofia.

Elle s'approcha du lit, ouvrit la valise et se mit à sortir ses affaires.

— Où sont-ils allés ?

— Le mot qu'elle a laissé ne le dit pas, mais je suppose qu'elle est retournée au Texas. Ou en Floride peut-être.

Sofia se retourna brusquement, toute pâle.

— Tu veux dire qu'ils ont quitté McIntosh ?

Il hocha la tête, éprouvant de nouveau, devant l'expression d'intense déception de Sofia, le coup au cœur qu'il avait ressenti en découvrant la note laissée par Kaylee.

— Mais pourquoi Kaylee serait-elle partie ?

— Je vais t'expliquer, mais il vaut mieux que tu t'asseyes avant, dit Tony.

Elle se laissa tomber sur le bord du lit et leva vers lui des yeux déjà humides. Il aurait donné n'importe quoi pour ne pas avoir à lui annoncer ça.

— Kaylee n'est pas Constanzia, Sofia.

Il s'était attendu à ce qu'elle soit sous le choc, n'aurait pas été étonné qu'elle éclate en sanglots Mais il n'était pas préparé à l'exaspération que sa voix trahit lorsqu'elle dit :

— Ça, je le sais.

— Tu le… sais ? articula-t-il avec difficulté. Mais… comment ?

— Ce premier soir, au dîner, quand Kaylee a relevé ses cheveux, j'ai vu les lobes de ses oreilles. Ils n'étaient pas attachés. Ceux de Constanzia l'étaient. Je n'ai tenu mon bébé dans mes bras que quelques instants, mais cela a suffi pour que je remarque ça.

Tony fit un retour en arrière et se rappela que Sofia avait fait un commentaire sur les boucles d'oreilles de Kaylee ce soir-là.

— Je ne comprends pas. Pourquoi n'as-tu rien dit ?

— Pour la même raison que j'ai refusé de faire effectuer un test ADN. J'étais contente d'avoir une fille et un petit-fils. Ensuite, c'est devenu plus que ça. Plus je passais du temps avec eux, plus je les aimais. Cela n'avait pas d'importance que nous partagions ou non un lien de sang, parce que nous formions déjà une famille.

Elle fit une pause avant d'ajouter :

— Je croyais que tu ressentais la même chose.

— Mes sentiments et mon devoir sont deux choses différentes.

— Quel devoir ?

— Celui que j'ai de te protéger contre les gens qui essaieraient de profiter de toi, répondit-il avec fermeté.

— Kaylee ne profitait pas de moi, et tu le sais parfaitement.

— Qu'en est-il de la maison que tu projetais de lui offrir ?

— Je t'ai dit qu'elle n'était au courant de rien.

— Je n'en suis pas convaincu, dit-il, buté. C'est tout de même étrange qu'une femme qui a des problèmes d'argent se présente tout à coup à la porte d'une millionnaire.

— Je croyais que tu n'entretenais plus de soupçons à son égard depuis que tu avais réalisé qui elle était vraiment.

Elle le regarda attentivement, les yeux étrécis par la concentration, avant de reprendre :

— Explique-moi quelque chose. Pourquoi crains-tu tellement que quelqu'un profite de moi ?

— Parce que tu as laissé ton propre mari abuser de ta générosité.

— Certainement pas ! se récria-t-elle.

— Tu travaillais soixante-quatre heures par semaine pour fournir le vivre et le couvert à un homme qui passait sa vie à rêvasser.

— Ça m'était égal de travailler. Et le fait que ton père était un rêveur était une des choses qui me plaisaient chez lui. Il n'a jamais abandonné l'espoir qu'une de ses idées finisse par nous rapporter de l'argent.

— Mais ce n'est jamais arrivé.

— Non. Parce qu'il n'a jamais eu les capitaux nécessaires pour en développer aucune. Un peu d'argent aurait changé beaucoup de choses. Pourquoi crois-tu que j'aie accepté d'aider ces gens qui démarraient leur entreprise ?

Il garda le silence, songeant aux différentes affaires dans lesquelles Sofia avaient décidé d'investir. Alors, pour la première fois de sa vie, il osa envisager l'idée que son père avait peut-être davantage manqué de chance que de courage.

— Il n'est pas pour autant nécessaire de dépenser tout ton argent pour les autres sans assurer ton avenir financier, remarqua-t-il finalement.

— Voilà que tu parles comme Art, à présent. En à peine vingt-quatre heures, il m'a convaincue de placer au moins la moitié de mon avoir sur un compte rémunéré en prévision de ma retraite.

Le respect qu'éprouvait déjà Tony envers Art s'accrut encore, d'autant plus que celui-ci avait réussi où Tony avait échoué.

— Et l'autre moitié ?

— Je pense continuer à investir dans des projets qui me semblent intéressants, et je vais faire en sorte de ne pas mourir d'ennui. Je viens de faire une offre pour racheter le Nunzio's. Mais je ne me contenterai pas d'être propriétaire sur le papier, j'ai l'intention de reprendre le tablier.

— Mais c'est...

Il chercha le mot juste.

— ... formidable, Sofia !

— Tu le penses vraiment ? C'est pourtant toi qui m'as conseillé de m'arrêter de travailler.

— Je ne m'étais pas rendu compte à quel point tu aimais travailler au restaurant. Je trouve que c'est merveilleux que tu puisses faire quelque chose qui te rende heureuse.

— Oui, j'aimerais seulement que tu découvres toi aussi ce qui te rendrait heureux, observa-t-elle de manière sibylline. Maintenant, montre-moi la note que Kaylee a laissé, veux-tu ?

Kaylee avait laissé deux messages : l'un très sec, adressé à lui seul, dans lequel elle promettait de lui rembourser l'argent qu'il lui avait prêté pour la réparation de sa voiture ; l'autre, sur la table de la cuisine, pour Sofia. Il tira ce dernier de la poche de son pantalon et le lui tendit. Kaylee ne l'avait pas mis dans une enveloppe, aussi savait-il déjà ce qu'il contenait.

« Chère Sofia,

» S'il vous plaît, pardonnez-moi de ne pas vous avoir attendue pour vous dire au revoir, nous ne pouvons pas rester plus longtemps maintenant que la vérité est apparue. Je prie de toute mon âme pour que vous croyiez que je n'ai jamais eu l'intention de vous tromper. J'ai eu beaucoup de chance de vous avoir comme mère, même si cela n'a duré que quelques semaines.

» Avec toute notre affection,

Kaylee et Joe. »

— Tu ne m'as pas demandé comment j'avais appris que

Kaylee n'était pas Constanzia, observa Tony lorsqu'elle eut terminé de lire le court message.

Sofia essuya ses larmes et renifla.

— Je sais que tu as envoyé des échantillons de nos cheveux à ce laboratoire de Colombus spécialisé dans les tests ADN. Je t'ai entendu leur téléphoner pour demander s'ils avaient les résultats. Je suppose que tu les as eus ?

Tony détourna les yeux, comme pris sur le fait, bien qu'il ait agi dans le seul but de protéger sa belle-mère.

— Non, ce n'est pas de cette façon. Ta mère a appelé, Sofia.

Il se tut un instant, sachant que les mots qu'il s'apprêtait à prononcer allaient changer la vie de Sofia.

— Elle l'a trouvée, Sofia. Angela a retrouvé Constanzia.

Sofia le dévisagea avec incrédulité durant quelques secondes, jusqu'à ce que des larmes de bonheur perlent au coin de ses yeux. Tony la prit dans ses bras, mais il ne pensait pas à la fille retrouvée de Sofia.

Il pensait à la femme qu'il avait perdue, celle qu'il avait fait fuir, celle qu'il craignait de ne jamais revoir.

Assise aussi immobile qu'une statue dans le séjour de son père, Kaylee sentit son pouls s'accélérer.

Son cœur avait été mis à rude épreuve, au cours des derniers jours. Coup sur coup, elle avait dû affronter la défiance de Tony, la perte de Sofia et le chagrin de Joey à quitter McIntosh. Après quoi elle avait appris que la décision de mise en liberté conditionnelle de Rusty Collier avait été annulée quelques jours à peine après qu'elle lui avait été accordée.

Et maintenant, elle s'apprêtait à traverser une nouvelle épreuve. Elle était sur le point de se retrouver face à face avec ce père qu'elle n'avait pas vu depuis sept ans, ce père qui n'avait pas assez tenu à elle pour essayer de la faire revenir lorsqu'elle s'était enfuie de la maison.

Elle entendit sa sœur lui demander comment s'était passée sa journée. Il aurait été plus approprié de lui demander comment s'était passée sa nuit, car Paul Carter était un plombier travailleur et consciencieux qui n'hésitait pas à répondre à l'appel de ses clients à n'importe quelle heure du jour ou de la nuit.

— Comme d'habitude, répondit-il avec son accent traînant du Texas, avant de s'enquérir : La voiture garée devant la maison est immatriculée en Floride, est-ce celle de Kaylee ?

— Oui, dit Lilly. Elle et Joey sont arrivés tard dans l'après-midi. Joey est déjà au lit, mais Kaylee est dans le séjour.

C'était le signal que Kaylee avait attendu pour se lever et aller à la rencontre de son père, mais elle resta clouée sur place. Ses jambes étaient comme mortes. Elle noua ses mains, qui s'étaient tout à coup mises à trembler, et attendit durant ce qui lui parut une éternité que son père entre dans la pièce.

Ses cheveux s'étaient clairsemés, il avait forci, et sa démarche était plus lente que dans son souvenir, mais l'expression fermée de son visage lorsqu'il la regarda était la même qu'autrefois.

— Bonjour, papa. J'espère que ça ne te dérange pas que Joey et moi restions ici quelques jours, le temps de nous retourner.

Comme il ne répondait pas, elle ajouta :

— Sinon, nous pouvons aller à l'hôtel.

— Bien sûr que non, ça ne me dérange pas, dit-il d'un ton bourru.

Elle n'aurait pas été autrement surprise s'il avait tourné les talons et quitté la pièce, mais il prit place dans le canapé, face à elle. Kaylee aurait voulu que sa sœur se joigne à eux et se mette à bavarder gaiement, ce qui aurait allégé l'atmosphère, mais celle-ci avait manifestement décidé qu'ils avaient besoin de rester seuls un moment.

Son père portait un jean et un polo blanc à manches courtes brodé du nom de son entreprise : « Plomberie Paul Carter », le même que par le passé. Bien sûr, il ne s'agissait pas des mêmes vêtements, pas plus qu'elle n'était la même Kaylee.

Mais comment expliquer à un père qui n'a jamais réellement su qui vous étiez que vous n'êtes plus la même ?

— Qu'est-ce que tu faisais dans l'Ohio ? demanda-t-il d'une voix qui ne trahissait rien de ses sentiments — si toutefois il en avait.

Elle commença aussitôt à chercher une raison plausible à son séjour dans l'Ohio, puis changea d'idée. Elle en avait assez des secrets.

— J'avais vu à la télévision l'interview d'une femme qui avait abandonné son bébé, une petite fille appelée Constanzia, vingt-cinq ans auparavant. Je me suis rendue dans l'Ohio parce que je croyais que je pouvais être cet enfant.

Son père en resta bouche bée et parut perdre un peu de ce sang-froid qui l'avait toujours impressionnée. Il demanda d'une voix altérée :

— Pourquoi devrais-tu croire que tu es la fille de quelqu'un d'autre ?

Kaylee rassembla son courage et le regarda en face pour répondre :

— Parce que chaque fois que j'ai essayé de te demander si vous m'aviez adoptée, maman et toi, tu as changé de sujet. Qu'étais-je supposée en déduire ?

Il ferma les yeux. Une émotion passa sur son visage, qui était peut-être de la peine. Elle s'attendait à le voir se lever et sortir de la pièce ainsi qu'il l'avait déjà fait plusieurs fois lorsqu'elle avait abordé ce sujet.

Elle attendit en silence, se préparant psychologiquement à le voir battre en retraite. Mais il ne bougeait pas. Au bout d'un long moment, il poussa un profond soupir et releva les paupières, révélant un regard affreusement tourmenté.

— J'aurais voulu que tu ne l'apprennes jamais, commença-t-il, mais...

Il fit une pause comme s'il avait besoin de puiser quelque part en lui la force de continuer. Kaylee ne l'avait jamais vu aussi vulnérable.

— Je ne suis pas ton père biologique.

Il prit une profonde inspiration tandis qu'elle s'efforçait de donner un sens à son aveu.

— Ta mère était enceinte quand je l'ai épousée, expliqua-t-il, chaque mot semblant lui coûter un effort surhumain. Le garçon qui l'avait mise enceinte est mort d'une overdose alors qu'elle n'en était qu'à quelques mois de grossesse. Moi, j'étais l'ami qui était amoureux d'elle.

» Quand tu es née, il a été facile de faire croire à tout le monde que tu étais mon enfant. Ta mère n'a jamais dit à personne d'autre qui était ton vrai père. Je ne voulais pas qu'elle te donne ce second prénom, mais elle a insisté pour le faire.

— Parce qu'il était italien ?

Il secoua la tête.

— Non. Il avait les cheveux foncés, mais il n'était pas italien. Elle t'a donné ce nom parce que son film préféré était *Le Parrain*, Constanzia était le prénom de la fille de Don Corleone.

La réponse de son père fit à Kaylee l'effet d'un coup à l'estomac. Non seulement, elle tenait son second prénom d'une actrice de cinéma, mais elle n'avait pas une goutte de sang italien dans les veines.

Si elle avait su cela plus tôt, jamais elle ne serait allée à McIntosh. Jamais elle n'aurait cru être la fille de Sofia. Et jamais elle ne serait tombée amoureuse de son beau-fils.

Elle déglutit avec difficulté. Tout s'expliquait, finalement, y compris la distance avec laquelle Paul Carter l'avait toujours traitée et la préférence qu'il avait montrée pour sa sœur.

— Maintenant, je comprends pourquoi Lilly a toujours été ta favorite, dit-elle, la gorge serrée, et pourquoi tu n'intervenais jamais quand maman criait contre moi.

— Tu te trompes. Je n'ai jamais eu de préférée entre vous deux. Et si je n'intervenais pas entre ta mère et toi, c'est parce que je savais qu'elle était terrifiée par l'idée que tu puisses prendre le même chemin que le garçon qui était ton père, mort avant même d'avoir vécu.

— C'est pour ça qu'elle était si dure avec moi ? demanda Kaylee, n'osant croire ce qu'elle entendait. Parce qu'elle avait peur pour moi ?

— Elle t'aimait. Elle ne voulait pas que tu fasses les mêmes bêtises qu'elle.

— Mais c'est ce que j'ai fait, dit doucement Kaylee.

Elle avait eu un enfant trop tôt, d'un garçon qui n'était qu'un voyou, et elle n'avait toujours pas dit à son fils la vérité sur son père.

Comme ses parents, elle avait dissimulé à son enfant une vérité essentielle.

Son père passa une main sur son visage.

— J'aurais dû mieux comprendre ta mère et l'aider à relâcher la pression. Mais moi aussi, j'avais peur de te perdre. Je t'ai aimée tout de suite, à la minute où je t'ai vue à la clinique.

— Tu m'aimes ?

— Bien sûr que je t'aime.

— Mais j'ai toujours cru…

Elle s'interrompit, puis reprit :

— J'ai toujours cru que tu ne m'aimais pas. Tu n'as même pas essayé de me rattraper quand je suis partie de la maison.

— Je voulais le faire, dit-il. Mais j'ai pensé à cette maxime qui dit que si l'on aime quelqu'un, on doit le laisser partir, et que s'il ne revient pas, c'est…

— … qu'il n'a jamais été réellement à vous, acheva-t-elle à sa place.

Elle se leva, alla s'asseoir près de lui et dit :

— Je suis revenue, papa. Et j'aurais bien besoin d'un père.

Elle eut juste le temps de voir sa lèvre inférieure trembler avant qu'il la prenne dans ses bras. Un extraordinaire sentiment de paix l'envahit, et elle sut qu'elle pouvait pardonner ses parents de ne pas lui avoir dit la vérité au sujet de celui qui l'avait conçue.

Cependant, elle ne se pardonnerait pas de faire la même erreur. Il était plus que temps de parler à Joey de son père.

Kaylee attendit que son père et sa sœur aient quitté la maison le lendemain après-midi pour chercher son fils. Elle le trouva dans le potager à l'arrière de la maison, entre les plants de tomates et les haricots grimpants. Il tenait un seau dans une main et un plantoir dans l'autre.

A Houston, les après-midi de juin étaient en général caniculaires et celui-ci ne faisait pas exception à la règle. La température dépassait les trente degrés et l'herbe avait déjà passablement jauni.

— Qu'est-ce que tu fais, Joe-Joe ? demanda-t-elle en arrivant près de lui.

Il leva la tête. Il avait une trace de terre sur la joue et ses yeux pétillaient.

— Je cherche des vers.

Cela n'avait rien de surprenant. Paul Carter s'était accordé une demi-journée de congé le matin même pour faire plus ample connaissance avec son petit-fils, qu'il avait emmené à la pêche.

Joey semblait si déterminé à trouver des vers que Kaylee se demanda si le moment était bien choisi pour lui parler de Rusty. Mais elle savait qu'il n'y aurait jamais de bon moment.

— J'ai quelque chose à te dire, Joey, annonça-t-elle.

Il s'arrêta de creuser et la regarda, le visage plein d'espoir.

— On retourne chez Sofia et Tony ?

Elle fronça les sourcils, étonnée de constater à quel point sa question lui faisait mal. Elle désirait autant que lui retourner à McIntosh, peut-être même plus, mais à la différence de son fils, elle savait que c'était impossible.

— Ce que j'ai à te dire ne concerne pas McIntosh, dit-elle en s'accroupissant près de lui. Cela concerne ton père.

— Tu as dit que je n'avais pas de père.

Kaylee étouffa un gémissement. Elle n'avait pas dit exactement cela, mais elle comprenait comment il avait pu se forger cette idée.

— Tout le monde a un père, chéri, dit-elle.

Et elle se lança :

— Le tien s'appelle Rusty Collier.

— Où est-il ?

C'était la partie la plus difficile. Elle-même avait dû réajuster sa manière de voir les choses après le contact qu'elle avait eu avec les autorités judiciaires. Celles-ci lui avaient appris que Rusty avait été réincarcéré quinze jours après sa libération pour détention et trafic de drogue.

Ravalant sa fierté, elle avait appelé le frère de Rusty chez qui celui-ci avait vécu durant quinze jours. La conversation avait été brève et désagréable. Il lui avait dit que Rusty n'avait pas essayé de la joindre parce qu'il se fichait complètement d'elle et de son fils.

Kaylee avait longuement réfléchi et décidé que cette nouvelle donnée ne la dispensait pas de dire la vérité à Joey.

— Il a fait beaucoup de bêtises dans sa vie, Joey. Avant ta naissance, il en fait une très grosse. Il a volé une voiture et la police l'a arrêté.

Joey ouvrit de grands yeux.

— Il est en prison ?

— Oui.

— Il est méchant ?

Kaylee se mordit la lèvre. Comment répondre à une telle question ?

— Il n'est pas réellement méchant, mais il n'est pas particulièrement bon non plus.

— Est-ce que tu es mariée avec lui ? demanda Joey.

— Tu sais très bien que je ne suis pas mariée.

— Et tu aimerais bien te marier avec lui ?

— Non, répondit-elle, se demandant où il voulait en venir.

— Si tu te mariais avec quelqu'un d'autre, est-ce que ton mari serait mon papa ?

— Légalement parlant, ce serait ton beau-père.

— Tu veux dire : comme Sofia est la belle-mère de Tony ?

— C'est ça, oui, acquiesça-t-elle, bien qu'elle eût préféré qu'il n'ait pas abordé ce sujet.

— Alors, tu devrais te marier avec Tony, conclut-il le plus naturellement du monde. J'aimerais bien que ce soit mon papa.

Le choc empêcha Kaylee de réagir. Mais Joey continuait déjà :

— Tu ne crois pas que Tony serait un bon papa ?

L'image de Tony et Joey assis au comptoir du Five and Dime apparut comme en surimpression devant ses yeux. Elle ne doutait pas une seconde que Tony aurait été un excellent père, pas plus qu'elle ne doutait qu'il aurait été un mari formidable.

— Si, je le crois. Mais Tony ne veut pas m'épouser, Joey.

— Tu lui as demandé ?

Elle n'était pas restée assez longtemps à McIntosh pour avoir l'occasion de lui demander quoi que ce soit. Le simple fait de réaliser qu'il n'avait aucune confiance en elle l'avait tellement meurtrie qu'elle avait fait ses bagages et s'était enfuie le plus vite possible, comme elle avait fui Houston lorsqu'elle était adolescente.

Elle aurait pourtant dû savoir que la fuite ne résolvait rien. Elle aurait dû essayer de comprendre pourquoi Tony était si désireux de croire qu'elle avait délibérément trompé Sofia. Elle aurait dû se battre pour lui prouver qu'il avait tort.

Elle aurait dû lui dire qu'elle l'aimait.

— Non, je ne le lui ai pas demandé, répondit-elle finalement.

— Alors comment tu peux savoir qu'il ne veut pas ?

Sans attendre sa réponse, il poursuivit :

— Ça fait rien, tu pourras lui demander quand nous retournerons à McIntosh.

Le cœur de Kaylee s'emballa à l'idée de revoir Sofia et Tony, et, presque aussitôt, s'arrêta.

Elle était adulte, à présent. Elle ne pouvait pas simplement écouter son cœur et espérer que tout s'arrange.

La conviction qu'elle avait eue d'être chez elle à McIntosh n'avait été qu'une illusion, même si les collines verdoyantes et les vergers n'avaient pas cessé de se rappeler à sa mémoire depuis son départ de l'Ohio.

Ni Tony ni Sofia n'avaient essayé de la joindre. Tony, sans doute, était reparti à Seattle, et continuerait de feindre de croire que c'était là qu'il voulait vivre. Sofia faisait probablement connaissance avec Stephanie Minelli, la vraie Constanzia.

Kaylee, elle, était l'imposteur.

Elle posa une main sur le bras de son fils et lui dit la triste, l'irréductible vérité :

— Nous ne retournerons pas à McIntosh, Joey.

Chapitre 16

Tony n'était de retour à Seattle que depuis cinq jours, et il n'avait jamais entendu un tel silence.

Il avait pris l'habitude de travailler la porte ouverte chez Sofia, où les bourdonnements des voix enjouées de sa belle-mère et de Kaylee et les éclats de rire de Joey égayaient ses journées.

L'immeuble où il vivait était situé dans un quartier animé de la ville où le bruit des passants et de la circulation résonnait jusque tard dans la soirée, mais à l'intérieur des quatre murs de son luxueux appartement, tout n'était que silence.

Il aurait pu allumer la télévision ou la radio, ou encore mettre un CD, mais il savait que cela ne résoudrait rien.

Il se sentait seul.

Sofia lui manquait. Joe lui manquait. Et par-dessus tout, Kaylee lui manquait.

Pour la centième fois, depuis qu'elle était sortie de sa vie, il repensa aux insinuations qu'il avait proférées après avoir découvert que Kaylee n'était pas Constanzia. Il ne savait toujours pas pourquoi il avait fait ça, et d'autant moins qu'il s'était parfaitement rendu compte qu'elle était aussi bouleversée que lui par la nouvelle.

Il soupira et alla dans la cuisine sans trop savoir pourquoi. Là, il ramassa machinalement le formulaire d'abonnement à la saison de basket qu'il avait transféré du tiroir de sa commode à sa pile de courrier et le reposa au même endroit.

Puis il envisagea de rappeler son agent immobilier, qui avait laissé de nombreux messages sur son répondeur, et en écarta aussitôt l'idée. Il n'était pas d'humeur à entendre parler de la magnifique propriété qui allait lui passer sous le nez s'il n'agissait pas rapidement.

Il n'avait pas envie non plus d'appeler Ellen, bien qu'il se doutât que sa réceptionniste, avec qui elle était amie, lui avait appris son retour à Seattle.

La sonnerie de la porte d'entrée déchira soudain le silence, de façon aussi inattendue que malvenue. C'était paradoxal sans doute car il venait de s'avouer à lui-même qu'il se sentait seul, mais il n'avait envie de voir personne.

La sonnerie retentit de nouveau. Il alla à la porte et regarda par le judas qui était son visiteur. C'était Ellen.

— Je peux entrer ? demanda-t-elle lorsqu'il lui eut ouvert la porte.

Il s'effaça pour la laisser passer.

Cinq semaines auparavant, il l'aurait accueillie par un baiser. Mais il croyait encore, alors, qu'elle était la femme qu'il voulait épouser.

— Tu n'as pas appelé, remarqua-t-elle en se dirigeant vers le meuble bar dans le séjour.

Elle ne semblait pas attendre d'explication, aussi n'en proposa-t-il pas.

— Ça ne t'ennuie pas ? dit-elle en levant vers lui une bouteille de gin.

Il fit « non » de la tête et elle se servit un gin tonic, puis en but une gorgée.

— J'ai appelé ton agent immobilier, aujourd'hui. Elle pense que tu la fuis.

— Elle a raison, dit-il comme tout devenait soudain clair en lui. J'ai décidé de ne pas acheter cette maison.

— Je vois, dit-elle.

Elle but une autre gorgée de gin.

— Je suppose que tu n'as pas non plus donné ton accord pour l'expansion de Security Solutions ?

— Exact.

Elle posa avec élégance une main sur sa hanche.

— Très bien. Comment s'appelle-t-elle ?

— Pardon ?

— Son nom, Tony. Je te sentais hésitant au sujet de ce que tu voulais faire avant ton départ pour McIntosh, mais tes priorités n'auraient pas ainsi changé du tout ou tout si tu n'avais pas rencontré quelqu'un.

— Qu'est-ce qui te fait croire que mes priorités ont changé ?

— Mis à part le fait que tu ne veux plus acheter cette maison, que tu n'as plus l'intention de développer ta société, et que tu n'as pas pris ton abonnement à la saison de basket ? Eh bien, par exemple, que penses-tu de la façon dont tu m'as traitée ?

— Dont je t'ai traitée ? Mais c'est toi qui m'as dit que tu ne m'attendrais pas.

— C'est vrai, mais je ne pensais pas que tu me ferais attendre. Lorsque je t'ai dit que je comptais sortir avec d'autres hommes, je pensais que tu sauterais dans le premier avion pour venir me retrouver. Au lieu de quoi, tu m'as dit d'agir comme je l'entendais.

C'était vrai. Et cela ne l'avait pas dérangé. Il ne le savait pas encore à ce moment-là, mais ce qui avait pu exister entre Ellen et lui était terminé avant même qu'il ne parte pour l'Ohio. Sa rencontre avec Kaylee le lui avait simplement fait comprendre.

— Elle s'appelle Kaylee, dit-il finalement, estimant qu'Ellen méritait au moins la satisfaction d'avoir deviné juste.

— Tu es amoureux d'elle ? demanda-t-elle, sans détourner les yeux.

C'était une question qu'il n'avait pas osé se poser à lui-même, mais il le fit à cet instant et entrevit une dure vérité : Kaylee n'était peut-être pas à l'origine de l'échec de sa relation avec Ellen, mais elle était certainement la cause du malaise qu'il ressentait depuis son retour à Seattle.

— Oui, répondit-il. Je suis amoureux d'elle.

Ellen avala le reste de son gin tonic, posa son verre sur la table basse, puis s'approcha de lui.

— Il fallait que je vienne, dit-elle. Pour constater par moi-même.

— Constater quoi ?

Elle se tenait devant lui. Il pouvait sentir son parfum et apprécier la régularité de ses traits, mais il préférait ceux de Kaylee. Kaylee était sans doute d'une beauté moins saisissante, mais elle était infiniment plus attirante.

— Que c'était fini, dit-elle. Et en effet, c'est fini.

Elle l'embrassa sur la joue, puis partit.

Tony resta debout au milieu de son appartement de nouveau silencieux, comprenant enfin la signification du refus d'initiative dans lequel il s'était réfugié ces dernières semaines.

Il n'avait pas fait de démarches pour acheter la maison ou pour développer sa société, ni demandé Ellen en mariage, parce que ce dont il avait besoin ne se trouvait pas à Seattle. Quelque chose avait toujours manqué à sa vie. Aujourd'hui, il savait ce que c'était. Ce quelque chose était quelqu'un. Et ce quelqu'un était Kaylee.

La raison pour laquelle il s'en était pris à elle lorsqu'il avait découvert qu'elle n'était pas Constanzia n'avait rien à voir avec son manque de confiance en elle — et au contraire tout à voir avec son manque de confiance en *lui-même*.

Tout simplement, il avait eu peur de comprendre ce qu'impliquait pour lui le fait d'être tombé amoureux d'une femme qui elle-même était tombée amoureuse de McIntosh, cette ville qu'il avait fuie.

Il se précipita sur son ordinateur et se connecta à un site de voyages qu'il avait déjà utilisé dans le passé pour réserver des billets d'avion. Les excuses qu'il devait à

Kaylee devaient être faites de vive voix, genou à terre si nécessaire !

Il était en train de consulter les horaires lorsque le téléphone sonna. Il décrocha, résolu à se débarrasser de son interlocuteur le plus vite possible.

— Oui ?

— Tony chéri, c'est Sofia. J'espère que je ne te dérange pas ?

Il lâcha sa souris, immédiatement attentif. Elle l'avait appelé deux fois de San Diego où elle s'était rendue pour rencontrer sa fille. Les retrouvailles s'étaient bien passées ; Tony à vrai dire n'avait jamais douté que Stephanie Minelli percevrait la bonté de Sofia et qu'elle apprendrait vite à l'aimer.

— Tu sais bien que je suis toujours disponible pour toi, Sofia, dit-il. Où es-tu ? à San Diego ou à McIntosh ?

— A McIntosh. Ça a été dur de laisser Stephanie derrière moi, mais nous allons nous revoir très bientôt.

— Tout s'est bien passé, alors ?

— Merveilleusement, dit Sofia d'une voix chargée d'émotion. Avant que je ne monte dans l'avion, elle m'a dit qu'elle devait être bénie des dieux, puisqu'elle avait la chance d'avoir deux mères au lieu d'une seule.

— Je ne l'ai pas encore rencontrée, mais je l'aime déjà.

— Viens à McIntosh ce week-end et tu feras sa connaissance.

— Je croyais qu'elle finissait son année d'internat ? Comment as-tu pu la décider à venir ?

— Je crois que c'est difficile de dire non à sa mère quand celle-ci te demande d'assister à son mariage.

Elle fit une courte pause avant de reprendre :

— Et toi, Tony, seras-tu là pour mon mariage, samedi après-midi ?

— Tu te maries ? Ce samedi ?

— J'ai fini par trouver un avantage au fait d'avoir gagné à la loterie, tu vois, dit-elle en riant. Quand on a de l'argent, on n'est plus tributaire d'aucun délai.

— Bien sûr, oui, mais… est-ce que tu es sûre de ne pas précipiter un peu les choses ? Tout est allé très vite entre Art et toi…

— Nous nous connaissons depuis quinze ans, Tony. Je n'appellerais pas ça précipiter les choses.

Tony se crispa tandis que ses vieux soupçons refaisaient surface. Art semblait être un homme bien, mais l'argent transformait parfois les gens du tout au tout.

— C'est trop tôt, dit-il.

— Art avait prédit que tu dirais ça. C'est pourquoi il a insisté pour que nous fassions établir un contrat de mariage. Il a dit que cela aiderait à te convaincre qu'il m'aimait pour moi-même et non pour mon argent.

Elle ajouta d'une voix soudain plus tendre :

— Je ne suis pas naïve, Tony. Je sais qu'Art m'aime vraiment.

Tony dut se rendre à l'évidence. Il les avait vus ensemble ; et Art avait insisté pour faire rédiger un contrat de mariage.

— Dans ce cas, dit-il, je suis très heureux pour toi.

— Alors, tu viendras au mariage ?

— Je viendrai au mariage.

— Et tu ne te montreras pas désagréable avec Kaylee ?

La main de Tony se crispa autour du combiné. Cela ne lui était pas venu à l'esprit que Sofia puisse inviter Kaylee, mais bien sûr elle le ferait. Car sans l'intervention de Kaylee, Sofia et Art n'auraient pas été sur le point de se marier.

— Est-ce qu'elle a dit qu'elle viendrait ?

— Je ne lui ai pas encore posé la question, en fait. Frankie Nunzio m'a dit qu'elle lui avait demandé de lui envoyer son dernier salaire à Houston. Donc, j'ai son adresse là-bas. Pour être honnête, continua-t-elle après une hésitation sensible, j'ai peur qu'elle ne veuille pas venir. Aussi ai-je pensé que je pourrais utiliser un service de messagerie pour lui faire parvenir des billets d'avion, joints à l'invitation. Elle aura peut-être ainsi plus de mal à refuser.

Une idée commençait à poindre dans l'esprit de Tony. Et dès qu'elle se fut formée, son cœur se mit à battre la chamade et il ne put penser à autre chose.

— J'ai une idée à propos de ce courrier, dit-il.

Crayon rouge en main, Kaylee étudiait les petites annonces, mais elle n'avait encore entouré aucune proposition d'emploi. Il y avait plusieurs offres de serveuses, mais aucune n'avait retenu son attention.

Elle mit ses coudes sur la table de la cuisine et enfouit son menton dans ses mains. Le problème, ce n'était pas les annonces, c'était elle. Son père et elle s'entendaient mieux qu'ils ne s'étaient jamais entendus, mais elle hésitait à poser ses valises à Houston.

Elle aurait voulu être où se trouvait Tony, que ce soit à McIntosh, à Seattle ou à Tombouctou. Elle fit la grimace en se demandant à quel moment elle avait abouti à cette conclusion. Toutefois, cela ne faisait pas la moindre différence. Tony était loin.

La sonnette de la porte d'entrée retentit, couvrant brièvement le son du dessin animé que Joey était en train de regarder dans le séjour. Le timbre en était aigu et insistant et il lui fit regretter les notes harmonieuses *Yankee Doodle* que jouait la sonnette de Sofia.

— J'y vais ! cria Lilly depuis l'escalier.

Kaylee se concentra de nouveau sur les colonnes du journal. Elle était en train de s'interroger sur une annonce qui proposait un poste de serveuse dans un hôtel quand sa sœur pénétra dans la cuisine, vêtue de sa tenue de maître nageur, une drôle d'expression sur le visage.

Elle lui tendit une enveloppe en papier kraft en disant :

— Un coursier vient d'apporter ça pour toi.

Kaylee prit l'enveloppe. Celle-ci ne portait pas mention de l'expéditeur. Etrange. Et elle n'était pas scellée. Encore plus étrange.

Elle fit tomber le contenu de l'enveloppe sur la table, puis ramassa une carte qui représentait un verger en fleurs. Les doigts tremblants, elle l'ouvrit et lut :

« Sofia Donatelli et Art Sandusky sont heureux de vous annoncer leur mariage et vous invitent… »

Une énorme bouffée de joie l'envahit. Elle avait eu raison ! Art aimait Sofia. Et ils allaient officialiser leur union ce samedi !

Une petite feuille pliée en deux était jointe à la carte. Elle disait :

« La seule façon de vous faire pardonner pour être partie sans prévenir, et ne pas m'avoir donné de vos nouvelles, est de venir à mon mariage. Après tout, c'est grâce à vous que tout cela est arrivé. Sofia. »

— Qui est Sofia ? Et pourquoi dit-elle que rien ne serait arrivé sans toi ? demanda Lilly derrière elle.

Kaylee replia la lettre, se demandant comment elle avait pu ne pas remarquer que sa sœur lisait en même temps qu'elle par-dessus son épaule.

— Sofia est la personne pour qui je suis allée à McIntosh. Elle exagère quand elle dit que sans moi il n'y aurait pas eu de mariage. L'homme qu'elle épouse est fou d'elle. Tout ce que j'ai fait, c'est leur donner un petit coup de pouce.

— J'ai l'impression qu'à ses yeux au moins ton rôle a été plus important que tu ne veux bien le reconnaître, commenta Lilly. Et ça, qu'est-ce que c'est ?

Lilly montrait du doigt une pochette de papier blanc sur la table. Kaylee la ramassa, la retourna et reconnut le logo d'une compagnie aérienne. Elle l'ouvrit et en sortit deux billets d'avion pour McIntosh aux noms de Kaylee et Joe Carter.

— Il semble que quelqu'un désire vraiment que tu assistes à ce mariage, dit Lilly. Tu vas y aller ?

Le cœur de Kaylee s'accéléra. Il y avait plusieurs jours

déjà qu'elle s'était résignée à ne plus jamais revoir Tony. Et voilà qu'une chance se présentait de tout réparer. Tony ne manquerait pas le mariage de sa belle-mère. Tony serait là.

— Parce que le coursier est toujours là, poursuivit Lilly, sur le pas de la porte, à attendre une réponse. Et il fait très chaud.

— Ah oui ? fit Kaylee, alanguie par l'espoir qui avait commencé à prendre forme dans son esprit. Tu es sûre ?

— Si je suis sûre qu'un homme beau comme un camion se tient sur le seuil de chez nous ? Attends un peu que je réfléchisse… Oui, j'en suis sûre !

Sa curiosité éveillée, Kaylee se leva et gagna la porte avec tant d'empressement qu'elle faillit renverser un vase dans le vestibule. Elle le rattrapa de la main droite, ouvrit la porte de la gauche et vit… Tony Donatelli.

Lui, à Houston ?

Le souffle manqua tout à coup à Kaylee et, pendant quelques instants, elle ne put parler.

— Si tu me jetais ce vase à la tête, je ne t'en voudrais pas, dit-il. Je ne chercherais même pas à l'éviter.

Elle baissa les yeux vers le vase qu'elle tenait toujours dans sa main et le reposa sur la console.

— Je ne pourrais pas faire ça dit-elle. C'était un des préférés de ma mère.

Il fronça les sourcils.

— Tu ne vas pas me faciliter les choses, n'est-ce pas ?

— Te faciliter quoi ?

— Je suis venu te présenter mes excuses, dit-il en se protégeant les yeux du soleil. Mais peut-être pourrais-je le faire à l'intérieur ?

— Kaylee, que se passe-t-il ? cria Lilly. Est-ce que tu connais le coursier ?

— Quel coursier ? entendit-elle Joey demander.

S'il s'intéressait à ce qui se passait autour de lui, c'est que son dessin animé devait être terminé.

— J'en ai pour une minute, dit-elle à l'adresse de sa sœur en se tournant vers l'intérieur de la maison.

Après quoi elle sortit sur le perron et referma la porte derrière elle.

— Crois-moi, nous serons plus tranquilles ici, dit-elle.

— La chaleur est suffocante dehors.

— La météo n'a pas annoncé plus de trente-deux degrés pour aujourd'hui.

— Nous sommes en train de parler du temps qu'il fait, fit remarquer Tony.

Elle ne détourna pas les yeux.

— De quoi préférerais-tu que nous parlions ?

— De l'imbécile que j'ai été de t'accuser d'avoir essayé de tromper ma belle-mère, dit-il, l'air navré. Je sais que je ne mérite pas ton pardon, mais je te le demande tout de même.

Elle tourna la tête, remuée par la sincérité qu'elle avait lue dans ses yeux.

— Tu m'as fait beaucoup de peine en me prêtant une telle noirceur.

— Tout est là. Je n'ai jamais vraiment cru que tu sois

une mystificatrice. Pas après que j'ai appris à te connaître en tout cas.

— Alors pourquoi m'as-tu lancé toutes ces méchancetés à la figure ?

— Je crois que c'est en partie parce que quelque chose en toi me rappelle mon père, une sorte d'optimisme. Et j'avais toujours pensé qu'il profitait de Sofia. Je voulais être absolument certain que ce n'était pas ton cas.

— Tu *avais* toujours pensé ? dit-elle, relevant l'emploi qu'il avait fait du passé. Est-ce que cela signifie que, maintenant, tu ne crois plus que ton père profitait d'elle ?

— Comment pourrais-je le croire quand Sofia me dit le contraire ?

Il passa une main dans ses cheveux, marque d'embarras chez lui.

— Mais, continua-t-il, ce n'est pas la seule raison. Ni même la principale.

Il la regarda droit dans les yeux.

— Si je t'ai dit tout ça, c'est surtout parce que je t'aime et que j'avais peur d'en affronter les conséquences.

Kaylee sentit son cœur se mettre à battre à grands coups. Tony l'*aimait*. Elle eut soudain l'impression de s'envoler, mais un reste de lucidité la fit redescendre sur terre.

— Quelles conséquences ? demanda-t-elle.

— Tu aimes McIntosh. M'engager envers toi impliquait que je doive revenir vivre dans la ville où j'avais grandi.

— J'aime McIntosh, c'est vrai, repartit-elle d'une voix étranglée d'émotion, mais je t'aime plus encore.

A peine avait-elle prononcé ces mots qu'il la prit dans ses bras et la fit tournoyer dans les airs, là, sur le porche de la maison de son père, jusqu'à ce qu'elle se sente toute étourdie. Etourdie d'amour. Etourdie de désir pour lui.

Puis il la reposa sur le sol et l'entraîna dans un baiser passionné.

— Tu te rappelles la façon dont Art et Sofia se sont donnés en spectacle devant la maison, ce soir-là ? demanda-t-elle quand ils s'écartèrent l'un de l'autre afin de retrouver leur souffle. Eh bien, nous faisons la même chose. Pire même, car nous sommes en plein jour.

— Je ne vois aucun inconvénient à ce que le monde entier sache que tu m'aimes, dit-il avec fierté. Tu as bien dit que tu m'aimais, n'est-ce pas ?

— Oui, oui, dit-elle en riant. Je veux dire, oui, je t'aime.

— J'avais tellement peur que tu ne l'aies pas dit.

— C'est parce que j'ai fait tout ce que j'ai pu pour te le cacher, expliqua-t-elle en redevenant sérieuse. Ce jour-là, dans le parc, lorsque tu m'as accusée d'avoir manœuvré Sofia, j'aurais dû parler avec toi jusqu'à ce que tu croies enfin que jamais je n'aurais volontairement fait souffrir Sofia. Je n'aurais pas dû m'enfuir. J'aurais dû te dire que je t'aimais.

— Et je n'aurais pas dû me montrer un tel imbécile.

— Un fieffé imbécile, renchérit-elle.

Il sourit.

— Est-ce que Joe et toi allez accepter d'accompagner ce fieffé imbécile à McIntosh pour assister au mariage de Sofia ?

— Nous ne manquerions ça pour rien au monde.

— Et ensuite, penses-tu que toi et moi pourrions tout recommencer depuis le début ?

— Oui, où tu voudras.

— N'importe où ?

— Oui, n'importe où.

— Dans ce cas, que dirais-tu de commencer cette nouvelle vie à McIntosh ?

Elle s'écarta légèrement de lui pour étudier son expression.

— Mais tu détestes McIntosh.

— Je *détestais* McIntosh. J'ai appris à voir les choses à travers tes yeux, dit-il. Et il y a sans conteste quelque chose de magique dans un verger au milieu de la nuit lorsqu'on est avec la femme que l'on aime.

Le souvenir la ramena un instant à cette merveilleuse nuit où ils avaient fait l'amour sous la lune, mais elle se reprit rapidement. Cependant, elle n'était pas encore tout à fait rassurée.

— Que feras-tu si nous vivons à McIntosh ?

— Je t'ai parlé de Nick, cet ami qui est aussi mon associé à Seattle ? Il est tout à fait capable de gérer — et de développer — Security Solutions tout seul, en me consultant de temps à autre.

— De temps à autre ? Et pendant ton temps libre ?

— J'ai l'intention de me consacrer au développement

de jeux vidéo éducatifs. Joe m'a déjà beaucoup aidé sur celui que j'ai commencé à bâtir. Il s'appelle : « Mondes sauvages ».

Elle fit une petite moue en inclinant la tête.

— Comment se fait-il que je ne savais pas que tu étais en train de concevoir un jeu vidéo ?

— C'est parce que, jusqu'à aujourd'hui, je n'y ai jamais pensé que comme à un hobby.

— Et tu es sûr que c'est ce que tu veux faire ?

— Tout à fait sûr. Je pense même que tu vas pouvoir retravailler au restaurant, dit-il en lui adressant un clin d'œil. Entre nous, je suis dans les petits papiers du nouveau propriétaire…

— Est-ce que tu veux dire que Sofia a racheté le Nunzio's ?

— En effet, acquiesça-t-il. Elle a besoin de quelqu'un pour diriger la salle et je crois être autorisé à t'annoncer qu'elle va te proposer le poste. Il y a aussi une place de petit-fils. Je pense que Joe pourrait faire l'affaire.

Kaylee le regarda attentivement.

— Tu es certain de tout ça, Tony ? Je le pensais, tu sais, quand je t'ai dit que je te suivrais n'importe où. Où tu seras, je serai heureuse.

— Je suis absolument certain. Ces billets pour McIntosh sont des allers simples. Si notre rencontre m'a appris quelque chose, c'est bien que mon foyer se trouve où est mon cœur. Et mon cœur t'appartient.

Rouge de plaisir, Kaylee attira à elle le visage de son bien-aimé et l'embrassa à pleine bouche au vu et au su de tous ceux qui voudraient bien passer par là.

— Hé, Kaylee !

L'exclamation de surprise de Lilly retentit derrière eux. Kaylee n'avait même pas entendu la porte s'ouvrir.

— Tu embrasses le coursier ?

— Ce n'est pas un coursier, c'est Tony ! hurla Joey en sortant à son tour de la maison.

Et il courut vers eux, démontrant, s'il en était besoin, la confiance inconditionnelle qu'il avait en Tony, en se jetant dans ses bras.

Les yeux de Kaylee étaient si pleins d'émotion qu'on aurait pu croire que c'était elle qui se mariait et non Sofia.

— Tu es splendide, dit-elle à Sofia, refoulant des larmes de joie tout en arrangeant un fin ruban de tulle dans les cheveux sombres de la mariée.

Elles se trouvaient dans une petite salle attenante au hall de l'église de McIntosh où Sofia et Art avaient choisi de prononcer leurs vœux de mariage.

Sofia portait une robe longue de soie crème, de coupe très simple, et Kaylee, une robe jaune pâle. La troisième femme présente, qui elle était en orange pâle, recula d'un pas et appuya sur le déclencheur de son appareil photo, puis essuya une larme qui avait coulé sur sa joue.

— Maintenant, je sais pourquoi je pleure chaque fois que je suis heureuse, dit Stephanie Minelli, à qui sa mère biologique avait donné le nom de Constanzia. J'ai hérité ça de toi.

— Mais ce n'est pas moi qui pleure, objecta Sofia. C'est Kaylee.

Kaylee échangea un regard mouillé avec Stephanie, puis un sourire de complicité. A première vue, songeait-elle, on aurait pu les prendre pour deux jeunes femmes de la même famille, mais Stephanie avait des traits plus doux, des cheveux plus raides et plus clairs que les siens et une poitrine plus ronde. Et elle était aussi gauchère tandis que Kaylee était droitière.

— Tu es absolument certaine de n'avoir pas donné naissance à deux filles ? demanda Stephanie à Sofia.

Le regard de Sofia alla de Stephanie à Kaylee.

— J'ai l'*impression* d'avoir deux filles, et c'est ça l'important, répondit-elle.

Kaylee ferma un instant les yeux, résolue à ne pas céder aux larmes de bonheur qui ne demandaient qu'à jaillir. Tout de même, elle n'allait pas abîmer son maquillage, un jour comme celui-là…

Sofia avait été merveilleuse, depuis son retour à McIntosh. Elle lui avait pardonné son départ précipité, avait balayé comme une absurdité le fait que Kaylee ait pu tenter de profiter d'elle, et lui avait finalement révélé un incroyable secret : elle avait su depuis le premier jour que Kaylee n'était pas sa fille biologique.

A cause de ce lien si fort qu'elles avaient partagé dès le tout début, il n'avait pas été facile pour Kaylee de refuser lorsque Sofia lui avait demandé d'être sa demoiselle d'honneur. Mais ce privilège, avait dit Kaylee, revenait de droit à Stephanie. Ce à quoi Sofia avait répondu : « Aucune règle n'interdit d'avoir deux demoiselles d'honneur. »

Et c'est ce qu'elle avait fait. Stephanie était arrivée de San Diego la veille au soir, accompagnée de sa mère adoptive, une femme imposante aux cheveux blonds et au sourire chaleureux. A présent, Mme Minelli était assise à l'intérieur de l'église, à côté d'Angela Crane. Kaylee pensait que Sofia et Angela avaient encore des choses à régler, mais que pour l'essentiel, Sofia avait pardonné à sa mère.

Un coup fut frappé à la porte et l'organisateur du mariage passa son nez par l'entrebâillement.

— La future Mme Sandusky est-elle prête ?

Sofia sourit.

— Je le serai dès que vous m'aurez dit que mon beau-fils a repris le contrôle de la situation.

— Si vous faites allusion à cette grenouille que le jeune homme chargé des alliances avait dans sa poche, eh bien, oui, votre beau-fils a réussi à le convaincre de lui rendre sa liberté.

Kaylee sourit à Sofia.

— C'est tout mon fils, dit-elle.

— Tout mon petit-fils, fit Sofia en lui souriant en retour.

Elle se redressa et annonça :

— Allons-y.

Kaylee tint la porte ouverte. Stephanie sortit la première. Sofia fit un pas pour la suivre, puis elle se tourna vers Kaylee, levant le bouquet qu'elle avait à la main.

— Ce soir, ce bouquet sera à toi.

— Je comptais bien être celle qui l'attraperait.

— Oh, mais je n'ai pas l'intention de le lancer. Je vais te le donner, promit Sofia. Si je ne peux pas t'avoir comme fille, je veux être sûre de t'avoir comme belle-fille.

Kaylee sentit sa gorge se serrer d'émotion. Elle suivit Sofia jusqu'au bas de l'allée centrale de l'église et laissa sa place à Tony qui allait conduire sa belle-mère à l'autel, mais avant de prendre le bras de celle-ci, il se pencha vers Kaylee et lui glissa à l'oreille :

— La prochaine fois, ce sera nous.

Elle hocha la tête car elle le savait déjà. Comme elle savait qu'elle avait eu raison après tout.

La conviction que sa place était à McIntosh, auprès de Sofia et de Tony, n'était pas une illusion.

PRÉLUD'

Le 1er février

Le 1er janvier

Noires visions - Heather Graham • N°274

Enquêtrice dans une agence privée, Darcy Tremayne possède le don de « voir » des images du passé. Un don effrayant, qu'elle a toujours su maîtriser – jusqu'à son arrivée à Melody House, un vieux manoir en Virginie, où ses visions la font assister à une série de crimes dont le coupable n'a pas été retrouvé...

Expiation - Sharon Sala • N°275

Un homme décapité. Un cadavre déterré. Douze personnes portées disparues.

Pour January DeLena, journaliste à Washington, il ne peut s'agir d'une coïncidence. Surtout quand un prêcheur inquiétant hante les rues de la ville, animé par un désir fanatique de rédemption...

A l'heure où la mort rôde - Laurie Breton • N°276

Ecrivain réputé, Faith Pelletier pensait ne jamais retourner à Serenity, la ville du Maine où elle a grandi. Mais lorsqu'elle apprend que sa cousine Chelsea, une journaliste, y a été retrouvée morte et que l'enquête a conclu à un suicide, elle n'hésite pas un instant. Même si les années les ont éloignées, Faith sait que jamais Chelsea n'aurait laissé seule sa fille de quinze ans. Et ses soupçons se confirment lorsqu'elle découvre que sa cousine enquêtait sur une affaire criminelle de nature à ébranler toute la ville...

Dans l'ombre du tueur - Stella Cameron • N°277

Lorsqu'elle découvre au bord d'une route le cadavre de Denise Steen, une amie journaliste, Emma Lachance accuse le choc : comme elle, la victime faisait partie d'un club d'émancipation féminine mal accepté par la société conservatrice de Pointe Judah, en Louisiane. Et lorsqu'une autre femme du club est retrouvée assassinée, la peur grandit en elle...

La promesse d'un été - Susan Wiggs • N°278

Venue passer l'été dans le cottage que possède sa famille au bord d'un lac idyllique, dans l'Etat de Washington, Kate entend bien se consacrer pleinement à son jeune fils, tout en réfléchissant à sa vocation de journaliste. Mais sa rencontre avec une adolescente en fuite et un nouveau voisin au passé tourmenté va bouleverser sa vie à jamais...

La princesse celte - Helen Kirkman • N°279

Angleterre, an de grâce 716.

Athelbrand le Saxon s'avança, superbe dans sa cape noire. Son regard capta celui de la femme qui lui faisait face. Alina était aussi belle que dans son souvenir... Dès leur première rencontre, la princesse celte l'avait fasciné. Son visage semblait celui d'un ange, mais sa chevelure et ses yeux noirs évoquaient le mystère de la nuit, la violence de la passion. Pour elle, il avait tout sacrifié – en vain, car Alina l'avait trahi, le condamnant au déshonneur et à l'exil. Mais à présent, rétabli dans ses droits, il était venu chercher son dû. L'heure de la vengeance avait sonné...

Miami Confidential - Christiane Heggan • N°175 *(réédition)*

Journaliste d'investigation, Kelly Robolo a su gagner le respect de tous, dans son journal comme dans la police. Mais tous lui tournent le dos lorsqu'un policier trouve la mort dans une affaire où elle s'était impliquée. C'est pourtant au meilleur ami du policier disparu, l'inspecteur Nick McBride, qu'elle fait appel, quelque temps plus tard, pour l'aider à retrouver le mari de sa meilleure amie mystérieusement disparu lors d'un voyage d'affaires à Miami. Celui-ci se trouvait dans un motel miteux quand une bombe a explosé. Règlement de comptes ou mise en scène macabre ?

ABONNEZ-VOUS!

2 romans gratuits*
+ 1 bijou
+ 1 cadeau surprise

Choisissez parmi les collections suivantes ➤

AZUR : La force d'une rencontre, l'intensité de la passion.
6 romans de 160 pages par mois. 22,48 € le colis, frais de port inclus.

BLANCHE : Passions et ambitions dans l'univers médical.
3 volumes doubles de 320 pages par mois. 18,76 € le colis, frais de port inclus.

LES HISTORIQUES : Le tourbillon de l'Histoire, le souffle de la passion.
3 romans de 352 pages par mois. 18,76 € le colis, frais de port inclus.

AUDACE : Sexy, impertinent, osé.
2 romans de 224 pages par mois. 11,24 € le colis, frais de port inclus.

HORIZON : La magie du rêve et de l'amour.
4 romans en gros caractères de 224 pages par mois. 16,18 € le colis, frais de port inclus.

BEST-SELLERS : Des romans à grand succès, riches en action, émotion et suspense.
3 romans de plus de 350 pages par mois. 21,31 € le colis, frais de port inclus.

MIRA : Une sélection des meilleurs titres du suspense en grand format.
2 romans grand format de plus de 400 pages par mois. 23,30 € le colis, frais de port inclus.

JADE : Une collection féminine et élégante en grand format.
2 romans grand format de plus de 400 pages par mois. 23,30 € le colis, frais de port inclus.

Attention: certains titres Mira et Jade sont déjà parus dans la collection Best-Sellers.

NOUVELLES COLLECTIONS

PRELUD' : Tout le romanesque des grandes histoires d'amour.
4 romans de 352 pages par mois. 21,30 € le colis, frais de port inclus.

PASSIONS : Jeux d'amour et de séduction.
3 volumes doubles de 480 pages par mois. 19,45 € le colis, frais de port inclus.

BLACK ROSE : Des histoires palpitantes où énigme, mystère et amour s'entremêlent.
2 romans de 384 et 512 pages par mois. 18,50 € le colis, frais de port inclus.

VOS AVANTAGES EXCLUSIFS

1.Une totale liberté
Vous n'avez aucune obligation d'achat. Vous avez 10 jours pour consulter les livres et décider ensuite de les garder ou de nous les retourner.

2.Une économie de 5%
Vous bénéficiez d'une remise de 5% sur le prix de vente public.

3.Les livres en avant-première
Les romans que nous vous envoyons, dès le premier colis, sont des inédits de la collection choisie. Nous vous les expédions avant même leur sortie dans le commerce.

✂ **Oui,** je désire profiter de votre offre exceptionnelle. J'ai bien noté que je recevrai d'abord gratuitement un colis de 2 romans* ainsi que 2 cadeaux. Ensuite, je recevrai un colis payant de romans inédits régulièrement.

Je choisis la collection que je souhaite recevoir :

(☞cochez la case de votre choix)

❏ **AZUR** : Z7ZF56
❏ **BLANCHE** : B7ZF53
❏ **LES HISTORIQUES** : H7ZF53
❏ **AUDACE** : U7ZF52
❏ **HORIZON** : O7ZF54
❏ **BEST-SELLERS** : E7ZF53
❏ **MIRA** : M7ZF52
❏ **JADE** : J7ZF52
❏ **PRELUD'** : A7ZF54
❏ **PASSIONS** : R7ZF53
❏ **BLACK ROSE** : I7ZF53

*sauf pour les collections Jade et Mira = I livre gratuit.

Renvoyez ce bon à : Service Lectrices HARLEQUIN
BP 20008 - 59718 LILLE CEDEX 9.

N° d'abonnée Harlequin (si vous en avez un) ⎵⎵⎵⎵⎵⎵⎵⎵⎵⎵⎵⎵

Mme ❏   Mlle ❏   NOM _____

Prénom _____

Adresse _____

Code Postal ⎵⎵⎵⎵⎵   Ville _____

Le **Service Lectrices** est à votre écoute au **01.45.82.44.26**
du lundi au jeudi de 9h à 17h et le vendredi de 9h à 15h.

Composé et édité par les
*éditions*Harlequin
Achevé d'imprimer en décembre 2006

par

LIBERDÚPLEX

Dépôt légal : janvier 2007
N° d'éditeur : 12547

Imprimé en Espagne